DIE TOTEN VON NORDERNEY

AF196577

Manfred Reuter, Journalist, Jahrgang 1957, stammt aus der Eifel und arbeitet als freier Autor in Ostfriesland, vornehmlich auf Norderney. Er lebt mit seiner Familie in Aurich.
www.reutermanfred.de
www.facebook.de/manfredreuterkrimi
www.instagram.com/norderneykrimi

MANFRED REUTER

DIE TOTEN VON NORDERNEY

Kriminalroman

emons:

Lust auf mehr? Laden Sie sich die »LChoice«-App
runter, scannen Sie den QR-Code und bestellen Sie
weitere Bücher direkt in Ihrer Buchhandlung.

Bibliografische Information der Deutschen Nationalbibliothek
Die Deutsche Nationalbibliothek verzeichnet diese Publikation
in der Deutschen Nationalbibliografie; detaillierte bibliografische
Daten sind im Internet über http://dnb.d-nb.de abrufbar.

© Emons Verlag GmbH
Alle Rechte vorbehalten
Umschlagmotiv: mauritius images/Marcel Kusch/Alamy
Umschlaggestaltung: Nina Schäfer, nach einem Konzept
von Leonardo Magrelli und Nina Schäfer
Umsetzung: Tobias Doetsch
Gestaltung Innenteil: César Satz & Grafik GmbH, Köln
Lektorat: Christine Derrer
Druck und Bindung: CPI – Clausen & Bosse, Leck
Printed in Germany 2020
ISBN 978-3-7408-0812-9
Originalausgabe

Unser Newsletter informiert Sie
regelmäßig über Neues von emons:
Kostenlos bestellen unter
www.emons-verlag.de

Ich widme dieses Buch der internationalen Jugendbewegung für den Klimaschutz »Fridays for Future«.

Das Leben verlieren ist keine große Sache.
Aber zusehen, wie der Sinn des Lebens
aufgelöst wird, das ist unerträglich.

Albert Camus (1913–1960),
algerischer Philosoph und Schriftsteller

EINS

»Mir ging ganz schön die Düse. Das war Angst. So was wie am Sonntag habe ich noch nie gespürt. Ich werde das Gefühl nicht mehr los. Und das, obwohl ich ja eigentlich gar keine Angst haben musste. Aber sie war da, und sie wollte einfach nicht gehen. Wirklich heftig. Da kriegen mich keine zehn Pferde mehr hin.«

Exakt dreihundertvierunddreißig Reaktionen erhielt Janko Rass auf diesen Facebook-Post, außerdem vierundzwanzig sogenannter Freundschaftsanfragen. Innerhalb einer guten halben Stunde hatten sich die Kommentare auf neunundachtzig summiert. Sie reichten von »Krass«, »Armer Janko« und »fuck alter, prutahle Scheise« bis »Die Mörder sind unter uns«. Mit rasender Geschwindigkeit verbreiteten sich ebenso die Schock-, Tränen- und Angst-Emojis auf Jankos Seite. Solch einen Ansturm auf seinen Account »Janko-Insel-Pictures« hatte er noch nie erlebt. Der vergangene Sonntag hatte ihn ganz offensichtlich zu einem kleinen Helden gemacht. Aber Janko wusste, dass es sich hier – zumindest facebooktechnisch – nur um eine Momentaufnahme handelte, denn in den sozialen Netzwerken liegt das Verfallsdatum von Entsetzen und Empörung bekanntermaßen extrem nahe am Ereignis.

Der durchdringende Schrei einer Möwe hatte Janko Rass zwei Tage zuvor unsanft aus dem Schlaf gerissen. Nachdem er die erste Nachthälfte über kaum geschlafen hatte, immer wieder aufgewacht und über die ungelösten Kleinigkeiten des Alltags ins Grübeln geraten war, entschloss er sich, das Möwengekreische zum Anlass zu nehmen und aufzustehen. Nach einem extrastarken Kaffee packte er die Kameratasche, schwang sich in seinen Jeep und bretterte Richtung Ostheller. Nach dieser bescheidenen Nacht konnte der Tag nur gut werden, dachte er. Und tatsächlich. Vom Wetter her war es mit Sicherheit eine kluge Entscheidung, den Vormittag für einen ausgedehnten Foto-Spaziergang zu nutzen. Gewiss würde es ihm guttun, ein paar Stunden mit sich und seiner Kamera allein zu sein, überlegte Janko, als er den Wagen abschloss und sich vom östlichsten Parkplatz der Insel aus auf den Weg machte in Richtung Wrack. Nur wenige Schritte musste er gehen, da hörte er von Norden her schon die Brandung, während von der südlichen, der Wattenmeerseite, die Sonne vorsichtig über die Dünen blinzelte und orangefarbene Streifen zwischen die Wolken malte. Janko kniff die kleinen braunen Augen zusammen und genoss den Wind, der deutlich auffrischte und sein blasses, ein wenig kindliches Gesicht berührte.

Der zweistündige Fußmarsch zum Wrack wirkte stets befreiend auf ihn. In den seltensten Fällen traf er zu dieser frühen Stunde auf Menschen, dafür schenkten ihm die sich vor ihm ausbreitenden Dünentäler durchdringende Stille und den unverstellten Blick auf eine Inselnatur, die in diesem Abschnitt optisch zwar extrem derb wirkte, in Wirklichkeit aber sensibel wie ein verletztes Gemüt war. Tagtäglich hatte sie sich zahlreicher Angriffe zu erwehren. Schuhe, Scherben, Schrott: Wie ein geschundener Körper spuckte die Nordsee aus, was ihr Magen nicht mehr fassen konnte. Die Menschen taten also gut daran, sorgsam mit ihr umzugehen, wollten sie den Zauber der Insel auch künftig genießen. Janko wusste um all die magischen Momente: Die sich bisweilen stündlich ändernden Farben und Formen der Dünenlandschaft wirkten mitunter fremdartig schön und schauderhaft zugleich auf ihn, und jetzt noch viel mehr, da er auf der Aussichtsplattform der Möwendüne stand und sich vollkommen unerwartet mächtige Wolken vor die Sonne schoben. Innerhalb weniger Minuten kesselte eine vom Meer hereinschwebende Nebelformation die komplette Insel ein, als plane sie, das Eiland zu verschlingen. Janko wusste: Hier hatte er es mit Seenebel zu tun, einem Naturphänomen, das ihm schon als Kind Angst und Schrecken eingejagt hatte.

»Grau Katt« nannten die Norderneyer diese Form des Nebels, und wenn sie davon sprachen, lief den meisten gleich ein kalter Schauder über die Haut. Denn wie eine mächtige graue Katze schlich der Nebel heran; düster, lautlos und kühl. Es gab kaum einen Norderneyer, der keine eigene Geschichte über die Grau Katt kannte; und immer wenn sie davon erzählten, wurde es im Raum gleich totenstill.

Auch heute glich diese undurchdringliche Wand aus unzähligen allerfeinsten Wassertröpfchen einer Bedrohung, die sich wie eine bis zum Himmel reichende Mauer, grau und frostig, auf ihn zuschob. Die Unentrinnbarkeit aus diesem Nebelfeld empfand Janko als extrem unangenehm und beklemmend. Er wickelte ein Stück Stoff, das er immer bei sich trug, um seine am Trageriemen baumelnde, sündhaft teure Kamera. Er wollte sie unter allen Umständen vor Feuchtigkeit schützen, denn der Nebel legte sich wie ein nasses Tuch auf alles, was sich ihm in den Weg stellte, und hinterließ auf allem, was er berührte, deutliche Spuren. Jetzt, da es binnen weniger Minuten grimmiger und die Sicht immer schlechter wurde, zog Janko sich die Jacke über die schmalen Schultern und stellte den Kragen hoch. Der Gedanke, hier so weit draußen ganz allein zu sein und womöglich die Orientierung zu verlieren, trieb ihm kalten Schweiß auf die Stirn. Er spürte einen Druck in der Brust, so, als wäre er von einem Faustschlag getroffen worden. Außerdem beschlich ihn mehr und mehr das Gefühl, dass jemand hinter ihm herlief.

Grau Katt, dachte er. Ob es sie wirklich gibt? Das Wrack nun endlich vor Augen, drehte er sich trotzdem immer wieder um. Natürlich ist da niemand, machte er sich im Stillen Mut. Doch mit der unaufhaltsam sinkenden Temperatur und den stärker werdenden Böen, die pfeifend und heulend an den rostigen Planken des alten Saugbaggers schliffen, spürte er plötzlich ein Brennen im Magen. Janko rang nach Luft. Einzig die Aussicht, das seit mehr als fünf Jahrzehnten hier ruhende Schiffswrack in dieser besonderen Wetterlage fotografieren zu können, hielt ihn auf den Beinen. Bei Instagram würden die Aufnahmen ihm viele hundert Likes und zahlreiche neue Follower bringen, vielleicht würde es eines der Bilder sogar bis in eine Ausstellung im Norderneyer Conversationshaus schaffen. Fotos vom Wrack waren begehrt.

Die meisten Touristen, auch sehr viele Einheimische, schafften es nicht ein einziges Mal im Leben, so weit hinaus zum heimlichen Wahrzeichen Norderneys zu laufen. Der Weg war für viele zu beschwerlich. Die Wanderung konnte sich zu einem kraftraubenden Zickzackkurs durch die Dünen entwickeln, wenn man sich nicht auskannte. Nicht wenige brachen deshalb unterwegs ab, weil sie entkräftet waren und sie der Frust packte. Vom Wrack selbst hatten die meisten Leute deshalb auch eine vollkommen falsche Vorstellung. Sie kannten es nur von mehr oder weniger gelungenen Sommerbildern, dachten, das alte Schiff wäre groß, bunt, erhaben. Doch die Szenerie wechselte oft. Wind und Sand spielten mit dem, was übrig geblieben war bei der schicksalhaften Havarie der »Capella« im Winter 1967. Je nach Witterung lag der rostige Schiffsrumpf mal fast komplett eingesandet da, mal befand er sich in einer Wasserlache, ein anderes Mal hatte eine Sturmflut die »Capella« wiederum nahezu freigespült.

Auch heute trieb die Natur ihr Spiel mit dem Norderneyer Wrack. Hinzu kam noch dieser Seenebel, der nun die gesamte Ostspitze aufzusaugen und in seinem nicht enden wollenden Schlund verschwinden zu lassen drohte.

Janko nahm das Tuch von seiner EOS und legte sich auf den Bauch. Er tauchte auf diese Weise unter der gigantischen Nebelwand ab und richtete den Fokus der Kamera auf die nun klar erkennbaren rostigen, aber tropfnassen Kanten, auf die Planken und die mächtige Stahlwinde des Wracks. Gleichzeitig drückte der Nebel wie ein konturlos schwebender Geist unnachgiebig und immer tiefer in das Schiff. Janko wusste schon jetzt, dass ihm diese Bilder eine Menge Anerkennung einbringen würden.

Nach den ersten fünfzehn bis zwanzig Aufnahmen drehte er sich auf den Rücken, um das Ergebnis im Display in Ruhe zu betrachten. Was er sah, gefiel ihm außerordentlich. Doch dann stellten sich ihm die Haare auf. Er benötigte einige Sekunden, um zu realisieren, dass er ein furchteinflößendes Detail zuvor übersehen hatte und es erst jetzt, auf dem Display, wahrnahm. Gleichzeitig wurde ihm klar, dass dieses Ding sich nur wenige Zentimeter neben seinem Kopf befinden musste. Da durchströmte ein gewaltiger Schauer seinen gesamten Körper. Und von der einen Sekunde auf die andere war die Angst wieder da, viel intensiver noch als zuvor, als der Nebel aufgezogen war und ihm fast den Atem genommen hatte. Der blanke Horror bäumte sich vor Janko auf und hielt ihn fest umklammert.

Es dauerte eine kleine Ewigkeit, bis er es wagte, sich aufzurichten, um die Sandkuhle vor dem Wrack mit eigenen Augen zu betrachten. Ihn durchfuhr ein heftiges Reißen in der Brust, hinzu kamen Schwindel und Zittern am ganzen Körper. Plötzlich sah Janko den Nebel nicht mehr, auch nicht mehr das Wrack. Das Kameradisplay begann vor seinen Augen zu verschwimmen, wurde schließlich schwarz, und der salzigbrackige Geruch des Wattenmeeres drang ebenfalls nicht mehr zu ihm vor. Dann gaben die Beine nach, und Janko sackte in sich zusammen. Seine rechte Hand schlug gegen den Schiffsrumpf, sein Kopf klatschte in den Sand, unmittelbar neben der skelettierten Hand, von der man meinen konnte, sie wollte nach ihm greifen.

***

Als Oberkommissar Gent Visser den Ostheller erreichte, war die Schranke am Eingang zum Nationalpark bereits geöffnet. Die Insel-Feuerwehr war einmal mehr verdammt schnell unterwegs, gleichzeitig hatten die Jungs daran gedacht, zwei Kameraden am Parkplatz zurückzulassen, um den Bereich abzuriegeln. Hier kam ab sofort niemand mehr durch. Auch nicht zu Fuß. Als Visser die Feuerwehrleute sah, drosselte er die Geschwindigkeit, schob den bulligen Kopf aus dem Fenster und grüßte die Kameraden im Vorbeifahren, indem er mit einem Finger an die Schläfe tippte und ihnen ein kurzes »He!« entgegenbrummte. Dann gruben sich die Reifen des blau-silbernen Pritschenbullis in den Sand, und auf ging die wilde Fahrt am Spülsaum entlang in Richtung Wrack.

»Hier Florian 22-43-01. Wir sind nun am Objekt. Was sollen wir tun?«

Als er diesen Funkspruch hörte, war Visser nicht nur klar, dass die Feuerwehrleute mit dem LF 8, also dem großen Gerödel, unterwegs waren, er wusste nun auch, dass die Norderneyer Floriansjünger es geschafft hatten, vor ihm am Zielort zu sein. So etwas konnte ihn bisweilen bei der Ehre packen. Was ihn diesmal allerdings rasend machte, war die Frage, die von den Wehrleuten in den Äther geschickt worden war. Denn das machte seiner Meinung nach in der Tat den Eindruck, die Polizei würde nicht zu Potte kommen.

»Die sollen die Klappe halten und sich um Janko kümmern, solange der Rettungsdienst noch nicht da ist«, schrie Visser seinem Kollegen Neumann gegen die Schläfe, der auf dem Beifahrersitz saß und verschüchtert den Kopf einzog. Denn er wusste: Wenn Visser seine cholerischen zehn Minuten bekam, war es besser, nichts zu sagen und einfach abzuwarten, bis er wieder auf normal schaltete.

»Kümmert euch um Janko. Wir sind in zwei Minuten da. Im Rückspiegel sehe ich schon die Kollegen von Promedica. Also seht erst mal zu, dass ihr mit eurem roten Lastwagen am Fundort keine Spuren kaputt fahrt. Ich hoffe, ihr habt nicht auch noch die Drehleiter dabei. Ende der Durchsage.«

Nach diesem Funkspruch erhielt Visser von Neumann nicht nur ein vorwurfsvolles Kopfschütteln, sondern gleichzeitig einen mitleidigen Blick. Visser wusste sofort, dass er mit dieser Ansage sowohl gegen die Funkdisziplin verstoßen hatte als auch rein inhaltlich weit übers Ziel hinausgeschossen war. Es gab diese Tage, da brauchte ihm bloß eine Laus über die Leber zu laufen, und schon war er nur schwer zu ertragen. Heute lag es vielleicht daran, dass ausgerechnet Janko Rass in Schwierigkeiten war. Janko und er waren seit vielen Jahren befreundet. Auch die Ehefrauen verstanden sich gut miteinander. Und weil Gent fast zwanzig Jahre älter war als Janko, war er für ihn über die Jahre so etwas wie ein väterlicher Freund geworden. Eine Insel wie Norderney ist eben überschaubar. Einer hilft dem anderen. Jeder kennt jeden. Zumindest die Insulaner untereinander.

Aus dieser Freundschaft resultierte in diesem Fall dann auch das Alarmierungsverfahren. Als Janko aus seiner Ohnmacht erwacht war und wieder das Gefühl bekam, festen Boden unter den Füßen zu haben, hatte er zunächst seinen Freund Gent Visser angerufen. Der wiederum informierte die Rettungsleitstelle in Wittmund und machte die Sache damit offiziell. Innerhalb weniger Minuten waren daraufhin alle auf der Insel befindlichen Rettungsdienste alarmiert. Bis auf die Tatsache, dass Gent es trotz des neuen allradgetriebenen Bullis nicht geschafft hatte, den Zielort als Erster zu erreichen, war er bei der Ankunft am Wrack mit dem Einsatz zufrieden. Denn nicht nur, dass kurz hinter ihm und Neumann die Rettungsassistenten von Promedica eintrafen; er sah auch, dass die »Eugen« bereits etwa auf Höhe der Möwendüne die Wellen beiseitepflügte. Der Rettungskreuzer der Deutschen Gesellschaft zur Rettung Schiffbrüchiger war nach der Alarmierung ebenso rasch ausgerückt wie die Schnelleinsatzgruppe und die Taucher der Norderneyer DLRG.

Visser sprang aus dem Bulli und stapfte durch den nassen Sand zum Feuerwehrwagen. Er schaute kurz nach links. Dort hatten die Wehrleute das Wrack großflächig mit rot-weißem Flatterband abgesperrt. An der Bugspitze standen Norderneys Stadtbrandmeister Ralf Junghoff und sein Stellvertreter Jörg Schon. Wieso sie immer noch ihre Helme und die schweren Jacken trugen, erschloss sich Visser nicht. Denn die Temperaturen hatten an diesem frühsommerlichen Sonntag im Mai wieder tüchtig zugelegt. Längst hatte sich der Seenebel aufgelöst, die Sonne schien, und der Himmel war makellos blau. Die beiden müssen doch schwitzen wie die Bullen, dachte Visser, dessen kurzärmeliges Polizeihemd wie gewohnt hinten aus der Hose hing und im Wind flatterte. Ein kurzer Blick reichte, um über den Rand seiner Hornbrille direkt vor den Schuhen der Feuerwehrleute ein merkwürdiges Gebilde zu sehen, bei dem es sich um die Skelettreste handeln musste. Visser passierte den Fundort und ging mit raumgreifenden Schritten ein paar Meter weiter zum LF 8. Dort saß Janko auf der Rückbank. Die Kameraden hatten ihn in eine Decke gehüllt. Er zitterte immer noch. Neben ihm lag der geöffnete Notfallrucksack der First Responder. Diese hatten ihm zunächst aber nur Traubenzucker und eine Wasserflasche gegeben. Visser lief um den Wagen herum und kletterte hinein. Er sank neben Janko ins Polster. Dann legte er ihm vorsichtig den Arm auf die Schulter und schaute ihn an.

»He. Wie geht's? Was machst du denn für Sachen?«

»Ich weiß auch nicht, was mit mir los war. Wäre der Nebel nicht gewesen, wäre es wahrscheinlich nicht ganz so schauerlich gewesen. Ich hatte auch noch nichts gegessen heute Morgen.«

»Musst dich nicht entschuldigen. Aber mit Sicherheit hast du zu wenig getrunken, mein Lieber. Eine Strecke ist ungefähr fünf Kilometer lang. Du weißt doch: Wer zum Wrack geht, der muss sich mit Wasser eindecken. Alte Norderneyer Wanderregel.«

»Mir ist plötzlich schwarz vor Augen geworden. Aber mein Blutdruck ist inzwischen wieder okay.«

Visser lächelte und kratzte sich am schwarzsilbern glänzenden Dreitagebart. Er schaute auf Jankos Kameratasche. »Ich hoffe, die Bilder sind gut geworden. Hast doch garantiert welche gemacht.«

Nun lächelte auch Janko wieder.»Klar habe ich Bilder gemacht. Dafür hat es noch gereicht. Ich nenne sie ›Wrack mit Hand‹. Die Exklusivrechte sind bei mir.«

»Schick sie uns trotzdem. Für die Handakte.« Visser lächelte gequält.»Oh, Handakte. Schlechtes Wortspiel. Aber mail uns die Fotos rüber. Wir können sie möglicherweise gut gebrauchen.«

Visser sprang aus dem Fahrzeug und steuerte direkt auf das Wrack zu. Mit einem weit ausholenden Scherenschritt überwand er das Flatterband und drängte sich von hinten zwischen Ralf und Jörg, die in die Hocke gegangen waren, um die Hand näher zu betrachten. Als sie Visser bemerkten, standen sie auf. Dann baute Visser seine Einszweiundneunzig auf, fuhr die langen Arme aus, senkte den Kopf ein wenig und legte den beiden Feuerwehrleuten seine Pranken auf die Schultern.»Tut mir leid wegen eben. Das war unnötig.«

»Jo«, sagte Jörg.

Was folgte, war ein gedehnter Blickwechsel zwischen Jörg und Ralf, danach ein kurzes zustimmendes Nicken in Richtung Visser.

»Ist schon gut, Gent. All up stee«, sagte Ralf.

Visser presste die Lippen zusammen und schloss eine Sekunde lang die Augen. Er war erleichtert. Nun nickte auch er, was so viel wie»Danke«heißen sollte. Dann tippte er den beiden Feuerwehrleuten mit dem Finger auf die Helme und brummte noch einmal kurz. Nach exakt sechzehn Wörtern, zweimaligem Nicken und einem Brummen war das Männergespräch beendet und die Sache aus der Welt geschafft.

Visser hatte die Alarmierung am Morgen nur bedingt ernst genommen. In erster Linie hatte er sich um seinen Freund Janko gesorgt, gedacht, dass dieser überreagiert und ein paar skelettierte Tierknochen als die Hand eines Menschen wahrgenommen hätte. Jetzt, da Visser sich in den Sand kniete, die Brille absetzte und genau hinsah, bemerkte er gleich, dass er Janko mit dieser Vermutung unrecht getan hatte. Man musste kein Pathologe, Kriminaltechniker oder Orthopäde sein, um festzustellen, dass es sich hier um die Hand eines Menschen handelte. Visser rutschte noch ein wenig näher heran und stützte sich auf beiden Unterarmen ab. Was er sah, war eine komplett skelettierte, aber bis auf das Endglied des Zeigefingers vollständige Hand eines erwachsenen Menschen. Bis zum Handballen ragte sie aus dem Sand. Die Finger waren gestreckt. Hier brauchen wir die Kriminaltechnik samt Gerichtsmedizin aus Oldenburg, wusste Visser. Dann wuchtete er seinen Oberkörper wieder hoch, blieb aber zunächst noch auf den Knien. Sein Blick streifte die rostigen Reste der »Capella« und traf am Horizont auf die schäumende Nordsee. Im Rauschen der Brandung verloren sich seine Gedanken, und er ahnte nicht ansatzweise, was in den nächsten Tagen auf ihn zukommen würde.

Visser wusste nicht genau, wie lange er vor dem Wrack gehockt und vor sich hingeträumt hatte. Erst als ihm jemand auf die Schulter klopfte, schüttelte er sich und stand auf.

»Lass uns zur Wache fahren. Ich habe die Inspektion in Aurich schon informiert. Die schicken die Kollegen von Mord und Totschlag. Faust wird in spätestens zwei Stunden auf der Insel sein«, sagte Neumann. Er sah besorgt aus. Genau wie Visser. Der schaffte es nur mit größter Mühe, die Augen vom Wrack zu lösen. Tiefe Furchen gruben sich in seine Stirn. Sein schelmisches Grinsen war ihm abhandengekommen.

ZWEI

Vor dem Surf-Café herrschte am frühen Nachmittag helle Aufregung. Alle in der Nähe flanierenden Touristen – und dies waren nicht gerade wenige – mussten sich dieses Spektakel ansehen. Es blieb ihnen gar keine andere Wahl. Zischend und fauchend pflügten mächtige Rotorblätter die Luft über dem Norderneyer Januskopf. Gemessen am Lärmpegel wirkte der im Anflug befindliche Polizeihubschrauber regelrecht filigran.

Visser und Neumann hatten ihre Dienstmützen abgenommen und unter die Arme geklemmt. Visser überlegte kurz, dann nahm er auch die Brille ab, weil er nicht riskieren wollte, dass sie ihm von der Nase flog. Er hatte den silberblauen Dienstpassat auf der Promenade Richtung Georgshöhe geparkt und vom Personal des Surf-Cafés die kniehohen Schachfiguren der Außenanlagen sicherheitshalber wegräumen lassen. Er wollte unter allen Umständen vermeiden, dass sie den Schaulustigen um die Ohren fliegen und sie sogar verletzen würden. Und das alles nur wegen einer Marotte. Denn es war nicht das erste Mal, dass Visser sich diesen Auftritt seines Kollegen Carlo Faust mit ansehen musste.

Faust war Chef des Fachkommissariats eins bei der Polizeiinspektion Aurich und damit in der vorgesetzten Dienststelle zuständig für Mord und Totschlag. Immer wenn es um schwerwiegende Fälle ging, reiste Faust an, allerdings nicht wie die normalsterblichen Polizisten mit der Fähre, sondern mit dem Heli. Visser und Faust hatten sich über die Jahre kennen- und schätzen gelernt, gleichwohl nötigten Fausts Extravaganzen dem bodenständigen Insulaner Gent Visser immer wieder Kopfschütteln ab.

Bei seiner Ankunft auf dem Deckwerk vor dem Surf-Café setzte Faust dieses Mal noch einen drauf. Denn als er gesehen hatte, dass die lokale Presse mit gezückten Kameras komplett versammelt war, wartete er nicht ab, bis der Hubschrauber den Boden berührte. Nein. Kurz vorher schwang er sich auf die Kufen und nahm die letzten eineinhalb Meter bis zum Inselboden mit einem Sprung. Nach dieser filmreifen Einlage zeigte das ansonsten hochgradig relaxte Inselpublikum doch die eine oder andere Emotion. Faust hatte einmal mehr für eine willkommene Abwechslung im Urlaubsalltag gesorgt.

Als der Hubschrauber wieder aufgestiegen und mit elegantem Schwung in Richtung Festland davongeflogen war, richtete sich Faust die dunkelgraue Bomberjacke, schließlich war diese bei dem Landemanöver deutlich über die Hüften gerutscht. So konnte das nicht bleiben. Nach einem prüfenden Blick in Richtung seiner Schusswaffe drehte er diese Körperseite zum Café hin. Dort standen immerhin die meisten Touristen. Er kontrollierte zunächst, ob die P2000 noch fest im Holster saß. Nachdem er festgestellt hatte, dass sich auch die Handfesseln und die Etuis für Pfefferspray und das Ersatzmagazin in korrektem Zustand befanden, strich er sich mit der mächtigen Hand über die Glatze und schlenderte auf Visser zu. Der hatte Brille und Dienstmütze inzwischen wieder aufgesetzt. Ein kräftiger Handschlag, eine kurze freundschaftliche Umarmung, dann gingen sie zum Auto. Mit Blaulicht und Sondersignal steuerte Neumann die beiden zum Parkplatz am Ostheller, wo der Pritschenbulli zur Weiterfahrt zum Wrack bereits auf sie wartete.

✳✳✳

Er zog die Tür ins Schloss. Das Klicken war kaum zu hören. Er wusste, dass er nun mit sich und seiner Welt allein war. Wände als Schutz von allen Seiten. Boden unter den Füßen, Decke über dem Kopf. Raum ohne Fenster, Welt ohne Licht, Ort ohne Tag. Er öffnete die Augen und sah nichts.

Bis zur gegenüberliegenden Wand waren es genau viereinhalb Schritte. Je näher er ihr kam, desto deutlicher nahm er den süßlich bitteren Geruch der Holzvertäfelung wahr. Es war das Einzige, das man hier riechen konnte. Jeder weitere noch so leichte Duft hätte dem Raum die Bestimmung, den Zauber genommen. Längst musste er nicht mehr fühlen, nicht mehr tasten. Er kannte alles, jeden Millimeter, er sah alles, jedes Detail, jeden Gegenstand, mit geschlossenen Augen. Seine Hände folgten seinem Denken. Uneingeschränkt synchron. Mit den Fingern der rechten Hand drehte er den Schlüssel. Auch hier ein nahezu geräuschloses Klicken, und die Tür sprang auf. Oben rechts das Gefäß. Edelchrom. Keine Ornamente, makellose Glätte, einundzwanzig Komma acht Zentimeter hoch, vierzig Komma drei Zentimeter Umfang an der breitesten Stelle, handgebürstet und poliert. Er griff mit beiden Händen danach und zog es fest an seine Brust. Die Augen blieben geschlossen, er drückte sie jetzt noch fester zu. Als er den kalten Behälter spürte, durchzog ihn ein Kribbeln.

Mit flackernden Lidern machte er nun zwei Schritte zurück, drehte sich nach links und ging zwei weitere Schritte nach vorn. Er hörte seinen Atem, sonst nichts. Er setzte sich auf den Stuhl und stellte das Gefäß auf dem Tisch ab. Der Filz unter dem Sockel sorgte dafür, dass auch dies lautlos geschah. Mit den Fingern der linken Hand schaltete er die Tischlampe an. Langsam, ja regelrecht irritiert, als würde er gerade aus einer Trance aufwachen, öffnete er seine Augen, sie sollten den dünnen, weichen Lichtschimmer nur stufenweise spüren. Auch diese Sinneskraft durfte nur behutsam zur vollen Entfaltung kommen. Jede noch so kleine Störung war zu vermeiden. Jedes Geräusch, jede abrupte Bewegung, alles Plötzliche würde der Handlung schaden.

Als sich seine Augen an das schummrige Licht gewöhnt hatten, sah er im Spiegelbild des kühl glänzenden Chromgefäßes, wie seine Hände danach griffen und es in die Mitte des Tisches stellten. Erst als er den Deckel vorsichtig aufgedreht hatte, streifte er die eng anliegenden Handschuhe ab.

Das hauchdünne Leder schimmerte im Schein der Lampe, während die dünnen weißen Finger aus dem mit Kaschmir ausgestatteten Innenfutter glitten. Während er nun damit begann, sich über das geöffnete Gefäß zu beugen, spürte er, wie ihn Wärme durchzog und ihm Blut in den Kopf schoss. Das Pochen des Herzens spürte er in Brust und Hals. In den Ohren erhöhte sich der Druck, in die Augen trat Glanz, auf die Wangen Röte. Und nun, da er den ausströmenden Duft aufsog, umschlossen seine Hände das Gefäß erneut, so, als wollte er es sich einverleiben und ein Teil dessen werden, was seine Vorstellungskraft gerade in ihn hineinströmen ließ. Doch er besann sich. Er durfte nicht überreagieren. Trotz des Abtauchens in die andere Welt durfte er die Haltung nicht verlieren.

Er streifte sich die Handschuhe wieder über und drehte den Deckel zurück auf das Gefäß. Aus der Schublade nahm er ein schwarzes Poliertuch und wischte damit die Abdrücke, die seine Finger hinterlassen hatten, weg. Dann schob er die Urne an den äußersten Rand des Tisches, öffnete die Kladde und schrieb:

»4370. Manchmal denke ich, es geht zu Ende. Es fällt mir immer schwerer, die richtigen Worte zu finden. Und dann frage ich mich, ob das alles noch Sinn ergibt, und mir wird kalt. Ja, auch jetzt. Ich sitze hier an diesem Tisch und friere. Komisch. Vor einigen Minuten war mir noch siedend heiß. Aber das war, als ich dich an meine Brust gedrückt habe. Manchmal frage ich mich, ob du das bemerkst. Es passiert ja jeden Tag, dass ich deine Nähe suche. Ich kann gar nicht anders. Ich sehe dich dann vor mir. Ich fühle deine Haut. Ich sehe, wie du meinen Blick erwiderst und wie du mir in die Augen schaust. Und dann, ohne Vorankündigung, verlässt mich dieses Gefühl. Es ist, als ob ich aufwache. Aus einem wunderbaren, bunten Traum. Danach fühle ich mich schlecht. Von einer Sekunde auf die andere. Manchmal wird mir sogar übel. Trotzdem werde ich nicht damit aufhören, deine Nähe zu suchen und das Glück zu genießen. Auch wenn es nur ein paar Minuten sind. Ich gebe nicht auf. Ich werde nie aufgeben. Denn die Liebe bleibt. Sie ist wie eine Sucht. So stelle ich mir Sucht vor. Meine Sucht ist das Verlangen nach dir. Nach deinem Lächeln, nach deinem Atem. Manchmal habe ich Angst davor, dass ich auch diesen Raum verlieren könnte, diese Welt, diesen Schatz. Es ist so viel und doch so wenig. Es ist alles, was ich habe. All das, was ich hier spüre, in den wenigen Momenten unserer Zweisamkeit, das ist mein Leben. Es ist auf diese wenigen Momente reduziert. Und ja, es ist ein Leben in der Versenkung, aber ich kann ihm nicht entrinnen. Vielleicht ist dieses Leben aber auch nicht mehr als eine Illusion, eine schlecht geschriebene Geschichte. Okay, Liebes, ich möchte dich mit diesen Gedanken nicht langweilen. Vor allem heute nicht. Denn sie werden unklar, sie verschwimmen wie dein Gesicht vor meinen Augen. Es ist besser, wenn ich gehe. Ich bringe dich zurück und mache mich wieder auf den Weg nach draußen. In die Kälte. In diesen gnadenlosen Alltag. Und trotzdem bin ich bei dir. Immer und überall. Morgen ist ein neuer Tag. Auch morgen zwitschern die Vögel in den Bäumen. Auch morgen rauscht die Brandung heran. Und auch morgen werde ich mich nach dir verzehren.«

Er löschte das Licht und griff nach dem Gefäß. Dann stand er auf. Schloss die Augen. Drehung nach rechts, zwei Schritte nach vorn. Drehung nach links, zwei Schritte nach vorn. Der Schrank war noch geöffnet. Er stellte die Urne an ihren Platz. Oben rechts. Er drückte die Tür ins Schloss und öffnete die Augen. Er sah nichts. Kein Licht. Kein Tag. So sollte es sein. Er drehte sich um, viereinhalb Schritte nach vorn. Halbe Armlänge bis zum Türknauf. Knappe Drehung nach links. Leises Klicken. Lichteinfall. Dann verließ er den Raum.

***

Faust stand mit verschränkten Armen vor dem Wrack. Sein ungläubiger Blick traf erst die Hand, dann Visser. Der hatte sich erneut in den Sand gekniet.

»Wenn wir mal davon ausgehen, dass es sich hier tatsächlich um die Hand eines Menschen handelt: Gibt es auf der Insel einen aktuellen Vermisstenfall?«

Vissers Miene verriet Erstaunen. »Wenn ich mal davon ausgehe, dass ein aktueller Fall circa vier bis acht Monate zurückliegt, dann frage ich mich, wie eine Hand während dieser kurzen Zeitspanne derart zum Skelettteil werden kann.«

»Du weißt genau, wie ich das gemeint habe. Da war doch mal –«, hob Faust erneut an, allerdings grätschte Visser ihm mitten in den Satz.

»Ja. Stimmt. Aber das halte ich für ausgeschlossen.«

»Wieso möchtest du nicht darüber reden?«, fragte Faust.

»Ich möchte zunächst die Ergebnisse der Kriminaltechniker abwarten. Und wer weiß, vielleicht brauchen wir hier sogar die Gerichtsmedizin vor Ort.«

Visser erhob sich. Nachdem er sich gestreckt und mit beiden Händen den Sand von den Knien gestreift hatte, stand er nun Schulter an Schulter mit Faust. Der hatte beschlossen, sich zum jetzigen Zeitpunkt unnötige Fragen an Visser zu verkneifen. Schließlich kannte er seinen Kollegen und Freund nur zu genau: Wenn dessen dickes Fell dünn zu werden drohte, musste man ihn erst mal eine Zeit lang in Ruhe lassen.

»Gut«, sagte Faust und steckte sein Handy zurück in die Hosentasche. »In ein paar Stunden sind wir schlauer. Die Kollegen vom archäologischen Polizeidienst haben die Fähre gerade eben verlassen. Die Feuerwehr hat sie am Hafen in Empfang genommen. In einer guten halben Stunde sind sie da. Die haben alles dabei. Vom Klappspaten bis zum feinen Pinsel. Wenn die sich hier in Trance gebuddelt haben, dann wissen wir auch bald, wem die Hand gehört oder ob es sich nur um einen Karnevalsartikel handelt.«

Fausts lockere Art gefiel Visser heute gar nicht. Die

krampfigen Grimassen, die er ungewollt zog, verrieten, dass es in ihm brodelte. Er mochte zwar Fausts Humor und normalerweise auch dessen saloppe Sprüche, heute aber konnte er diese nur schwer ertragen. Um einem Wortgefecht mit seinem Kollegen aus dem Weg zu gehen, drehte er sich von Faust ab, verschränkte die Arme vor der Brust und ging ein paar Schritte in Richtung Ostspitze. Vor ihm lag Baltrum, die kleinste der sieben Ostfriesischen Inseln. Nur ein paar hundert Meter Nordsee trennten die beiden Inseln voneinander, und doch waren sie so unterschiedlich. Norderney, das mondäne, weltläufige Eiland im Westen, und Baltrum, die kleine und stille, aber schöne Nachbarin. Hier wie dort wärmte die Maiensonne an diesem Nachmittag den Flutsaum.

Der kalte Nebel vom frühen Morgen war längst vergessen. Visser genoss die leisen Minuten, allein mit sich und seiner Zigarette. Er schaute Richtung Süden. Dort sah er den Küstenstreifen, der sich wie eine fein gekrümmte Linie vor seinen Augen ausbreitete. Vom kleinen Hafen in Neßmersiel legte gerade eine Fähre ab. In einer guten halben Stunde würde sie Baltrum erreichen und jede Menge Touristen ausspucken. Visser nahm noch einen tiefen Zug, bevor er die Kippe in den Sand trat, um sie anschließend in der Streichholzschachtel und schlussendlich in der Hosentasche verschwinden zu lassen. Dann machte er kehrt. Er wollte wieder zurück in Richtung Wrack laufen. Seine Hemdsärmel flatterten im Wind. Gleichzeitig plusterte sein weißes Hemd sich mit dem entgegenkommenden Westwind am Rücken auf wie ein Ballon, was daran lag, dass es ausnahmsweise korrekt in der Hose steckte.

Während Vissers Zigarettenpause waren die Kollegen vom Kriminaltechnischen Dienst am Wrack eingetroffen. Die Spezialisten des Fachkommissariats fünf begannen sofort damit, ein großes geschlossenes Zelt aufzustellen und die Absperrung rund um den Fundort deutlich zu erweitern. Gleichzeitig nahmen drei Leichenspürhunde ihre Arbeit auf.

Als Visser das Zelt betrat und sah, wie die Kriminaltechniker anfingen, sich zunächst mit Spaten, dann mit immer feinerem Gerät weiträumigen Zugang zu einem eventuell vorhandenen kompletten Skelett zu verschaffen, musste er dann doch wenigstens einmal kurz schmunzeln. Vom Gesamtbild her nämlich glich der Fundort bei oberflächlicher Betrachtung in der Tat einer archäologischen Grabungsstätte. Die Hoffnung, dass an dieser Stelle die sterblichen Überreste eines mittelalterlichen Ostfriesenhäuptlings freigespült worden waren, ließ Visser erst gar nicht aufkommen. Um sich solchen Träumereien hinzugeben, war er dann doch zu sehr Realist. Also konzentrierte er sich jetzt lieber auf einen Hünen in weißem Polizeioverall, der sich tief über die skelettierte Hand beugte. Mit feinen Pinselstrichen entfernte er kaum sichtbare Sedimentanhaftungen. Es dauerte nur wenige Sekunden, dann erhob er sich.

»Ich kann euch noch nicht viel sagen. Nur: Hier handelt es sich definitiv um die rechte Hand eines Menschen. Und ich bin mir ziemlich sicher, dass es die Hand einer Frau ist. Beziehungsweise war.« Dann setzte er seine Wasserflasche an und nahm einen großen Schluck. Die Kapuze behielt er dabei auf, sodass von seinem Gesicht nur die kleinen braunen Augen, die ausgeprägte Nase und der braune Vollbart zu sehen waren.

Visser behielt die Hände in den Hosentaschen und starrte auf den Boden. Nach ein paar Sekunden sagte er: »Was macht Sie so sicher, dass es eine weibliche Hand ist?«

»Ich vermute es wegen der zierlichen Knochen. Gebt uns Zeit. Je nachdem, was hier noch alles zum Vorschein kommt, kann es mit detaillierten Ergebnissen noch eine Weile dauern. Vielleicht sogar bis morgen Mittag.«

Visser und Faust warfen sich einen kurzen fragenden Blick zu. »Na denn«, brummte Visser.

Der Polizeihüne in Weiß zog den Kopf ein, schob die Plane am Eingang des Schutzzelts mit dem Arm zur Seite und verschwand darin. Wortlos gingen Visser und Faust zum Bulli. Auf der Dienststelle gab es einiges zu tun.

Bevor die beiden Polizisten zur Wache fuhren, machten sie

einen Stopp in der Strandstraße. Doch das war nicht so leicht. Denn auch am frühen Abend schoben sich die Touristen dort wie in einer Prozession von einem Laden zum anderen. Die Strandstraße lag mitten im Zentrum Norderneys und war eine der besonders frequentierten Flaniermeilen auf dem Westkopf der Insel.

»Fehlt nur noch, dass du Blaulicht und Sondersignal einschaltest, Carlo. Das muss doch nicht sein.« Man sah Visser die Verärgerung deutlich an. Es war ihm unangenehm, dass sie sich mit dem Pritschenbulli im Schritttempo durch die Menschenmassen drängten. Viele Leute reagierten erschrocken, weil sie dachten, es wäre etwas Schlimmes passiert. Andere schienen davon genervt und schüttelten den Kopf. Wenn es Visser möglich gewesen wäre, dann hätte er sich irgendwo im Wagen verkrochen, damit ihn bloß niemand sah. »Mensch, Carlo! Und das alles wegen zwei fettigen Dönern. Die Leute halten uns doch für total bescheuert. Dir kann das egal sein, wenn die so glotzen. Aber mich kennen hier viele. Das ist einfach nur peinlich.«

»Bleib ganz ruhig«, sagte Faust und hielt den Wagen direkt vor dem Dönerladen an. Er zeigte auf das Schild »Grill & Chill« und rief Visser zu: »Ich gehe rein und besorge die Döner, und du chillst solange, okay?«

Visser verzichtete auf eine Antwort. Er schaute aus dem Fenster, schämte sich und tat so, als würde er die teils abfälligen Kommentare der Passanten nicht hören.

Als Faust mit den beiden Dönermonstern aus dem Laden kam, fuhren sie nicht, wie zunächst vorgesehen, zur Wache an die Knyphausenstraße. Faust steuerte den Bulli stattdessen vor das offene Fluttor am Westbadestrand. »Sonnenuntergang gucken und Döner essen. Was gibt es Schöneres!«, schwärmte Faust und blies gut gelaunt in die Backen. Er saß erwartungsfroh am Steuer, nahm durch die Frontscheibe den Horizont ins Visier und schob das Papier bis zur Mitte des Döners. Dann sagte er: »Hm, Knoblauch«, holte noch einmal tief Luft, öffnete den Mund so weit er konnte und setzte zur Vernichtung an.

»Bevor wir hier vor lauter Sonnenuntergangsduselei und Döner den Sinn für die Wirklichkeit verlieren, lass uns auch noch mal darüber reden, wie wir nun weitermachen. Wobei ich durchaus weiß, dass wir aktuell nichts Konkretes unternehmen können. Wir könnten allerdings mögliche Szenarien durchsprechen.«

»Solange die Kriminaltechnik noch keine Ergebnisse hat, sind uns die Hände gebunden. Wir müssen abwarten. Mit Sicherheit brauchen wir auch den Bericht der Gerichtsmedizin, vielleicht sogar ein Isotopengutachten.«

»Allein in Deutschland werden pro Jahr mehrere hundert Tote gefunden, die auf die Schnelle nicht identifiziert werden können. Also wenn wir mit Zahnabgleich und DNS-Analyse nicht weiterkommen, dann müssen die Rechtsmediziner die nächste Rakete zünden«, murmelte Visser.

Faust nahm einen weiteren Bissen. Dass dabei eine nicht unerhebliche Menge Knoblauchsoße aus dem Fladen quoll und auf seine Hose tropfte, bemerkte er zunächst nicht. Denn er war abgelenkt. Einerseits faszinierte ihn der Himmel, der praktisch minütlich von der untergehenden Sonne in ein neues Licht getaucht wurde. Andererseits begeisterten ihn die immensen Fortschritte der Wissenschaft, die es zuließen, die Herkunft, das ungefähre Alter und die Lebensumstände eines vor vielen Jahren gestorbenen Menschen zu bestimmen.

»Das ist korrekt. Wir können im Moment nicht viel tun«, sagte Faust, während er den Soßenklecks entdeckte und diesen kurzerhand mit der Papierserviette von der Hose wischte. »Die sogenannte Isotopensignatur sagt dir genau, ob der oder die Tote vor fünfzig Jahren vorwiegend Spargel und Geflügel gegessen hat und welche Luft eingeatmet wurde. Ruhrpott oder Nordsee zum Beispiel.«

»Aber so weit sind wir noch nicht«, antwortete Visser. Er wischte sich den Mund ab, öffnete die Wagentür und stieg aus. Faust gesellte sich zu ihm. Schweigend beobachteten die Männer den Sonnenuntergang. Vor ihnen auf der Strandpromenade hielt sich kaum noch jemand auf. Die meisten Gäste tummelten sich direkt unten am Strand, viele hatten ihre Kameras längst in Position gebracht, etliche Paare spazierten Hand in Hand barfuß durch die flachen, müde anlandenden Wellen. Und auch an diesem Abend war der eigentliche Höhepunkt, nämlich das Versinken der Sonne im Meer, nur von kurzer Dauer. Innerhalb von gut drei Minuten schluckte die Nordsee den heute tieforange glühenden Feuerball, ein Ereignis, das tatsächlich alle, die sich am Strand versammelt hatten, faszinierte. Denn sie schwiegen und zollten diesem anmutigen Augenblick allein damit Respekt und Würde.

Visser und Faust lehnten direkt nebeneinander an der Promenadenmauer. Visser strich sich mit der Hand über den Bauch, der nach dem Döner unangenehm gegen den Gürtel drückte. Mit einem leichten Seufzer, der ebenso Nachdenklichkeit wie Sorge verriet, drehte sich Faust seinem Kollegen zu und schaute ihn scharf von der Seite an. »Gent, ich weiß, woran du gerade denkst.«

»Glaub ich dir«, gab Visser zurück, während er nach wie vor geradeaus über den Westbadestrand hinweg mit müden Augen den Horizont fixierte. In seiner Stimme klang Gleichmut mit. Doch das täuschte. In seinem Inneren bauten sich gerade Gefühlswelten auf, von denen er gedacht hatte, sie würden ihn für den Rest seines Lebens in Frieden lassen. Doch jetzt kamen sie zurück.

Faust legte Visser die Hand auf die Schulter. »Du denkst an die Kleine, die damals verschwunden ist. Stimmt's?«

»Kann sein«, brummte Visser. Er wandte sich Faust zu und sah ihm in die Augen. »Komm, wir machen Feierabend. Heute können wir nichts mehr reißen.«

***

Frauke saß auf dem Sofa. Sie hatte die Haare hochgesteckt und war geschminkt. Das ansonsten eher Burschikose in ihrem Gesicht war verschwunden, das Make-up hatte die Konturen um Mund und Augen weichgezeichnet. Wimperntusche und Lidschatten hatte sie ebenfalls aufgetragen. Das wiederum hatte ihre ohnehin großen dunklen Augen zusätzlich hervorgehoben.

»Wie siehst du denn aus?«, fragte Visser, als er das Wohnzimmer betrat. »Hast du noch was vor?«

»Was ist das denn für eine Begrüßung? Gefalle ich dir etwa nicht?«

Visser hatte die Schuhe ausgezogen und das Uniformhemd aufgeknöpft. Aus dem Halsausschnitt seines Unterhemds lugten einige dunkle Brusthaare hervor. Im Fernsehen lief im WDR gerade eine Reisereportage über das Ruhrgebiet. Frauke hatte den Ton abgeschaltet. Mit seinen Gedanken war Visser noch am Wrack. Er stellte sich vor, wie die Kollegen von der Kriminaltechnik gerade unter gleißendem Scheinwerferlicht über einem Schädel hockten und diesen vorsichtig bargen. Dann traf sein Blick endlich wieder Fraukes Gesicht, die ihn mitleidig anschaute. Erst jetzt wachte Visser aus seinem Gedankentorso auf und bemerkte, dass die grobe Art der Begrüßung wirklich fehl am Platz war. Eigentlich konnte er froh sein, dass seine Frau ihm keine Szene machte, weil er einmal mehr aus dienstlichen Gründen einen kompletten Sonntag geopfert und sie allein zu Hause sitzen gelassen hatte. Also ging er auf Frauke zu, beugte seinen Oberkörper tief nach unten und drückte ihr einen Kuss auf den Mund.

»Hm. Lippenstift. Das kenne ich ja gar nicht von dir«, sagte er, grinste und wischte sich mit dem Handrücken über den Mund.

»Ja. Ich übe für nächsten Samstag. Weißt du noch, was dann ist?«, fragte Frauke und gab die Antwort gleich hinterher. »Unsere silberne Hochzeit. Unser großes Fest in der Giftbude. Mit vielen Gästen. Sogar die Neumanns, die sonst nirgendwo hingehen, haben zugesagt. Außerdem mittlerweile auch all deine Kumpels vom Boßelteam. Mit Anhang.«

Dann stand Frauke auf und zeigte sich ganz. Visser, der sich in den gelben Lesesessel hatte fallen lassen und in eine Scheibe Brot biss, die er daumendick mit Leberwurst beladen hatte, schaute auf. So hatte er seine Frauke schon lange nicht mehr gesehen. Wenn überhaupt. Sie trat einen Schritt nach vorn, neigte den Kopf fesch zur Seite und lächelte ihn an. Visser legte die Stulle auf den Zeitungsstapel, der sich auf dem Beistelltisch türmte. Da er höchst irritiert war und nicht genau hinsah, stieß er mit der Hand gegen sein Wasserglas. Es rutschte vom Tisch und ergoss sich auf dem Boden. Doch er nahm das Malheur nicht wirklich wahr. Was er sah, war Frauke. Sonst nichts. Sie trug ein dunkelblaues, knapp über die Knie reichendes Cocktailkleid mit Stickereien und funkelnden Pailletten. Der mit Samt abgesetzte V-Ausschnitt sorgte für ein hinreißendes Dekolleté, das, wie die gesamte Schulter- und Armpartie, von weich schimmerndem Tüll bedeckt wurde. Dazu stand Frauke auf blauen Pumps mit Pfennigabsätzen. Sie lächelte immer noch. Visser schluckte. Und er schluckte noch einmal und noch einmal. Dann nahm er die Brille ab, wischte die Rückseite seiner Pranke mehrfach durchs Gesicht. Fast hätte man meinen können, ihm wäre – ganz aus Versehen – eine winzige Träne entglitten.

Mit Mühe und Not brachte seine kellertiefe Stimme ein schüchternes »Wat moi!« heraus, was in diesem Fall so viel bedeutete wie: Schatz, du siehst phantastisch aus. Wie gut, dass Frauke ihren Gent so gut kannte. Sie hatte seine hinter der breiten Brust verborgene Gefühlswallung durchaus als Kompliment verstanden.

Als Visser die Brille wieder aufgesetzt und sich die Nase geputzt hatte, war er sich allerdings endgültig im Klaren darüber, wie wichtig dieser Hochzeitstag war, vor allem für Frauke. Da ärgerte es ihn auch nicht mehr, dass er sich zuvor auf einen siebenwöchigen Tanzkurs eingelassen hatte. Sieben Sonntage hintereinander war er mit Frauke pünktlich um fünfzehn Uhr im Weißen Saal des Conversationshauses erschienen, um sich auf den Ehrentanz bei der Silberhochzeit vorzubereiten. Dabei hätte er den Tanzlehrer manchmal am liebsten an der Gurgel gepackt, wenn dieser mal wieder mit einem neuen Tanz um die Ecke kam oder irgendwelche Schrittkorrekturen von ihm verlangte wie bei diesem seitlichen Getrampele beim Jive. Vierundvierzig Takte pro Minute. Es mochte ja sein, dass dieser Tanz den Männern in Rio de Janeiro gefiel. Aber er, Gent Visser, war doch Norderneyer. Und zwar mit Leib und Seele. Wenn ein Mann hier tanzte, dann allenfalls Wiener Walzer oder Discofox. Kaum hatte er diesen einigermaßen verinnerlicht, kam schon wieder was anderes. Tango zum Beispiel. Wozu brauchte er Tango? Garantiert nicht für den Ehrentanz in der Giftbude. Acht Schritte plus zweimal Rhythmuswechsel! Selten hatte er so gelitten. Und Frauke? Nicht zu fassen. Obwohl er ihr immer mal wieder auf die Füße getreten war, lächelte sie trotzdem weiter. Sie schwebte wie eine Feder übers Parkett, während er sich verkrampfte, schwitzte und sich nichts sehnlicher wünschte als das Ende dieses verdammten Tanzkurses. Doch jetzt, da er Frauke in ihrem glitzernden Festkleid sah und erkannte, wie schön sie war, und ihm klar wurde, wie viel Mühe sie sich mit der Organisation ihrer Silberhochzeit gegeben hatte, änderte er seine Meinung. Er wuchtete sich aus dem Lesesessel, schloss Frauke in seine Arme und drückte sie an sich.

»Du siehst unglaublich gut aus. Und ich bin froh, dass wir den Tanzkurs gemacht haben. Oder besser gesagt, dass du es mit mir ausgehalten hast. Ich freue mich auf unser Fest am Samstag, und ich verspreche dir, pünktlich zu sein.«

Frauke lachte. Nach fünfundzwanzig Jahren Ehe kannte sie natürlich auch den Humor und die ironischen Spitzfindigkeiten ihres Mannes. Gerade wollte sie etwas dazu sagen, da brummte Vissers Handy.

Es war Faust. Er sagte aufgeregt: »Hör zu, Gent. Langmarck hat angerufen.«

»Wer ist Langmarck?«

»Das ist das lange Gerät von der Kriminaltechnik. Der, der heute Nachmittag am Wrack rumgebuddelt und die Hand abgepinselt hat.«

»Was will der mitten in der Nacht?«

»Die haben ein Zwischenergebnis. Die haben ein komplettes Skelett ausgegraben. Und sie sind überzeugt, dass es sich um eine Frau handelt.«

Visser trat einen Schritt zurück und ließ sich erneut in den Sessel fallen. Sein Blick verriet hochgradige Erregung. Er wischte sich mit der Hand durch den Dreitagebart. Dann fragte er: »Sonst noch was?« Visser merkte, dass auch Faust beunruhigt war und tief einatmete. Denn der ließ sich mit der Antwort viel Zeit. »Sonst noch was, Carlo«, schrie Visser nun in einer Lautstärke, dass Frauke erschrak.

»Diese Frau ist mit an Sicherheit grenzender Wahrscheinlichkeit Opfer eines Gewaltverbrechens gewesen. Ich fürchte, es kommt eine Menge Arbeit auf uns zu.«

Nun benötigte Visser ein paar Sekunden, um die Nachricht zu verinnerlichen und sich, zumindest oberflächlich, zu beruhigen. »Danke, Carlo«, hauchte er ins Handy. Mehr gab seine Stimme gerade nicht her. »Bis morgen um acht.«

»Bis morgen, Gent.«

DREI

So, wie die Sonne am Vorabend gegangen war, so meldete sie sich am Morgen zurück: mit wärmendem Licht, leuchtender Kraft und verheißungsvollem Flimmern. Gleichzeitig wehte ein milder Wind aus Westen über die Gräser und den Strandflieder der Norderneyer Graudünen. Nicht nur die Eiderenten starteten lebhaft in den Tag. In der Pfütze einer Dünenmulde balgten sie sich mit schlagenden Flügeln und strichen sich mit den Schnäbeln kraftvoll durchs Gefieder. Gleichzeitig machte sich ein Großer Brachvogel auf Futtersuche. Sein melodisches Flöten war weithin hörbar und schwoll immer weiter an. Für derlei Naturschönheiten hatten Gent Visser und Carlo Faust heute Morgen keinen Kopf. Sie bretterten mit dem Bulli am Strand entlang in Richtung Wrack. Beide waren hochmotiviert in den Tag gestartet, wobei die Begrüßung am Morgen äußerst knapp ausgefallen war.

»Hier stinkt's ja wie im Dönerladen«, maulte Faust, als er die Tür des Wagens öffnete. »Das ist ja nicht auszuhalten.«

»Wenn du auf deine Extraportion Knoblauch verzichtet hättest, dann wäre alles nur halb so schlimm«, gab Visser zurück, schob Faust zur Seite und schwang sich auf den Fahrersitz.

Vor dem Zelt am Wrack wurden sie von den Kollegen der Kriminaltechnik bereits erwartet. Langmarck trug wieder den weißen Schutzoverall, allerdings hatte er diesmal die Kapuze vom Kopf gestreift. Man sah ihm an, dass er müde war. Seine Augen schienen deutlich kleiner zu sein als gestern. Außerdem war er ein bisschen blass um die Nase.

»Wie lange habt ihr denn noch gemacht gestern Abend?«, fragte Visser und schob gleich ein Kompliment hinterher: »Wahnsinnsjob. Danke.«

Langmarck ging ein paar Schritte zur Seite. Er reagierte

nicht auf die freundliche Begrüßung. Für den Zweimeter-mann mit dem Rauschebart war ein Job wie dieser einer von vielen, die er in den vergangenen Jahren gemacht hatte. Der unaufgeregte Umgang mit Tod und Vergänglichkeit war für ihn längst zur Routine geworden.

Also kam er gleich zur Sache, indem er hinter dem Skelett in die Hocke ging und zur Bestandsaufnahme überging. »Wir haben es hier mit einem nahezu vollständig vorhandenen Skelett einer weiblichen Person zu tun, die nach unseren ersten Schätzungen bei ihrem Tod zwischen zwanzig und vierzig Jahre alt gewesen sein müsste. An Teilen des obe-ren Brustkorbs befinden sich noch winzige Ablagerungen, die entweder von Geweberesten oder von Kleidungsfetzen stammen können. Näheres wird die DNS-Analyse an den Tag bringen.«

Visser hockte sich ebenfalls vor das Skelett. Er befand sich nun genau gegenüber von Langmarck, dessen skeptischem Augenaufschlag er die Sorge entnehmen konnte, dass er dem Skelett zu nahe kam und möglicherweise Spuren zerstörte.

»Keine Angst, ich mache euch nichts kaputt hier«, parierte Visser Langmarcks strengen Blick. »Mich treibt eher die Frage um, was Sie so sicher macht, dass der Tod durch ein Gewalt-verbrechen eingetreten ist.«

Langmarck konterte zunächst mit einem leicht abfälligen Lächeln. »Wenn Sie genau hinschauen, dann sehen Sie eine komplett zerfetzte untere Brustkorbregion, außerdem ist die untere Wirbelsäule vom Steißbein aufwärts praktisch nicht mehr vorhanden. Gleichzeitig finden sich hier unzählige Kno-chenabsplitterungen. Das sieht aus, als hätte sich ein Projektil regelrecht in den Körper hineingefräst.«

Visser war beeindruckt. Er schnaufte durch und stellte sich wieder aufrecht hin, weil seine Beine einzuschlafen drohten. Dann zeigte er auf das Skelett. »Wie lange liegt die schon da?«

»Die Frage ist auch nicht einfach zu beantworten. Vom Ge-webe, von den Muskeln oder Sehnen ist praktisch nichts mehr übrig. Null Verwesungsgeruch. Selbst die Kleidung. Nur noch ein paar winzige Fetzen. Nicht mal eine Gürtelschnalle. Auch kein Schmuck. Kein Ring, kein Armband. Keine Schuhe. Zumindest haben wir bislang nichts Derartiges gefunden.«

Visser zog die Stirn in Falten und wiederholte seine Frage: »Wie lange liegt sie schon da?«

»Mehrere Jahre. Das ist ganz klar. Vielleicht zehn, vielleicht fünfzehn. Das hier ist sandiger Grund. Sie liegt rund einen Meter tief. Bei solchen Bodenverhältnissen verläuft der Verwesungsprozess deutlich schneller als zum Beispiel in lehmigem Grund.«

»Das heißt?«

»Dass in lehmigem Grund noch mehr von ihr übrig wäre, was einer raschen Identifikation dienen würde.«

Jetzt meldete sich erstmals Faust zu Wort. »Wie sieht es mit dem Zahnstatus aus? Haben wir da eine Chance?«

»Auf jeden Fall.« Langmarck zeigte mit dem Finger auf den Kopf. »Der Schädel ist perfekt erhalten, das heißt, die Knochen. Auch das Kiefergerüst und die Zähne sind absolut brauchbar. Wenn Sie mir also einen Norderneyer Zahnarzt nennen, der für einen Abgleich in Frage kommt, dann dürfte ein verlässliches Ergebnis nicht lange auf sich warten lassen.«

Visser verzog sein Gesicht. Sein Blick traf Langmarck wie ein Schuss. »Was soll das heißen? Was macht Sie so sicher, dass die Tote von der Insel stammt? Und wie wäre es, wenn sich die Rechtsmedizin in Oldenburg erst mal mit der DNA beschäftigen würde?«

»Ich habe nicht gesagt, dass ich überzeugt davon bin, die Tote würde von der Insel stammen. Ich kann Sie aber beruhigen, Herr Kollege«, gab Langmarck zurück, »selbstverständlich tüten wir die sterblichen Überreste nachher fein säuberlich ein und schaffen sie zur Gerichtsmedizin.«

»Aber was ist denn nun mit dem Zahnarzt?«, fragte Visser, der diesen Satz in der tiefsten ihm möglichen Bassstufe von sich gab. Schließlich hatte er keine Lust, die Autorität als

Insel-Ermittler zu verlieren oder das Heft des Handelns aus den Händen zu geben.

»Von Twitter und Facebook scheinen Sie nichts zu halten. Muss man auch nicht unbedingt. Manchmal ist es allerdings ganz nützlich.«

Langsam wurde es Visser zu viel. Er merkte, wie sein Blutdruck stieg. Er hatte größte Mühe, die Contenance zu wahren. Er fragte: »Was wollen Sie mir damit sagen? Reden Sie endlich Klartext, Mann.«

»Ich möchte Ihnen damit sagen, dass die Norderneyer Zeitung auf ihrer Facebook-Seite gestern Abend in epischer Breite verkündet hat, dass es sich bei dem hier vor Ihnen liegenden Skelett mit allergrößter Wahrscheinlichkeit um eine gewisse Isabel handelt. Eine junge Insulanerin, die vor ein paar Jahren spurlos verschwunden sein soll. Ich sage das mit aller Vorsicht und mit aller Wertschätzung Ihnen gegenüber, Herr Kollege. Aber die Gerüchteküche auf der Insel brodelt. Falls also dieser zurückliegende Fall von Ihnen in Erwägung gezogen werden sollte, dann nennen Sie mir ganz einfach den Namen eines Zahnarztes, den wir zurate ziehen können. Mit ein bisschen Glück haben Sie dann in weniger als einer Stunde das Ergebnis.«

Visser machte auf dem Absatz kehrt und schickte sich an, das Zelt zu verlassen. Als er die Plane am Eingang zurückschob, drehte er sich noch einmal um. »Carstens. Björn. Björn Carstens. Janusstraße.«

Im Zelt war es mucksmäuschenstill. Das gesamte Ermittlerteam hatte natürlich bemerkt, dass zwischen Visser und Langmarck die Luft brannte. Und so hatten die fünf Worte, mit denen Visser den Namen des Zahnarztes mitgeteilt hatte, wie fünf dumpfe Paukenschläge geklungen. Langmarck nahm sie wortlos zur Kenntnis und wies mit einem seitlichen Kopfnicken einen seiner Kriminaltechniker an, die nötigen Schritte unverzüglich einzuleiten.

Von Faust wusste Visser, dass die Auricher Kriminaltechniker im Bereich der Polizeidirektion Osnabrück einen ausgezeichneten Ruf genossen. Dennoch fühlte er sich nach dieser Begegnung mit Langmarck vorgeführt. Gleichzeitig bereute er, gestern Abend den Redakteur der Norderneyer Zeitung nicht kontaktiert zu haben. Der hatte auf Vissers Anrufbeantworter gesprochen und um Rückruf gebeten. Also konnte er diesem jetzt auch nicht vorwerfen, unsauber recherchiert zu haben.

Er ging ein paar Schritte weiter zu einer kleinen Dünenerhebung, wo einige Spuren zu sehen waren, die die Feuerwehr gestern mit ihrem LF 8 hinterlassen hatte. Er zündete sich eine Zigarette an und sog den Rauch tief ein. Visser war mit sich im Unreinen. Er hoffte inständig, dass es sich bei der Toten nicht um das vermisste Mädchen handelte, weil dieser Fall ihn seinerzeit emotional so sehr berührt hatte wie kein anderer zuvor. Außerdem wünschte er immer noch, sie würde leben; irgendwo auf der Welt. Auf der anderen Seite würde sich hier die Chance ergeben, die Akte Isabel wieder aufzuschlagen und noch einmal ganz von vorn zu beginnen.

Visser schloss die Augen und hielt die Nase in den Wind. Für Nordseeverhältnisse kamen die Böen in ungewohnt sanften Zügen daher. Er genoss es, wie sie in gleichmäßigen Schüben sein Gesicht berührten, als wollten sie ihm den Unmut und die Aufregung von der Haut streichen. Sein Dreitagebart funkelte im Schein der Sonne, während sich seine Miene allmählich entspannte und er endlich wieder in der Lage war, das Schreien der Austernfischer und das Rauschen der Brandung bewusst wahrzunehmen.

Als Visser die Polizeiwache betrat, kam ihm Neumann gleich entgegen. »Er sitzt bei dir im Zimmer. Ich konnte ihn nicht aufhalten. Und ehrlich gesagt, ich kann ihn verstehen.«

»Wen meinst du?«

»Knut.«

»Ich hab's mir fast gedacht. Okay. Ich rede mit ihm.« Mit

großen Schritten trat Visser in den dunklen Flur, bevor er in seinem Dienstzimmer verschwand. Auf einem der Stühle am Besuchertisch saß Knut Schierke. Als Visser den Raum betrat und seine Dienstmütze auf den Schreibtisch warf, schaute Schierke verschüchtert auf. Sein Gesicht wirkte müde, der Nacken gebeugt. Die dünnen grauen Haare fielen fransig in die Stirn, die Haut war hell und weich. Unter den Augen hatten sich dunkle Tränensäcke gebildet, die knochigen Hände lagen nebeneinander auf dem Schoß, als wollten sie beten. Von Körperspannung konnte nicht die Rede sein. Der Mensch, der dort saß, hatte mit Knut, dem Seebären der früheren Jahre, nichts mehr gemein. Das Verschwinden seiner Tochter Isabel hatte er nie überwinden können.

Knut war schon lange ein gebrochener Mann. Er stand kurz vor seinem sechzigsten Geburtstag. Den Tischlerbetrieb hatte er bereits vor fünf Jahren an seinen Sohn Bent übergeben. Die Geschäfte liefen blendend, die Auftragsbücher waren gefüllt wie eh und je. Der Bauboom auf Norderney befand sich nach wie vor auf höchstem Level. Das ging so weit, dass während der Bausaison auf Norderney zwischen Oktober und April in einigen Betrieben absolute Urlaubssperre angeordnet werden musste.

Visser ging auf ihn zu und setzte sich zu ihm an den Tisch. »He, Knut. Kaffee oder Tee?«

»Nichts«, antwortete Knut.

Visser schaute auf, er erschrak regelrecht, als er Knuts Stimme hörte. Sie hatte sich in den vergangenen Jahren extrem verändert. Die Bestimmtheit darin und das Raubeinige waren komplett verloren gegangen. Sie klang dünn und kraftlos. Die Männer starrten ein paar unerträglich lange Sekunden lautlos vor sich hin, bevor Visser das Schweigen endlich beendete. »Knut, ich weiß noch nicht, ob sie es ist. Die Kriminaltechniker wissen bislang nur, dass es sich um eine Frau handelt. Vermutlich zwischen zwanzig und vierzig.«

»Sag mir, was ihr jetzt tut. Ich will es genau wissen.«

»Um ein verlässliches Ergebnis zu bekommen, wird gerade der Zahnstatus überprüft.«

»Wer macht das, und wie und wo wird das gemacht?« Schierke bekam langsam Farbe im Gesicht.

Visser spürte, wie der alte Mann in Fahrt kam, ohne jedoch die verkrampfte Körperhaltung zu verändern. »Einer der Kriminaltechniker ist auf dem Weg zu Björn. Da war Isabel zuletzt in Behandlung.«

»Isabel hatte nie einen anderen Zahnarzt.«

»Ja, Knut. Ich weiß. Jedenfalls wird man dann sehr schnell erfahren, ob sie es ist oder nicht.«

»Wie sieht sie aus. Beschreib sie mir.«

»Knut, bitte. Möchtest du das wirklich alles wissen? Und wie gesagt, niemand weiß bisher, ob sie es tatsächlich ist.«

Nun hob Knut zum ersten Mal den Kopf. Er schaute Visser mit leeren Augen an. »Was genau habt ihr gefunden? Wie sieht es aus?«

»Gut einen Meter vor dem Wrack liegt in westlicher Richtung ein nahezu komplett erhaltenes Skelett. Die Leute von der Spurensicherung sagen, dass es sich um eine Frau handelt. Sie bergen das Skelett und bringen es in die Gerichtsmedizin nach Oldenburg. Dort werden weitere Untersuchungen vorgenommen. Sie wollen auf Nummer sicher gehen.«

»Du brauchst mich nicht zu schonen. Gent, sag mir die Wahrheit. Ist sie ermordet worden?«

»Wir wissen es noch nicht zu hundert Prozent. Könnte sein. Wie gesagt, sie kommt heute in die Gerichtsmedizin. Das kann dann gut und gern zwei bis drei Tage dauern.«

Knut hatte den Blick wieder gesenkt. Er starrte seine Hände an, die immer noch auf dem Schoß lagen, als würden sie nicht zu ihm gehören. Visser hatte den Kopf zur Seite gedreht. Durch die Fensterscheibe sah er einen ganzen Pulk von Touristen, die mit ihren Badesachen gut gelaunt in Richtung Januskopf liefen, um sich in ein paar Minuten am Nordbadestrand zu vergnügen. Das fröhliche Gejuchze der Kinder schallte laut durch das gekippte Fenster ins Zimmer, wo sich Knut und Gent weiterhin anschwiegen.

Als Visser die Augen wieder auf ihn richtete, sah er, dass der immer mehr in sich versank. »Sie muss es ja nicht sein. Es kann sich genauso gut um eine andere Person handeln«, sagte Visser im Flüsterton. Knut tat ihm einfach nur leid.

»Und was ist, wenn sie es aber doch ...« Er brachte es nicht fertig, diesen Satz zu Ende zu führen. Er stützte sich am Tisch ab und war den Tränen nahe. »Ich halte es nicht mehr aus. Es bricht mir das Herz«, presste er mit fiepsiger Stimme aus sich heraus.

Visser konnte das Gesagte kaum verstehen. Er ging auf ihn zu, packte ihn unter den Armen und richtete ihn vorsichtig auf. Dann drückte er ihn an seine Brust. »Knut, lass uns noch ein paar Stunden abwarten. Ich bringe dich jetzt nach Hause.«

Als sie am Nachmittag erfahren hatten, dass es sich bei der am Wrack ausgegrabenen Person tatsächlich um Isabel Schierke handelte, war die Betroffenheit groß gewesen. Zwar hatte kaum jemand auf der Polizeiwache daran gezweifelt, dass sie Isabel gefunden hatten. Doch jetzt, da dies Gewissheit geworden war, hatte es allen Kollegen zunächst einmal die Sprache verschlagen. Spontan versammelte sich die komplette Schicht in Vissers Dienstzimmer. Das ganze Team zeigte sich einsilbig. Konstruktive Vorschläge für das weitere Vorgehen gab es nicht, allenfalls ein müdes Stochern in den Erinnerungen an die Arbeit vor zwölf Jahren, als sämtliche Versuche, Isabel zu finden, scheiterten. Nur Faust, der die nun neu aufzunehmenden Ermittlungen als Leiter der Mordkommission offiziell zu führen hatte, ergriff die Initiative. Er nahm Kontakt zum Auricher Inspektionschef Lindemann auf, sprach sich mit den Pressesprechern ab und forderte zusätzliches Fotomaterial vom Tatort an. Visser war froh, dass Faust das erledigte und mit seiner großen Routine die formellen Dinge über die Norderneyer Dienststelle hinaus klärte. Was diese

Zusammenarbeit anging, harmonierten die beiden großartig. Das hatte die Vergangenheit schon mehrfach gezeigt.

Visser selbst hatte noch eine andere Aufgabe zu erledigen, die ihm die Beine schwer wie Blei werden ließ. Deshalb nahm er einen letzten tiefen Zug, drückte die erst zur Hälfte gerauchte Zigarette in den überquellenden Aschenbecher, setzte die Dienstmütze auf und verließ wortlos den Raum. Die Kollegen, die ihm nachdenklich hinterhersahen, beneideten ihn um diese Aufgabe nicht.

Knut Schierke stand am Fenster, als Visser mit dem Polizeipassat auf den Hof des Betriebs an der Lippestraße fuhr. Die Scheibe war vom Atem leicht beschlagen, sodass sein Gesicht wie eine Fratze wirkte. Visser stellten sich die Haare an den Armen auf, als er ihn dort stehen sah. Er hatte die Fußmatte am Eingang nicht ganz erreicht, da zog Schierke die Tür schon auf und stolperte ihm entgegen.

»Ist sie es?«, brachte er mühsam und mit gebrochener Stimme hervor. Dabei riss er die vom Weinen geröteten Augen weit auf.

Visser drückte die Lippen zusammen, er wusste kaum, wie er es ihm sagen sollte. »Es tut mir so leid«, presste er schließlich hervor, dann fiel Knut ihm auch schon in die Arme. Visser setzte ihn auf die klobige Bank aus Eiche, die neben der Tür stand. Knut hatte sie vor vielen Jahren selbst gebaut. Nun kam Rieke, seine Frau, hinzu. Ohne ein Wort zu sagen und ohne ihn anzuschauen, ging sie an Visser vorbei und stellte sich vor die Bank. Ihr makelloses Gesicht und ihre anmutige Erscheinung waren vom Kummer der vergangenen Jahre aufgezehrt worden. Mit einem leichten Stöhnen ließ sie sich neben Knut fallen, starrte ins Leere und schwieg. Dann kam auch Bent, Isabels Bruder, aus dem Haus. Er trug eine khakifarbene Latzhose, ein paar Leim- oder Silikonflecke auf den Knien, den Zollstock in der Seitentasche. Als er Visser und seine auf der Bank kauernden Eltern sah, bedurfte es keiner weiteren Erklärung Vissers, weswegen er gekommen war. Visser wusste ohnehin, dass jedes Wort nutzlos war. Er rief Dr. Oswald an. Es dauerte keine fünf Minuten, da fuhr er auch schon vor.

»Gut, dass Sie angerufen haben, Herr Visser. Ich gebe den beiden was zur Beruhigung und kümmere mich um sie.« Visser musste Dr. Oswald nichts erklären. Auch er konnte eins und eins zusammenzählen. Nirgendwo funktionieren die Buschtrommeln besser als auf einer Insel.

»Ich bin dann mal weg«, sagte Visser, schlurfte zum Wagen und fuhr zurück auf die Polizeiwache.

Als die damals siebzehnjährige Norderneyerin Isabel in der Nacht zum 27. Mai 2007 von einer Feier in der Diskothek Inselkeller nicht nach Hause zurückgekehrt war, rechnete zunächst niemand damit, dass ihr Wegbleiben von langer Dauer sein würde. Isabel war zwar eine ebenso lebhafte wie lebenslustige junge Frau, galt aber als vernünftig und klug. Nach der mittleren Reife auf der Kooperativen Gesamtschule der Insel absolvierte sie seinerzeit gerade eine Ausbildung zur Industriekauffrau bei der Reederei Norden-Frisia. Vielleicht würde sie ja eines Tages die Büro- und Verwaltungsarbeiten im heimischen Tischlerbetrieb übernehmen, hatte ihr Vater gehofft. Isabel war nicht abgeneigt, wollte sich mit der Entscheidung aber noch Zeit lassen. Die sportliche Figur, die langen blonden Locken, das hübsche Gesicht und nicht zuletzt ihr charmantes wie ansteckendes Lächeln ließen sie auf Feten und Feiern meist schnell in den Mittelpunkt rücken. Das kleine braune Muttermal an der Oberlippe war ein zusätzlicher Hingucker, außerdem trug sie bei jeder Gelegenheit auffällige Ohrringe, die sie immer wieder gern zeigte, indem sie ihr langes blondes Haar hinter die Ohren zurückstrich oder es zum wuscheligen Zopf zurückband.

Isabel hatte den Abend des 26. Mai 2007 mit ihrer Freundin Irina Altendorf verbracht, einer aus Kasachstan stammenden Saisonarbeiterin, die normalerweise im Strandlokal Riffkieker arbeitete. Da Irina ebenfalls eine gut aussehende wie lebenslustige junge Frau war, mangelte es an männlichen Interessenten nicht. So buhlten auch an diesem Abend im Norderneyer Inselkeller die Jungunternehmer Frank Kornbach und Tim Reiser um die Gunst der jungen Frauen. Obwohl das Quartett stets viel Spaß miteinander hatte, war es zu einer ernsthaften Liaison bis dahin nicht gekommen. Und auch dieses Mal hatten sich Isabel und Irina bereits kurz vor Mitternacht von Frank und Tim verabschiedet. Mehr Prosecco musste es beim besten Willen nicht sein.

Dieser letzte Samstag im Mai des Jahres 2007 endete auf Norderney mit kühlen acht Grad Celsius und einem sternenklaren Himmel. Nur vereinzelt waren noch Spaziergänger auf der Promenade unterwegs. Die Nordsee schickte auflaufendes Wasser, der Wind frischte auf. Auf dem Weg nach Hause trennten sich Isabel und Irina in Höhe der Milchbar. Während Irina dort noch einkehrte, lief Isabel in Richtung Kaiserstraße.

»Geh bloß nicht zu Fuß nach Hause«, hatte Irina ihr nachgerufen.

»Keine Sorge. Bent ist schon unterwegs.« Das waren die letzten bekannten Worte, die Isabel Schierke in dieser Nacht gesprochen hatte. Dann verschwand sie aus Irinas Blickfeld. Für immer.

✳✳✳

Er war allein zu Hause. Also konnte er sich Zeit lassen. Als er das Gefäß auf den Tisch gestellt und die Lampe eingeschaltet hatte, hielt er die Augen dieses Mal trotzdem geschlossen. Es war ja schließlich ein besonderer Tag, der Erinnerungen in ihm wachrief, die ihn mehr berührten, als ihm lieb sein konnte. Obwohl er sich in diesem nahezu sterilen Raum befand, nahm er in seinen Gedanken an damals die salzige Luft, die ihm kühl über Nase und Wangen strich, wahr, und er sah die Spuren im Sand, die von den Sternen in ein schummriges Licht getaucht und von der schäumenden Brandung bereits wenige Sekunden später ausgelöscht wurden. All das sah er wieder so klar, so nah, als wäre es gestern gewesen. Er tastete nach der Urne, führte sie zur Brust, als wollte er sie wärmen. Als er den Deckel aufdrehte, zitterten seine Hände wie schon lange nicht mehr, und als er den Kopf über den Behälter beugte, öffnete er die Augen, und ihm wurde schwindlig.

Heute war alles anders. In der Tiefe des Gefäßes verbarg der Schatten nach wie vor, was ihm geblieben war. Trotzdem sah er seinen Schatz, sein höchstes Gut, mit dem seine Seele eins war. Mehr noch als diese Trophäe ließ ihn der herausströmende Duft erschaudern, und er bemerkte, dass er kurz davorstand, die Kontrolle über sich zu verlieren. Rasch stellte er den Behälter ab, nahm das Tuch aus der Schublade und polierte die Wände und den Deckel des Gefäßes, bevor er es zur Seite schob. Dann schrieb er: »4371. Du bist zurückgekommen. Von einer langen, weiten Reise. Dabei warst du gar nicht fort. Doch die Erinnerung kommt zurück, verschwommen, wie im Zeitraffer; doch sie ist wieder da. Die Erinnerung an unseren Abend. An dein Lachen, an deine Augen. Wie ich auf dich wartete. Wie sich unsere Blicke trafen. Wie sich unsere Hände berührten, wie wir zusammen rannten, immer weiter, immer schneller. Dein warmer Atem, deine klare Stimme, glockenhell schallte sie durch die Nacht. Nur ich durfte dein Rufen hören. Wir waren allein. Nur mit uns.«

VIER

Visser war für ungewöhnliche und unkomplizierte Entscheidungsprozesse bekannt. Ortstermin mit Brainstorming am frühen Abend in der Milchbar. Die Anzugsordnung hatte er jedem freigestellt: zivil oder in Uniform, das war egal. Teilnehmer: Erster Kriminalhauptkommissar Carlo Faust, die Kommissare Dieter Schröder und Axel Stegner von der Insel-Wache Norderney und er selbst. Zwar hatte er für diesen Vorschlag zunächst einigen Spott erhalten. Stegner beispielsweise hatte gefragt, ob er seine Frau mitbringen dürfe, und Schröder hatte überlegt, ob er vorher noch zum Friseur gehen sollte. Dennoch hatten am Ende alle seine Idee logisch gefunden, schließlich war die Milchbar der letzte Ort, an dem Isabel lebend gesehen wurde.

»Mir ist wichtig, dass wir jetzt noch mal alles daransetzen, diesen Fall zu klären. Und zwar schnell«, hatte Visser am Nachmittag gesagt. »Außerdem zeigt die Erfahrung, dass an einem ungewöhnlichen Ort oft die klarsten Gedanken gefasst und die besten Entscheidungen getroffen werden können.«

Faust war der Erste am Treffpunkt. Sie hatten vereinbart, zunächst auf dem Platz zwischen Promenade und Milchbar zusammenzukommen, genau dort, wo sich die Wege von Isabel und ihrer Freundin Irina vor zwölf Jahren getrennt hatten. Wie gewohnt stand Faust breitbeinig da, mit eng anliegender, dunkelblauer Stoffhose und schwarz lackierten Schuhen. Der Reißverschluss der grauen Bomberjacke war zur Hälfte zugezogen, der blaue Stretchbund deutlich über den Gürtel gerutscht, was wohl auch daran lag, dass die Hände in den Hosentaschen steckten. Die Sonnenbrille, Havanna-Look, Spiegelglas, saß locker auf der Stirn. Die über den Ohren ein wenig faltige Haut auf dem makellos kahl rasierten Schädel glänzte in der Abendsonne. Während er so nach außen seinem Ruf als kleiner Bullen-Protz tüchtig Nahrung gab, sah man ihm seine Nachdenklichkeit doch an. Die schmalen, funkelnden Augen verrieten gleichermaßen Konzentration und Anspannung. Sie fingen das Gesamtbild der Milchbar-Terrasse ein. Kaum ein Platz, der zu dieser Zeit noch frei war, und nicht ein einziger Gast, der so aussah, als wollte er diesen Ort jetzt verlassen. Etliche Besucher standen da, regungslos, als wären sie eben dort abgestellt worden, hielten sich am Weinglas fest, plauderten freundlich oder schauten einfach nur hinaus aufs Meer. Einige Urlauber klebten mit den Augen mehr oder weniger aufmerksam an ihren Smartphones oder machten Selfies, andere dösten vor sich hin. Gleichzeitig wärmten die letzten Sonnenstrahlen des Tages die Urlaubsgäste. Zu wohltemperierter Chill-out-Musik mit akkuraten Gitarrenzupfern, Meeresrauschen und feinem Beat streichelte gerade eine schwangere Frau ihren Bauch. Fausts Blick blieb an ihr haften. Ihr glückseliges Lächeln schien kein Ende zu nehmen, sie schloss die Augen, spitzte den Mund und hob das Kinn. Dann nahm sie die Hand ihres Sitznachbarn und legte sie auf ihren Bauch. Beide atmeten tief durch und hielten inne. Das Kind bewegt sich. Es streckt sich. Es stemmt die kleinen Beinchen von innen gegen den Bauch, sicher dauert es nicht mehr lange, bis es zur Welt kommt, dachte Faust. Da tippte Visser ihm mit dem Finger auf die Schulter. Faust zuckte leicht zusammen.

»Entspannungsmusik von Blank & Jones. Scheint bei dir ja richtig toll zu wirken. So. Und nun hör auf zu träumen, lass uns ein paar Schritte Richtung Hotel gehen, da ist es ein bisschen ruhiger.«

Visser war gemeinsam mit Schröder und Stegner zu Fuß um die Ecke gekommen, die Räder hatten sie zuvor unten an der Kaiserstraße an Laternenmasten festgekettet. Visser legte gleich los. »Genau hier haben sich damals die Wege von Isabel und Irina getrennt. Irina ist in die Milchbar rein, sie wollte sich noch einen Absacker genehmigen, hat sie damals zu Protokoll gegeben. Isabel lief weiter.« Visser zeigte mit dem rechten Arm Richtung Kaiserstraße. »Hier ist sie durch. Zwischen dem südwestlichen Teil der Milchbar und dem Hotel hier. Vermutlich ist sie da vorn die paar Stufen runtergegangen.«

»Und dort hat sie auf ihren Bruder gewartet, der sie abholen und nach Hause bringen wollte«, ergänzte Faust.

»Yep. Zumindest war es so geplant, wenn ich das richtig in Erinnerung habe. Ihr Bruder Bent hat gesagt, so wäre es vereinbart gewesen. Aber er hat sie nie dort angetroffen.«

Die Männer gingen ein paar Schritte weiter und blieben auf der obersten Stufe der Treppe stehen. Dort begegneten sie einem Pulk junger Leute in höchster Feierlaune.

»Wow. Großes Bullentreffen«, rief einer von ihnen. Als er das Blitzen in Vissers Augen sah, legte das Milchgesicht schnell einen Zahn zu und verschwand in der Menge auf der Terrasse des Kultlokals.

Schröder meldete sich zu Wort und zeigte auf die Treppe. »Ab hier ist alles möglich. Wie vor zwölf Jahren. Da haben wir ebenfalls an genau dieser Stelle gestanden und uns das Hirn zermartert.«

»Mit dem Unterschied, dass wir nun wissen, dass Isabel vermutlich hier auf ihren Mörder getroffen ist«, fügte Visser hinzu. »Denn so viel steht fest: Isabel ist ermordet worden. Das gibt die Untersuchung der Gerichtsmediziner schon jetzt eindeutig her.«

Schröder und Stegner zogen die Brauen hoch, Faust nickte mehrfach hintereinander und presste die Lippen zusammen als Zeichen, dass er nichts anderes erwartet hatte. Die folgende Denkpause nutzte Visser, um vom Rand der Kaiserwiese einen Blick in die Milchbar zu werfen. Er erkannte schnell, dass sie dort keinen Platz finden würden, der bevorstehende Sonnenuntergang hatte ihnen einen Strich durch die Rechnung gemacht und das Lokal bis auf den allerletzten Platz mit Feriengästen gefüllt. Visser tauchte deshalb kurzerhand im nächstbesten Strandkorb unter; Stegner, der Schmalste von ihnen, quetschte sich neben ihn.

»Erzähl doch mal weiter, Gent«, sagte Faust, der sich direkt vor dem Strandkorb auf die Wiese gesetzt hatte. »Was haben die Kollegen von der Gerichtsmedizin denn sonst noch so rausgefunden?«

»Also, mein Freund Langmarck hat vorhin angerufen.« Faust grinste. »Die lange Latte mit dem weißen Überzieher.«

»Sagen wir mal so: Der hoch aufgeschossene Kollege von der Kriminaltechnik. Auf Geheiß der Gerichtsmedizin hat er mitgeteilt, dass Isabel mit sehr hoher Wahrscheinlichkeit erschossen wurde. Das Projektil muss sie in der unteren Bauchgegend getroffen haben.«

»Was macht die denn so sicher?«, fragte Stegner.

»Die Wirbelsäule weist glasklare Spuren auf. Auch nach all den Jahren. Dort muss ein eher ungewöhnliches Projektil eingeschlagen sein, und zwar von vorn.«

»Ungewöhnlich?«

»Das ist in der Tat ein Knackpunkt. Die Gerichtsmediziner sagen, dass hier zum Beispiel auf keinen Fall ein Schuss mit einer Neun-Millimeter-Waffe abgefeuert wurde. Der Täter soll, so der jetzige, vorläufige Stand, so etwas wie ein Großkalibergewehr benutzt haben. Der komplette Bauchraum muss zerstört gewesen sein.«

Faust kratzte sich an der Glatze und verzog den Mund, als würde er sich ekeln. »Welches perverse Schwein benutzt denn ein Großkalibergewehr? Doch höchstens Großwildjäger. Das ist doch die Sorte, die sich in Afrika Büffel und Elefanten vor die Flinte jagen lässt, dafür Unsummen auf den Tisch blättert und sich anschließend mit dem erlegten Tier fotografieren lässt.«

»Und das Bild dann im Internet in Foren stellt und auf Facebook postet. Pfui Teufel«, grunzte Schröder und wandte sich demonstrativ ab.

Visser richtete sich im Strandkorb auf, dass er mit dem Kopf gegen das Markisendach stieß. Doch das beeindruckte ihn nicht weiter. »Jedenfalls sind die Absplitterungen an den Knochen ungewöhnlich. Außerdem lässt sich die Projektilgröße ziemlich genau bestimmen.«

Faust wurde ungeduldig. »Und?«

»Die gehen allen Ernstes von einem Kaliber aus, das deutlich über zehn Millimeter liegt. Das können Patronen sein, die sind daumendick. Damit jagt man tatsächlich Büffel, Giraffen oder Elefanten. Kann jeder kaufen, wenn er die Kohle dazu hat. Die Patronen werden handgeladen, das Stück kostet um die hundert Euro.« Visser dehnte sich und ließ den Nacken auf der Halswirbelsäule kreisen, dass es knackte. »Also wohlgemerkt, Jungs. Nicht die Waffe kostet hundert Euro; von einer einzigen Patrone ist hier die Rede.«

»Ich habe einen Bekannten«, sagte Faust. »Der ist leidenschaftlicher Jäger. Allerdings kein Großwildjäger. Der hat mir mal von diesem Wahnsinn erzählt. Von stinkreichen Typen, die nach Südafrika oder Mosambik fliegen. Die treffen hierzulande keinen Hasen, machen dort aber auf dicke Eier. Die hopsen morgens auf einen fetten SUV und lassen sich bis an die Zähne bewaffnet durch die Savanne kutschieren. Die Gewehre, die sie benutzen, werden allgemein Elefantentöter genannt. So ein Ding kostet mal locker zwischen zwanzig- und fünfzigtausend Euro.«

Visser wurde es im Strandkorb zu eng. Zunächst versuchte er, durch Hin- und Herrutschen eine bequemere Sitzhaltung einzunehmen, dann aber stemmte er sein breites Kreuz und die daran befestigten ein Meter zweiundneunzig aus dem Polster und stellte sich in voller Länge vor die blau-weiß gestreifte Relax-Kiste. Am Horizont sah er die Sonne, vor die sich gerade ein düsteres Wolkenband schob. Er pulte einen Zwanzig-Euro-Schein aus der Hosentasche und drückte ihn Schröder in die Hand. »Sei so gut, Dieter. Hol uns bitte eben vier Kaffee.«

Schröder nahm den Schein und ging wortlos ins Lokal. Eigentlich hatte Visser auf Schröder warten wollen, bevor er weiter vom Telefonat mit Langmarck berichtete. Doch Schröder kam in der Schlange vor dem Tresen nicht nennenswert voran. Die Milchbar schäumte über. Das Gedränge war enorm. Visser entschloss sich deshalb, zunächst ohne Schröder fortzufahren: »Wir können bei den Ermittlungen davon ausgehen, dass Isabel tatsächlich seit zwölf Jahren tot ist. Das heißt: Sie ist nicht über einen längeren Zeitraum gefangen gehalten worden. Davon gehen die Pathologen derzeit zumindest aus. Sicherheitshalber hat die Staatsanwaltschaft trotzdem zusätzlich ein Isotopengutachten angeordnet. Außerdem: Ob die Kleidungsreste uns weiterhelfen können, wird sich später herausstellen. Zwar liegt noch keine DNS-Analyse vor, aber zumindest kann man schon sagen, dass es schwierig sein wird, etwas Aussagekräftiges zu ermitteln.«

Endlich kam Schröder mit dem Kaffee. Er balancierte die vier Tassen auf einem Tablett, das dafür eigentlich zu klein war. »Machst dich gut als Kellner«, frotzelte Stegner, der für seine freche Bemerkung von Schröder einen sehr bösen Blick kassierte.

»Was ist denn an Kleidungsfetzen noch vorhanden?«, wollte Faust nun wissen.

»Das ist dünn. Sehr dünn. Die Kriminaltechniker haben angeblich im Umkreis von gut einem Meter anderthalb Meter tief gegraben und den Sand sogar gesiebt. Sie haben lediglich kleinste Textilfetzen gefunden. Keine Schuhe, kein Gürtel, keine Gürtelschnalle, keine Kippe. Nichts.«

»Gent, glaubst du ernsthaft, der Täter hat noch mal schnell an seiner Kippe gezogen, bevor er sie im Grab versenkt hat? So doof ist doch kein Mensch; außerdem wäre von der Kippe jetzt garantiert nichts mehr übrig«, feixte Faust.

»Was weiß ich«, gab Visser zurück. »Ich halte nichts für ausgeschlossen. Im Übrigen überlasse ich Fragen wie diese lieber den Kollegen im Labor. Nur eine winzige Textilfaser könnte ausreichen, den Fall über Nacht komplett aufzuklären.«

Faust nickte zustimmend, aber seine Miene verriet, dass sich sein Optimismus an der Stelle sehr in Grenzen hielt. »Wir wissen ja nicht einmal, ob Isabel dort draußen am Wrack erschossen wurde oder sonst wo auf der Insel. Ehrlich gesagt sehe ich gerade mehr Fragezeichen als vor zwölf Jahren.«

»Ich weiß. Wir müssen wieder bei Adam und Eva anfangen. Ein klassischer Cold Case. Einer von vielen. Aber ich sage dir: Kein Opfer, das jemals vergessen wird. In den Köpfen der Menschen leben sie weiter. Alle tauchen auf. Irgendwann. So wie Isabel. In dem Fall als dürres Gerippe. Wir haben die Akten zu lesen und wir kommen nicht umhin, die ganzen Zeugen von damals einschließlich der Verwandtschaft vorzuladen oder aufzusuchen. Wir müssen sie nerven. Dann wird sich schnell herausstellen, ob wir neue Ermittlungsansätze finden oder nicht. Aber: Wir haben eine neue Chance. Das muss uns klar sein«, sagte Visser.

»Und wir haben die Medien am Hals, und leider nicht nur die Norderneyer Zeitung und den Norderneyer Morgen. Eine Crew von RTL hat am Ostheller bereits Quartier bezogen. Das bedeutet, dass die anderen nicht weit sind«, sagte Schröder.

»Ach du Scheiße«, entfuhr es Visser. »Das hat noch gefehlt.«

Faust streckte sich und schob mit dem Mittelfinger die Sonnenbrille zurück auf die Nase. Dann sagte er: »Allerdings, lieber Gent, bin ich mir in einem sicher.« Visser schaute Faust fragend an und forderte ihn mit einem leichten Heben des Kinns gleichzeitig dazu auf, weiterzureden. »Der Täter kommt meines Erachtens von der Insel.«

»Da habe ich aber so meine Zweifel. Es könnte doch genauso gut ein Saisonarbeiter gewesen sein oder irgendein Feriengast. Du siehst doch. Schon im Mai herrscht hier Hochbetrieb. Eine Nebensaison gibt es nicht mehr. Hier ist immer was los.«

»Na klar«, spottete Faust. »Ein Feriengast. Dass ich nicht

lache. Ein Urlauber, der mit einem Elefantentöter am langen Arm oder im Gepäck wie Django aus der Fähre hüpft.«

Visser leerte die Tasse und stellte sie auf die Sitzbank im Strandkorb. Er hatte keine Lust auf lockere Sprüche oder Diskussionen, die nicht weiterhalfen. Er wollte nur die weitere Strategie mit seinen Kollegen absprechen und ansonsten eine Nacht über die Sache schlafen. Doch dann meldete sich sein Handy, das ihn mit einem Retro-Klingelton in ohrenbetäubender Lautstärke daran hinderte, einen neuen Satz anzufangen. Er blickte aufs Display und sah, dass es eine Norderneyer Nummer war.

Als er das Gespräch nach wenigen Sekunden beendete, sagte er: »Das war Bent Schierke. Sein Vater dreht durch. Ich fahre da mal hin.« Ohne sich groß von den Kollegen zu verabschieden, lief er zur Straße, band die Kette vom Laternenpfahl los und schwang sich aufs Rad.

⁎

Draußen war es ziemlich düster. Die Sonne hatte es noch nicht geschafft, die Wolken zu verjagen, die sich wie graue Beulen am Himmel formiert hatten. Es war Geduld gefragt, der Tag war jung. Die Uhr zeigte gerade mal fünf Uhr dreißig. Bis auf ein paar Zeitungsausträger und einige unverschämt kreischende Möwen schien die Insel nach wie vor zu schlafen. Die relative Stille dieses Morgens eignete sich hervorragend, um sich noch mal gemütlich im Bett umzudrehen. Visser aber war ungewohnt früh wach geworden und hatte sich deshalb von seiner Wohnung in der Benekestraße auf den Weg zur Dienststelle gemacht.

Wie immer hatte er die wenigen hundert Meter bis zur Wache in der Knyphausenstraße zu Fuß zurückgelegt. Nun saß er auf seiner Schreibtischkante und las die Badezeitung. Er war erleichtert, dass die Redaktion sachlich berichtet hatte. Allerdings hatten die Zeitungsleute im Artikel für den späten

Vormittag eine Pressekonferenz mit Staatsanwaltschaft und Inspektionsleiter Lindemann im Conversationshaus angekündigt. Davon erfuhr er nun aus der Zeitung, nicht von der Pressestelle in Aurich persönlich. Das ärgerte Visser sehr, der von Veranstaltungen wie dieser ohnehin nicht viel hielt. Er wusste zwar, dass es ohne Öffentlichkeitsarbeit nicht ging, doch zeitraubende Pressekonferenzen mit diversen »Lamettaträgern«, wie Visser die ranghohen Vorgesetzten aufgrund ihrer funkelnden Dienstgradabzeichen auf den Schultern nannte, nervten ihn.

»Das ist doch alles Aktionismus. Fehlt nur noch, dass sie uns auch noch den Innenminister auf den Hals hetzen«, schimpfte Visser.

Er legte die Zeitung zur Seite und zündete sich die zweite Zigarette des Tages an. Gleichzeitig nahm er sich zum tausendsten Mal vor, bald, spätestens aber nach der silbernen Hochzeit mit dem Rauchen aufzuhören. Doch er hatte enorme Zweifel, ob das überhaupt gelingen konnte, da musste er nur an den vergangenen Abend denken. Bis kurz vor Mitternacht hatte er bei Familie Schierke in der Küche gesessen. Als Visser dort ankam, verließ Dr. Oswald gerade das Haus. Zum zweiten Mal an diesem Tag. Bent hatte seinen Vater mit Gewalt daran hindern müssen, die Wohnungseinrichtung zu demolieren. Knut hatte getobt und geschimpft, gegen Türen und Schränke getreten und seinem Sohn mit den Fäusten auf die Brust getrommelt, bis er weinend zusammensackte und der Arzt gerufen werden musste.

Dann war es still im Hause Schierke. Sehr still. Knut, kreidebleich und mit hängenden Schultern, kauerte in der Sofaecke, seine Frau Rieke saß dicht neben ihm. Sie trug einen schwarzen Rock, schwarze Strümpfe und eine anthrazitfarbene Wolljacke, in der sie fast verschwand. Mit zittrigen Händen hielt sie ihrem Knut wortlos ein Glas mit Wasser hin. Mühsam hob er die auf dem Knie ruhende Hand und winkte ab. Obwohl Dr. Oswald ihm erneut etwas zur Beruhigung gegeben hatte, wirkte Knuts Blick wach. Bent saß auf dem Sessel, sein Oberkörper war nach vorn gebeugt, in der kräftigen Hand hielt er eine Bierflasche. Sein rundes Gesicht mit den ausgeprägten Wangenknochen, dem dunklen Dreitagebart und den buschigen Augenbrauen ließ ihn sehr männlich wirken. Die Gesichtsform stammte fraglos von seiner Mutter, die bis vor einigen Jahren eine äußerst attraktive Frau gewesen war. Auch die vollen Lippen, die braunen Augen und das kräftige dunkle Haar hatte er von ihr. Isabel kam eher nach ihrem Vater: schmales Gesicht mit dünnen Lippen, auffallend blaue Augen und eine flache Stirnpartie.

Visser konnte nachvollziehen, dass Bent ihn angerufen hatte. Vielleicht war es ihm einfach nur darum gegangen, zu reden und Ballast abzuwerfen, dachte er. Denn mit seinen Eltern war dies momentan nicht möglich. Während sein Vater die Kontrolle über sich verloren hatte, schwieg seine Mutter beharrlich weiter. Visser hatte gehört, dass Rieke ein Jahr nach dem Verschwinden Isabels das Sprechen eingestellt hatte. Sie magerte ab, verließ das Grundstück nicht mehr, vernachlässigte ihr Äußeres und brach alle sozialen Kontakte ab. Sie kochte, putzte, wusch, bügelte, saß auf einem Stuhl in der Küche – und schwieg. Sie war zwar anwesend, fand aber nicht statt. Eine psychologische Beratung hatte sie strikt abgelehnt. Wer ihr damit kam, erntete einen strafenden Blick.

Irgendwann ergriff Visser das Wort. »Glaubt mir, ich werde zusammen mit meinen Kollegen den Fall komplett neu aufrollen und alles daransetzen, Isabels Mörder zu finden. Ich werde dafür kämpfen, dass ihr Gewissheit erlangt, und dass der Täter die gerechte Strafe erhält, auch wenn ich weiß, dass dies euren eigentlichen Schmerz nicht lindern wird.«

Als Visser dies sagte, reckte er seine Arme und schob die Brust nach vorn, bevor er versicherte, alle Zeugen von damals erneut zu befragen, natürlich auch Tim Reiser und Frank Kornbach sowie Irina Altendorf; die drei Personen, die als Letzte mit Isabel zusammen gewesen waren.

Visser wusste, dass Reiser und Kornbach für Bent ein rotes Tuch waren. Es gab zwar nicht den geringsten Anhaltspunkt, ihnen etwas vorzuwerfen, aber Bent biss sich allein deshalb an ihnen fest, weil sie zuletzt mit seiner Schwester gefeiert und außerdem beide ein Auge auf sie geworfen hatten.

Visser glaubte, dass Bents Abneigung gegen Reiser und Kornbach andere Gründe hatte. Sie stammten aus wohlhabenden Verhältnissen, mussten sich nicht wie er abrackern, um das heimische Unternehmen am Laufen zu halten. Damit hatte er nicht ganz unrecht. Während Bent nach der Übernahme des Tischlerbetriebs schuftete wie ein Berserker, fuhren Reiser und Kornbach ihre feudalen Limousinen über die Insel spazieren und verbrachten viele Stunden des Tages in Strandlokalen oder in Café-Bars. Bevor Visser sich am Abend von den Schierkes verabschiedete, bat er um Vertrauen.

»Bei aller Trauer und verständlichen Verbitterung hilft jetzt nur harte Polizeiarbeit«, sagte er in einem Ton, der an Sachlichkeit nicht zu übertreffen war. Von Bent bekam er dafür eine äußerst abfällige Grimasse; vielleicht auch deshalb, weil Visser nach dessen Meinung seinerzeit viel zu oberflächlich ermittelt und lange Zeit darauf gesetzt hatte, dass Isabel irgendwann von selbst wieder auftauchen würde. Visser ignorierte Bents grimmige Miene. »Glaubt mir«, setzte er gleich darauf noch einmal an, »wir tun unser Bestes, um den Fall zu klären.«

Dann verabschiedete er sich. Erst hielt er Bent die Hand hin, der den kräftigen Druck schweigend erwiderte. Knuts Hand versank schlaff in Vissers Pranke, fühlte sich an wie lose umherschwimmende Knochen. Rieke bewegte sich nicht. Ihre Augen schauten zwar in Vissers Richtung, der Blick aber drang nicht zu ihm vor, blieb unterwegs hängen wie eine eingefrorene Träne, überladen von Kummer und Schmerz.

Visser saß kerzengerade auf dem Schreibtischstuhl, starrte angestrengt in den Computer und checkte seine E-Mails. Auch die Kollegen waren inzwischen eingetrudelt, als Erster Carlo Faust. Weil er in seiner Eigenschaft als Chef der zukünftigen Mordkommission in Vissers Dienstzimmer keinen Schreibtisch besaß, funktionierte er kurzerhand die Besucherecke um. Mehr als ein kleines Plätzchen für seinen Laptop brauchte er nicht, allenfalls noch einen Ort für sein Notizbuch, das Handy und die allgegenwärtige Kaffeetasse. Mit Visser war er sich schnell einig gewesen, dass sie so schnell wie möglich Reiser und Kornbach einbestellten. Schwierig würde es bei Irina Altendorf werden. Sie hatte die Insel für einen anderen Job bereits vor sechs Jahren ins Ausland verlassen. Niemand wusste, wo sie sich zurzeit aufhielt. Hier war also noch einiges an Recherchearbeit nötig.

Kornbach war pünktlich. Um exakt acht Uhr dreißig klopfte er an Vissers Tür. Da niemand sofort »Herein« rief, drückte Kornbach ohne Aufforderung vorsichtig die Klinke herunter und streckte den langen, dünnen Hals in den Raum.

»Kommen Sie herein, Herr Kornbach«, rief Visser ihm zu. Sie setzten sich zu Faust an den Tisch. Der klappte seinen Laptop zu und füllte Kaffee in seine Tasse.

»Sie wissen, weswegen wir mit Ihnen reden möchten?«, begann Visser, ohne sich mit langen Vorreden oder unnötigem Small Talk aufzuhalten.

»Isabel«, sagte Kornbach mit quietschend hoher Stimme. »Sorry, bin etwas erkältet.«

»Zur grundsätzlichen Information, Herr Kornbach. Wir fangen mit den Ermittlungen noch mal ganz von vorn an. Das könnte für alle Beteiligten ein wenig nervig werden, aber es bleibt uns keine andere Wahl. Die Chance, Isabels Mörder zu finden, hat sich deutlich verbessert.« Kornbach nickte. »Und falls Sie heute Morgen die Badezeitung gelesen haben sollten oder die Nachrichten im NDR gehört haben, dann sind Sie auf dem neuesten Stand.«

»Es ist für mich unfassbar. Ich hätte nie gedacht, dass jemand sie umgebracht haben könnte. Ich kann es kaum glauben. Das Ganze wirkt unwirklich auf mich.«

»Auf uns auch«, sagte Faust. »Ich gehe mal davon aus, dass das Auffinden von Isabels sterblichen Überresten Erinnerungen in Ihnen wachgerufen hat.«

Kornbach lehnte sich im Stuhl zurück und drehte den sehnigen Hals, sodass er sein Gesicht dem Fenster zuwandte. Als er ihn so sah, erinnerte Visser sich an Kornbach, als dieser vor zwölf Jahren als Fünfundzwanzigjähriger am gleichen Platz gesessen und schüchtern Fragen beantwortet hatte. Inzwischen war Kornbach erwachsen geworden. Als Chef eines europaweit agierenden Ferienhausunternehmens fiel es wahrscheinlich leicht, sich eine gewisse Lockerheit zu bewahren und gleichzeitig genügend Selbstbewusstsein nach außen zu kehren. Im Spiegelbild des Fensters fixierte Faust Kornbach als einen Mann mit breiter Stirn und spitzem, glatt rasiertem Kinn. Um den Mund hatten sich halbkreisförmige Falten gebildet, ein charakteristisches Merkmal für Kornbachs trapezförmiges Gesicht, ebenso die Krähenfüße an den Augen, vielleicht in dieser Prägnanz ein wenig zu früh für sein Alter, überlegte Faust. Ebenso kennzeichnend wie die Falten um den Mund kam Kornbachs Frisur daher. Ein hoch angesetzter, exakt gezogener Scheitel bildete die optische Basis. Die glatten hellbraunen Haare lagen in einer Diagonalen locker auf der Stirn und endeten nach zwanzig Zentimetern an der Mitte des linken Ohrs. An Kornbachs Frisur hatte sich in der ganzen Zeit nichts geändert. Nur, dass der Haaransatz leicht ergraut war. Geblieben war zudem die leichte, aber unverkennbare Wölbung zwischen den Schultern. Ein von Kind an vorhandener Wirbelsäulenschaden, der, wie alle wussten, Kornbachs Selbstbewusstsein in keiner Weise beeinträchtigen konnte.

»Erinnerungen. Ja und nein. Sagen wir mal eher: Alpträume.« Kornbach wandte sein Gesicht nun wieder Visser und Faust zu. »Erinnerungen sind insofern aufgekommen, als sich der komplette letzte Abend mit Isabel noch einmal ganz von vorn abspielte; wie ein schlechter Film, obwohl es ein wirklich schöner Abend war. Auch nach all den Jahren kann ich mich noch an Einzelheiten erinnern, dabei hatten wir ganz schön tief ins Glas geschaut.«

»Sie meinen Reiser und Sie?«, fragte Visser.

»Ja. Die Mädels aber auch. An Prosecco hat es nicht gemangelt. Bis dann der Moment kam, und die Mädels sich verabschiedeten.«

»Wie war das genau? Ich möchte es noch mal hören.«

»Sie waren zusammen auf der Toilette, sicher fast zehn Minuten. Als sie zurückkamen, hatte Isabel die Lippen nachgezogen, und beide griffen gleichzeitig nach den Blousons, die über den Hockerlehnen hingen.«

»Und dann?«

»Was, und dann?« Kornbach wirkte bereits jetzt genervt. Visser hob die Stimme. »Was kam dann?«

»Ehrlich gesagt kamen wir uns ein wenig veräppelt vor. Erst hatten sie mit uns geflirtet, was das Zeug hielt. Dann kamen sie vom Klo, klimperten tüchtig mit den Wimpern und sagten ›Tschüss‹. Das war's.«

»Wie haben Sie darauf reagiert?«

»Tim hat sich zur Seite gedreht und den nächsten Whiskey-Cola bestellt. Ich glaube, ich habe mit dem Kopf geschüttelt und mir 'ne Kippe angezündet. Irgendwie war es mir dann auch zu blöd. Es waren ja auch genug andere Mädchen da. Der Inselkeller war schließlich proppenvoll.«

»Sie sind also sitzen geblieben und haben weiter gefeiert.«

»Ja, bis nach drei. Müsste aber auch noch im Protokoll nachzulesen sein. Am Ablauf des Abends hat sich bis heute nichts geändert. Auch wenn jetzt feststeht, dass irgendein Dreckschwein Isabel ermordet hat.«

»Sie haben Isabel also zuletzt kurz vor Mitternacht im Inselkeller gesehen?«

»Ja.«

Visser pustete kräftig Atemluft aus. Man merkte, dass er gerade genau überlegte, wie er seine nächste Frage formulieren sollte. Nach ein paar Sekunden sagte er:»Herr Kornbach, die Kriminaltechnik hat an Isabels Skelett jede Menge Kleidungsreste gefunden. Das LKA hat eine DNS-Analyse eingeleitet. Wir hoffen, dass uns das weiterbringt.«

»Das hoffe ich auch.« Kornbach streckte Hals und Nacken, hob das Kinn und starrte einen Moment an die Zimmerdecke. »Ich hoffe inständig, dass Sie dieses Schwein kriegen. Und glauben Sie mir, ich habe vergangene Nacht einige Stunden wach gelegen und überlegt. Ich kann mir partout keinen Norderneyer vorstellen, der es getan haben könnte.«

Faust griff nach seinem Handy und tippte sein Passwort ein. Gleichzeitig fragte er:»Vielleicht noch zwei Dinge, Herr Kornbach.«

Dieser sah Faust mit festem Blick an. Dabei senkte er den Kopf ein wenig, sodass eine Haarsträhne über das linke Auge fiel. Kornbach strich sie zurück.»Ja, bitte?«

»Könnte es sein, dass Isabel und Irina auf der Toilette beziehungsweise auf dem Weg dorthin jemanden kennengelernt oder getroffen haben, mit dem sie sich spontan verabredeten? Haben Sie vielleicht gesehen, wie jemand die Diskothek verlassen hat, kurz nachdem die Mädchen gegangen waren?«

Kornbach dachte einen Moment nach und schaukelte dabei mit dem Kopf hin und her.»Das kann natürlich sein. Durchaus. Mir ist aber nichts aufgefallen. Vielleicht war es tatsächlich so. Das wäre auch ein Grund dafür, dass die beiden den Inselkeller nach dem Gang auf die Toilette so schnell verlassen haben. Die Gläser waren noch gefüllt. Ihr Weggehen kam wirklich sehr überraschend.«

»Aber Sie haben niemanden gesehen, der ihnen gefolgt ist?«

»Nein. Das heißt: ja. Das wäre mir aufgefallen, und ich hätte es Ihnen mit Sicherheit schon damals gesagt.«

Kornbach schaute auf Fausts Kaffeetasse. Sie war nur noch

zu etwa einem Drittel gefüllt, und man sah dem Kaffee an, dass er kalt war. Mit gerümpfter Nase beobachtete er, wie Faust die Tasse ansetzte und sie in einem Zug leerte. Kornbach verzog den Mund. »Darf ich jetzt gehen? Ich habe zu tun.«

»Aber ja doch«, antwortete Visser und erhob sich vom Stuhl.

Faust blieb sitzen und nahm Kornbach, der ebenfalls aufgestanden war, noch einmal ins Visier. »Eine Frage müssen Sie mir eben noch beantworten.« Doch dann stockte er, schüttelte kurz entschlossen den Kopf und sagte: »Ach was. Ist schon gut.«

Visser warf Faust einen fragenden Blick zu. Kornbach lächelte. »Falls Ihnen die Frage doch noch einfallen sollte, dann melden Sie sich einfach.«

Als Kornbach aus dem Zimmer gegangen war, hatte er nicht nur viele offene Fragen, sondern auch eine extrem dichte Parfümwolke zurückgelassen. Visser öffnete das Fenster und setzte sich wieder zu Faust an den Tisch. »Was sollte das denn eben?«

»Ich hatte ihn fragen wollen, ob er Jagdwaffen besitzt, dann habe ich aber bemerkt, dass die Frage strategisch falsch wäre.«

»Nun ja. Bislang haben wir noch nicht mitgeteilt, dass Isabel aller Voraussicht nach mit einer solchen Waffe getötet worden ist.«

»Ich denke, dass wir ihn mit dieser Frage gewarnt hätten. Falls er einen Elefantentöter besitzen sollte, würde er ihn spätestens jetzt garantiert im Meer versenken.«

»Ach, Carlo. Wenn, dann hat er es schon längst getan, schätze ich mal. Deswegen glaube ich, dass wir mit der Elefantentöterversion durchaus offensiv umgehen können. Wer weiß, vielleicht wird dann ja auch jemand nervös oder irgendein brauchbarer Zeuge meldet sich bei uns.«

Wenn Faust sich ärgerte, dass er an der Stelle nicht souverän war, ließ er es sich nicht anmerken. »Hast recht, Gent. Im Übrigen liegt die Liste der Norderneyer Waffenbesitzer noch nicht vor. Ich weiß nur, dass Tim Reiser hin und wieder zur Jagd geht. Wir müssen aber aufpassen, dass wir einen Schritt nach dem anderen tun.«

»Und was ist der nächste Schritt?«

»Pressekonferenz.«

Visser streckte die Zunge aus dem Hals, hielt symbolisch den Finger in den halb geöffneten Mund und schüttelte sich kurz. Dann stiegen sie in den Polizeipassat und fuhren zum Conversationshaus, vor dem etliche Übertragungswagen diverser Fernsehanstalten schon vor Stunden Aufstellung genommen hatten. Es war bereits kurz vor elf. Sie waren reichlich spät.

✽✽✽

In Vissers Wohnung war am Abend Licht in allen Räumen. Dabei funkelte draußen die Sonne durch die Straßen. Doch Frauke wollte es genau wissen und alles sehen. Kein Detail sollte ihr verborgen bleiben. Denn heute war Anprobe für die silberne Hochzeit. Visser war unerwartet pünktlich erschienen, allerdings machte er einen abgespannten Eindruck. Jetzt, da er vor dem großen Spiegel im Schlafzimmer stand und sich darin betrachtete, lächelte er zufrieden. In dem neuen Anzug, den er in vier Tagen bei der silbernen Hochzeit in der Giftbude tragen würde, gefiel er sich jedenfalls. Das dunkle Blau stand ihm gut, dazu das weiße Hemd, die schicke Weste und die festliche Fliege. Dann probierte er auch die neuen Schuhe und war froh, diese nicht in Schwarz, sondern in einem Cognacton gekauft zu haben. Ja, das alles verändert einen Menschen doch enorm, dachte er, als er einen Schritt zurücktrat, um sich nun noch einmal von Kopf bis Fuß zu betrachten. Dann drehte er sich Frauke zu und nahm sie in den Arm.

»Versprich mir, dass du am Samstag nicht den ganzen Abend an die Arbeit denkst«, hauchte Frauke ihm ins Ohr. »Ich merke genau, dass du auch in diesem Moment mal wieder nicht hundertprozentig bei der Sache bist.«

»Ich versuche es«, gab Visser mit dumpfer Stimme zurück und drückte seine Frau fest an sich. Ohne sie aus dem Arm zu lassen, drehte er seinen Kopf ein wenig in Richtung Spiegel. Dort sah er einen Mann mit etwas müden Augen, aber entschlossenen Gesichtszügen. Und in diesem Gesicht spiegelte sich die Brisanz des ganzen Tages wider. Die erste Aufregung hatte es während der Pressekonferenz gegeben, als sich eine Fernsehreporterin beschwert hatte, dass Filmaufnahmen am Wrack strikt verboten waren. Sie hatte den Fundort in den Abendnachrichten zeigen wollen, aber mit eigenen, bewegten Bildern; nicht nur mit den Fotos, die die Pressestelle der Polizeiinspektion angeboten hatte. Alle gut gemeinten Erklärungen des ebenfalls anwesenden Kurdirektors, der sich in der schmalen Gratwanderung zwischen Naturschutzinteresse, Polizeiarbeit und sanftem Tourismus versuchte, blieben ohne Erfolg. In erster Linie die Fernsehjournalisten stimmten der Kollegin zu, die auf ihr Recht auf Pressefreiheit pochte und hier von einem Fall sprach, der in besonderem Maße im Fokus des öffentlichen Interesses stehe. Als sich dann herausstellte, dass ein anderes Reporterteam am Morgen bereits heimlich gedreht hatte, bevor die Feuerwehr einschreiten konnte, schien die Situation zu entgleiten. Doch die Lage beruhigte sich schnell, als Faust damit herausrückte, dass Isabel vermutlich mit einem Elefantentöter ermordet worden sei. Der Ärger um die verweigerten Drehgenehmigungen verflog binnen Sekunden. Die ersten Journalisten tippten ihre Eilmeldungen sofort in die Laptops, und nach wenigen Minuten waren die Informationen bereits online. Mehr Aufmerksamkeit in den deutschen Medien ging nicht. Nach unzähligen Interviews im vornehmen Ambiente des Norderneyer Conversationshauses waren Visser und Faust im Anschluss an die Pressekonferenz auf einen Schlag prominenter, als ihnen lieb sein konnte.

✷✷✷

Tim Reiser hatte am späten Nachmittag mehr als eine Stunde auf der Polizeiwache verbracht. Kornbach und er waren zu der Zeit von Isabels Verschwinden beste Freunde und galten als unzertrennlich. Aus dem Buhlen um die Gunst Isabels und der damit vorhandenen Rivalität schienen sie sich einen Spaß zu machen, konnte man meinen. Ihr sorgloses und unbeschwertes Leben, das sie vermögenden Elternhäusern im Hintergrund verdankten, trug sicher dazu bei, dachte Visser. Dass Reiser inzwischen Mitte dreißig war und wie Kornbach seit mehreren Jahren ein eigenes Unternehmen führte, sah man ihm nicht an. Das weit über die Insel hinaus bekannte Immobilienkontor hatte Reiser von seinem Vater übernommen und in den vergangenen fünf Jahren problemlos in der Erfolgsspur gehalten. Das war weiter keine große Leistung, war doch allgemein bekannt, dass sich die Grundstückspreise auf den Inseln auf unfassbar hohem Niveau bewegten. Zudem hatte Reiser nach dem Tod des Vaters das kompetente Personal eigenverantwortlich weitermachen lassen, was ihm selbst wiederum jede Menge Freiräume verschaffte.

Reiser trug einen grau melierten Anzug. Darunter ein cremefarbenes Hemd ohne Kragen. Die oberen drei Knöpfe waren geöffnet, die Brust darunter blank. Er schien auf Sommer eingestellt zu sein. Die schwarzen Sneakers trug er ohne Socken, die teure Sonnenbrille steckte in der Reverstasche. Als er Vissers Büro betrat und der ihm die Hand kräftig schüttelte, rieb Reiser sich zunächst die schmale Faust, dann korrigierte er die von der Erschütterung des Handschlags ein wenig in Unordnung geratene Frisur. Die vollen, blond gewellten Haare reichten bis zu den Schultern. Geübt strich er sie an den Schläfen mit den flinken, sonnenbankgebräunten Fingern hinter die Ohren.

»Wo soll ich sitzen?«, fragte er. Dabei schaute er sich im ganzen Raum suchend um.

»Leider ist die Sofaecke gerade beim Polsterer«, entfuhr es Visser. »Nehmen Sie bitte hier vorn Platz. Wenn ich mich recht erinnere, haben Sie dort vor zwölf Jahren schon mal gesessen.« Visser zeigte auf den Besucherstuhl, der direkt vor seinem Schreibtisch stand.

Er wusste, dass er sich in dem, was er sagte, beherrschen musste. Denn er mochte Reiser ebenso wenig wie Kornbach. Nur durfte er sich dies – wenn irgend möglich – nicht anmerken lassen. Am liebsten hätte er Reiser ja gefragt, ob er den Cocktail zur Vernehmung mit oder ohne Eis haben mochte und die Canapés sofort oder lieber ein wenig später beziehungsweise welche Lounge-Musik er dazu im Hintergrund wünsche. Visser riss sich also am Riemen und ließ sein Gesäß auf den Schreibtischstuhl plumpsen.

Dann schob er seinen breiten Nacken vor, hob das Kinn und schaute Reiser in die Augen. »Sie kennen die neue Lage, und wir wissen, was Sie uns vor zwölf Jahren schon alles gesagt haben. Deshalb werde ich Sie mit dem alten Vernehmungszeug auch nicht lange quälen. Allerdings möchte ich von Ihnen wissen, wie die Nachricht von der Ermordung Isabels auf Sie wirkt. Hat diese neue Lage vielleicht doch dazu geführt, dass Sie sich an etwas erinnern, das Sie damals womöglich als unwichtig eingestuft und deshalb nicht gesagt haben?«

Visser erkannte, dass Reiser ernsthaft nachdachte. Er hatte den Kopf zur Seite geneigt und spielte mit den Fingern der rechten Hand an der Breitling, deren goldenes Armband das linke Handgelenk streichelte. »Ich dachte immer, ich hätte die Sache verarbeitet. Aber ich habe festgestellt, dass dies bei Weitem nicht der Fall ist.« Reiser machte eine kurze Pause. Er schaute Visser jetzt ebenfalls in die Augen. »Auf jeden Fall hat mich die Nachricht von Isabels Ermordung geschüttelt. Und es kommen Erinnerungen hoch. Das stimmt, Herr Visser.«

»Welche?«

»Nicht nur die vom letzten Abend in der Disco. Auch die von den Begegnungen zuvor. Und daran habe ich ausschließlich gute Erinnerungen. Es war immer schön. Ja. Eine geile Zeit.«

»Sie hätten sie gern als feste Freundin gehabt?«

Reiser drehte sich zur Seite und schlug die Beine übereinander. Dabei rutschte das Hosenbein einige Zentimeter nach oben, sodass die Sicht auf den zart bräunlich glänzenden, haarlosen Unterschenkel frei wurde. Visser zog eine undefinierbare Grimasse und wandte die Augen ab.

Auch Reiser drehte den Kopf. Es sah so aus, als würde er aus dem Fenster schauen. Doch der Blick ging ins Leere und drückte Verärgerung aus. »Alle wollten Isabel als Freundin. Viele vielleicht auch nur für eine Nacht.«

»Und Sie?«

Reiser zögerte einen Moment, dann sagte er: »Ich war in sie verliebt. Aber auch das habe ich damals zu Protokoll gegeben.«

Visser stand auf. Er ging einmal um den Schreibtisch herum und nahm eine Zigarette aus der Schachtel. »Sie erlauben?«, sagte er in einem Ton, der mehr wie ein Befehl klang.

»Ich bin Nichtraucher«, sagte Reiser angewidert.

»Das ist gut. Sehen Sie zu, dass Sie es bleiben«, gab Visser zurück und zündete sich die Zigarette an. »Wie ist Ihr Verhältnis zu Frank Kornbach? Sie waren damals dicke Freunde.«

»Wir sind immer noch Freunde. Vielleicht keine, wie Sie es ausdrücken, dicken Freunde. Es ist viel passiert über die Jahre. Wir haben Verantwortung übernommen, jeder in seinem Bereich. Wir haben beide geheiratet. Jeder hat eine Familie gegründet.«

»Sie wollen damit sagen, dass die wilden Jahre längst vorüber sind?«

»So könnte man es ausdrücken. Jeder macht sein Ding.«

»Gent!« Als Visser Fraukes Stimme hörte und er bemerkte, dass sie ihn am Arm schüttelte, wachte er aus seinem Tagtraum abrupt auf. Er stand immer noch vor dem Kleiderschrank und sah sich und Frauke im Spiegel.

»Gent, du bist nicht bei der Sache«, sagte Frauke. Diesmal klangen die Worte vorwurfsvoll.

»Sei mir bitte nicht böse. Ich kann diesen Fall nicht so einfach an der Haustür ablegen«, sagte Visser und drückte Frauke erneut fest an sich.

»Ich weiß. Aber vielleicht schafft ihr es ja, alles bis Samstag zu klären, damit ich meinen lustigen Ehemann wiederkriege und fröhlich mit ihm tanzen kann«, zwitscherte Frauke und verbreitete damit einen Optimismus, an den Visser selbst nicht wirklich glaubte. Was dieser Festtag bringen würde, stand noch in den Sternen.

***

Er spürte den inneren Aufruhr, doch er wusste, dass er nichts dagegen unternehmen konnte. Schon als er den Raum betrat, die Augen schloss und die viereinhalb Schritte hinüber zum Schrank ging, war ihm klar, dass heute irgendetwas anders war als sonst. Er beruhigte sich erst wieder, als er das Gefäß fest an seine Brust drückte. Nachdem er am Tisch Platz genommen und die Lampe eingeschaltet hatte, begannen seine Hände zu zittern. Er sah sie vor sich, deutlich wie beim ersten Mal, er spürte ihren weichen, warmen Atem, und er roch den Duft ihrer Haut. Je intensiver er ihre Nähe spürte, desto stärker kehrte das Gefühl der Unruhe zurück, denn die Erinnerung löste heftiges Verlangen aus. Unrhythmisches Atmen. Herzklopfen. Hitze am ganzen Körper. Schweiß. Er starrte das silbern glänzende Gefäß an, in dessen bauchiger Wand sich sein Kopf grotesk spiegelte. Er sah, wie sich seine Gesichtshaut glühend rot verfärbte und sein Mund sich öffnete, gierig vor Verlangen.

In der stillen Dunkelheit des Raumes tobte jetzt die Nacht, flimmerten die Sterne am Himmel wie tödliche Funken. Er öffnete die Urne, beugte den Kopf über sie und saugte das süßliche Bukett in sich auf, dann fasste er mit der Hand hinein. Ja, in diesem Moment berührte er sie, er ließ die Fingerspitzen in sie gleiten, fühlte das zarte Knistern und hörte das Stöhnen am Ende des Tages, am Ende seines Kosmos. Dann durchfuhr ihn ein Schauer, der sich in seinem Kopf entlud wie ein Donnerschlag und seinen ganzen Körper schüttelte. Er riss die Hand aus der Urne, tastete nach dem Deckel, verkantete das Gewinde. Er wusste, er musste sich beruhigen, so schnell wie möglich.

Als es ihm endlich gelungen war, das Gefäß zu verschließen, nahm er das Buch und schrieb: »4372. Ich muss mich heute kurzfassen. Die Lage hat sich geändert. Ich spüre, wie ich unruhiger werde. Doch an unserem Zusammenleben wird sich nichts ändern. Wir ziehen das durch. Es ist die beste Lösung. Etwas anderes wäre ja auch gar nicht möglich gewesen. Das haben wir schon so oft durchdacht. Es gibt eben Dinge im Leben, die geben den Takt vor, und an denen lässt sich nichts ändern. Diese Dinge sind so vertraut, so intim, dass sie niemanden etwas angehen, außer uns beide natürlich. Morgen beginnt ein neuer Tag. Ich liebe dich.«

Er atmete wieder rhythmisch. Die Aufregung hatte sich gelegt, das Blut war aus dem Kopf gewichen, der Druck aus seinem Körper. Er brachte die Urne zurück in den Schrank und ging mit geschlossenen Augen zurück in den Tag.

FÜNF

Wenn Visser etwas hasste, dann waren es Überraschungen bei privaten Feiern. Zu oft schon hatte er an runden Geburtstagen oder Hochzeitsfeiern teilgenommen, bei denen die Jubilare unvorstellbar sinnlose und peinliche Spiele über sich ergehen lassen mussten. Deshalb hatte er im Vorfeld seiner silbernen Hochzeit alle Gäste, die für so etwas in Frage kommen konnten, eindringlich davor gewarnt, mit ihm einen solchen Unfug anzustellen. Er werde jeden, der so etwas plane, auf der Stelle aus dem Saal jagen und nie mehr eines Blickes würdigen. Das Einzige, was er duldete, war der Ehrentanz; das hatte er Frauke hoch und heilig versprochen. Und sie wusste, dass dies für ihn bereits Überwindung genug gewesen war. Neumann hatte ihm angeboten, ihn und Frauke am Abend im Polizeiwagen zur Giftbude zu chauffieren. Visser bezeichnete dies zwar als »übertriebenen und unnötigen Hokuspokus«, ließ es jedoch zu. Auch wenn er es nicht zugab, so ein bisschen geehrt fühlte er sich dadurch doch.

Am großen Tag selbst spürte Visser kaum noch etwas von der Aufregung wegen der vielen Vorbereitungen. In seinem neuen dunkelblauen Anzug fühlte er sich wohl, und er freute sich auf einen fröhlichen Abend in der Giftbude, deren Mitarbeiter an diesem Abend das Schild »Geschlossene Gesellschaft« an die Tür hängen würden. Als er sich mit Frauke auf den Weg machte, war er froh, den Stress der Woche einigermaßen abgeschüttelt zu haben, wenngleich sie mit den Ermittlungen bislang kaum vorangekommen waren. Nur durch einen Zufall war es ihm in der vergangenen Nacht gelungen, bei Facebook den Wohnort von Irina Altendorf ausfindig zu machen. Isabels beste Freundin von damals war mittlerweile verheiratet, hieß mit Nachnamen Erdmann und arbeitete als Rezeptionistin im Bayside in Scharbeutz. Morgen würde Faust sich auf den Weg zu ihr machen, um sie zu vernehmen. Von ihr erhofften sie sich Hinweise, die weder Tim Reiser noch Frank Kornbach oder die Familie Schierke bislang hatten liefern können. Erwartungsgemäß als Rohrkrepierer hatte sich die Überprüfung der Waffenbesitzer auf Norderney herausgestellt. Von den siebzehn Personen, die eine Jagdwaffe besaßen, konnte niemand ernsthaft als verdächtig angesehen werden, auch nicht Reiser. Der besaß als Jagdscheininhaber zwei einläufige Schrotflinten und ein Jagdmesser. Die Flinten hatte er von seinem Vater übernommen, sie aber erst einmal bei einer Karnickeltreibjagd auf dem Golfplatz und am Norderneyer Habenpatt benutzt. Und dies war inzwischen acht Jahre her.

Als Visser und Frauke pünktlich um neunzehn Uhr vor der Giftbude eintrafen, lieferte die Sonne das erste Geschenk. Sie hatte ein bizarres Gemälde aus knallbunten Farben an den Himmel gemalt und damit schon mal den passenden Rahmen für eine gelungene Feier geliefert. Während das Paar die Stufen zum kultigen Strandlokal nahm, standen die Kollegen von der Wache Spalier, einschließlich Carlo Faust. Der hatte sich für diesen Abend etwas Besonderes einfallen lassen: Er trug Uniform. Die hatte Visser noch nie an ihm gesehen. Schirmmütze auf der Glatze, feiner Zwirn, weißes Oberhemd, Dienstgradabzeichen mit fünf silbernen Sternen. Die Kollegen hatten Grundstellung eingenommen, und Dieter Schröder begrüßte als Dienstältester das Brautpaar offiziell. Als sie dann auch noch Cockers »You Are So Beautiful« abspielten, bekam Visser sichtlich Probleme, das emotionale Gleichgewicht zu halten, zumal er in Fausts Gesicht las, dass der mit seiner Verkleidung keine Show abzog. Es meinte es ernst. Faust zollte ihm mit dem Tragen der Uniform Respekt. Das berührte ihn genauso wie der Song, bei dem Frauke und er sich vor siebenundzwanzig Jahren kennengelernt hatten. Nachdem Visser dann mal ganz kurz die Nase hochgezogen und sich geräuspert hatte, fand er gefühlsmäßig rasch zurück in die Spur. »Jungs, vielen Dank. Und nun gehen wir rein und feiern.«

Die Feier hielt, was sie versprach. Nach einem exzellenten Fünf-Gänge-Menü begann schnell der zwanglose Teil der Veranstaltung. Ganz so, wie Visser sich das vorgestellt hatte. Nachdem draußen die Sonne unter den Augen Tausender Schaulustiger in der Nordsee versunken war und sich milde Dunkelheit über die Insel legte, der Discjockey die Musik geschickt zwischen langsamem Walzer, Foxtrott und Blues wählte, die Gäste lachten und tranken, Neumann vom Tanzen ins Schwitzen geriet und das Jackett ablegte, Faust mit der hübschen Kellnerin mit Aquavit anstieß, Schröder und Stegner die Kuchenbar plünderten, Frauke ihrem Gent einen Kuss auf die Wange drückte, die Wirtin ein mit Kräuterschnäpsen beladenes Tablett durch die tanzende Menge jonglierte, Visser spontan eines der Gläser nahm und in tiefstem Bass »Ein Prosit der Gemütlichkeit« anstimmte, durchbrach ein Knall das bunte Treiben. Wie ein Peitschenhieb schnitt er hinein in das Hochgefühl des Abends und ließ nach einer Sekunde der relativen Stille spitze Schreie, splitterndes Glas und panische Blicke zurück. Schon folgte ein weiterer Knall. Fraukes Aufschrei übertönte danach alles, sie sank auf die Knie und beugte sich über ihren Mann.

»Gent!«, rief sie mit markerschütternder Stimme. Ihr Schrei kam einem Brüllen gleich, nahezu animalisch, panisch, zutiefst angsterfüllt. Visser war zu Boden gesunken, lag zwischen zwei Stühlen auf dem Rücken, die Augen geschlossen. Ein immer größer werdender Blutfleck tränkte das weiße Hemd.

Frauke nahm seinen Kopf in beide Hände, streichelte die Wangen, klopfte dagegen, stöhnte, schluchzte. »Gent. Bitte. Gent, mach die Augen auf!« Dann wurde ihre Stimme leiser, bis sie nur noch imstande war, ein kaum vernehmliches »Gent« zu hauchen.

Faust reagierte als Erster. Er hatte schon den ersten Knall sofort als Schuss aus einer Pistole eingeordnet und gesehen, wie Visser das Schnapsglas fallen ließ und hinter dem Tisch zusammenbrach. Über die auf der Tanzfläche dicht gedrängten Gäste hinweg hatte er aus dem Augenwinkel eine Person mit einer Kapuzenjacke wahrgenommen, die hastig das Lokal verließ.

Faust warf sein Glas auf den Boden, riss die Tür auf und stürmte aus dem Gebäude. An der linken Seite erkannte er einen Schatten, der genauso schnell verschwand, wie er sich zuvor bewegt hatte. Faust fasste sich an den Gürtel, ein Reflex, der ihn täglich begleitete, in dieser Situation jedoch von besonderer Bedeutung war. Dann realisierte er: Er hatte keine Waffe dabei, auch keine Taschenlampe, kein Pfefferspray. Und dennoch rannte er los, angetrieben nicht nur von seinem polizeilichen Pflichtgefühl und seiner Motivation, sondern vielmehr berauscht von der Absicht, den Angreifer seines Freundes Gent Visser zu überwältigen. Nach einigen Metern stoppte er kurz, um sich zu orientieren. Sein Blick ging für Sekundenbruchteile nach rechts hinunter zum Strand. Natürlich war da nichts vom Täter zu sehen, lediglich ein Pärchen, das spazieren ging. Weiter hinten am Horizont funkelten ein paar Lichter. Das musste Juist sein oder das Festland. Er wusste es gerade nicht. Es war in diesem Moment ohnehin vollkommen egal.

Dann endlich tauchte der Schatten wieder auf. Vielleicht fünfzig Meter vor ihm. Wegen der Dunkelheit waren die Konturen schwach, der Schemen verschwand. Er löste sich regelrecht auf im diffusen Abendlicht. Das bedeutete, er war abgebogen. Und zwar nach links. Wenn er nach rechts in Richtung Strand gelaufen wäre, dann hätte Faust es bemerken müssen, geradeaus in Richtung Piratenschiff ebenfalls. Faust wusste, er musste jetzt schnell sein, er hätte ihn nicht aus den Augen verlieren dürfen. Hoffentlich war es noch nicht zu spät. Die ersten Meter waren immer entscheidend. Gerade bei

Nacht. Faust machte die Schultern breit und pumpte seinen bulligen Oberkörper auf. Dann lief er endlich wieder los, bis zu der Stelle, an der der Schatten sich in der Dunkelheit aufgelöst hatte. Der Täter musste bemerkt haben, dass jemand hinter ihm her war, sonst wäre er vermutlich nicht über die alte Befestigungsmauer geklettert, sondern hätte ein paar Meter weiter die kleine Treppe benutzt. Als Faust an der Mauer ankam, stellte er fest, dass er sich etwa auf Höhe des Poppe-Folkerts-Hauses befand. Mit einem geschickten Satz stieg er hinauf und sah den Kapuzenmann erneut. Es war also noch nicht zu spät.

Gleichzeitig frischte der Wind auf. Mit dem Hochwasser rauschte die Brandung stärker an den Strand. Die kalte Luft blies Faust ins Gesicht. Seine Augen brannten. Er atmete einmal tief durch, dann setzte er die Verfolgung fort. Der Schatten schob sich jetzt Richtung Bademuseum. Dann stoppte er plötzlich. Die dunkle Gestalt schien sich umzusehen. Dem Täter war klar, dass ihm nach wie vor noch jemand auf den Fersen war. Faust nutzte den Moment, um Boden gutzumachen, lief direkt auf die Gestalt zu. Dann fiel ein Schuss. Faust ließ sich instinktiv fallen. Er presste den Schädel aufs Pflaster und die Augen zusammen. Sein Herz pochte bis in die Schläfen. Der Schuss hatte ihn knapp verfehlt. Damit, dass der Täter erneut schießen würde, hatte er nicht gerechnet. Vielleicht hatte er diese Möglichkeit aber auch nur ausgeblendet – ungestüm, erregt und randvoll mit Adrenalin. Jedenfalls erhielt die Jagd nach Vissers Attentäter nun eine neue Dimension.

Faust hob den Kopf. Die dunkle Gestalt war verschwunden. Jetzt gab es zwei Möglichkeiten: Der Täter war entweder nach links in Richtung Badehaus geflohen oder in die Dunkelheit des Argonnerwäldchens eingetaucht. Faust entschied sich für das kleine Waldareal, in dem sich außer Bäumen und nächtlicher Finsternis lediglich das alte Fischerhausmuseum und die Hochtiedsstuuv befanden. Als Faust über den schmalen Pfad den Wald betrat, wurde ihm klar, dass er allein keine

Chance hatte. Mit Sicherheit war der Täter längst verschwunden. Selbst wenn er sich ihm nähern würde, hätte dieser aller Voraussicht nach kein Problem damit, die Pistole erneut auf ihn zu richten. Also trat er den Rückzug an, pulte sein Handy aus der Hosentasche und rief auf der Wache an.

»Oh Mann. Herr Faust. Gott sei Dank, da sind Sie ja«, sagte der junge diensthabende Polizeibeamte. »Hier geht es drunter und drüber.«

»Sagen Sie mir auf der Stelle, wie es Visser geht«, brüllte Faust.

»Alle Rettungskräfte sind vor –«, hörte Faust, dann riss der Lärm des Hubschraubers, der sich wie ein tobendes Ungetüm auf die Insel zubewegte, alle weiteren Wörter fort, und Faust sah, wie der Westbadestrand hell erleuchtet vor ihm auftauchte. Als er realisierte, dass die Norderneyer Feuerwehrleute den Strandabschnitt vor der Giftbude für die Notlandung des Rettungshubschraubers ausgeleuchtet hatten, rannte Faust einfach nur noch los.

✳✳✳

Im Extrablatt bot sich das vertraute Bild: volles Haus. Seit dem frühen Abend waren alle Tische besetzt. Wenn denn mal ein Platz frei wurde, dann nur kurz. Die Gäste genossen den ausklingenden Tag im Lokal oder draußen an den Tischen im feudalen Ambiente des Kurplatzes und des Conversationshauses. Trotz der allgemein lockeren Stimmung war auch an diesem Abend die Ermordung von Isabel Schierke Thema Nummer eins, und zwar nicht nur bei den Norderneyern selbst, sondern auch bei den Feriengästen. Dass dies so war, dafür hatten die Medien gesorgt. Nicht nur die heimischen Gazetten waren in den vergangenen Tagen ausführlich auf den Fall eingegangen. Dadurch, dass Radio- und Fernsehsender das Thema bundesweit in den Fokus gerückt hatten, konnte der spektakuläre Skelettfund am Wrack von Norderney praktisch niemandem entgangen sein. An diesem Abend passte es zum aktuellen insularen Gemütszustand, dass sich um kurz nach dreiundzwanzig Uhr eine regelrechte Flut von Blaulichtern durch die Innenstadt schob. Zudem schnitt der Lärm unzähliger Martinshörner dröhnende Schneisen in den Himmel. Beim Westbadestrand musste sich etwas sehr Schlimmes ereignet haben. Und dennoch gaben sich die meisten Gäste danach wieder schnell relaxed, ganz so, wie es zum Stil der Insel passte.

Auch nach Mitternacht hatte sich an dieser Stimmung nichts geändert, was ebenfalls für Frank Kornbach galt, der vor wenigen Minuten zusammen mit seiner Frau Conny eingetroffen war. Sie hatten gleich ihre Stammplätze vorn links ergattert und waren einmal mehr auf einen Duke Munich Dry eingekehrt. Sie fühlten sich wohl an dieser Stelle, von wo aus sie das ganze Kommen und Gehen ungestört beobachten konnten. Dieses Mal war auch Tim Reiser unter den Gästen. Er hielt sich ebenfalls an einem Cocktail fest und lief ein wenig verloren durch das Lokal.

Als Reiser dann genau auf seinen Tisch zusteuerte, konnten beide nicht anders, als sich zu begrüßen. Das nämlich war schon lange nicht mehr der Fall gewesen. Während sie vor einigen Jahren noch als unzertrennliche Freunde gegolten hatten, war der Kontakt mittlerweile komplett eingeschlafen. Dass sie sich ausgerechnet jetzt, wo die Sache mit Isabel noch einmal aktuell wurde, über den Weg liefen, war ein Produkt des Zufalls, das wussten beide. Vielleicht blieb Reiser aber gerade deshalb am Tisch stehen.

»He, Frank. Wie geht's?« Reiser hielt Kornbach die Hand hin.

»Hast du vergessen, dass man sich auf Norderney nur einmal im Jahr die Hand gibt?«

Reiser lächelte. »Stimmt, Neujahr ist schon eine Weile vorbei. Trotzdem, nach all der Zeit.«

Kornbach nahm schließlich Reisers weiche Hand und

drückte zu. Dass Reiser Kornbachs Frau, die das Ganze eher gelangweilt beobachtete, nicht begrüßte, nahm dieser gelassen. Reiser fuhr sich durchs Haar und ließ es langsam durch die Finger gleiten. »Was machen die Geschäfte?«, fragte er, um damit die Unterhaltung anzukurbeln. Dann spitzte er den Mund und zog am Strohhalm.

Kornbach antwortete nicht. Stattdessen fragte er: »Wie war's denn bei Visser? Du warst doch sicher diese Woche auch bei ihm.«

Reiser stellte das Glas auf dem hohen Tisch ab und blieb dicht davor stehen, damit die anderen Gäste und die Kellner genug Platz hatten, an ihm vorbeizukommen. Kornbach und seine Frau saßen auf Hockern. Er trug ein in Grüntönen kariertes Jackett und lehnte lässig mit dem Rücken an der Scheibe. Sie hatte die Beine übereinandergeschlagen, ihr knapper blau-weiß gestreifter Rock war fast bis zum Schoß hochgerutscht, die blaue Seidenbluse schmiegte sich locker an den Oberkörper. Der Duft, der sie umwehte, stammte eindeutig nicht aus gängigen Drogeriemärkten. Sie schaute zur Seite und schien sich für die Unterhaltung der beiden Männer nicht ansatzweise zu interessieren. Kornbach wartete immer noch auf eine Antwort, während Reiser erst Kornbachs Frau anschaute, dann einen Blick ins Lokal warf.

Endlich antwortete er: »Ein Déjà-vu. Wie nicht anders zu erwarten. Nur dass Visser nach all den Jahren viele graue Haare bekommen hat und dicker geworden ist.« Sein durch die hoch erhobene Nase gepresstes Lachen ging im allgemeinen Lokallärm unter.

Kornbach verzog den breiten Mund und setzte zu einem breiten Grinsen an. Dabei zeigten sich besonders an den Wangen und um den Mund herum ausgeprägte Falten.

»Aber was soll er schon tun? Visser hat gar keine andere Wahl. Er macht seinen Job.«

Nun nahmen beide das Glas zur Hand und überwanden damit die drohende Gesprächspause. Kornbach schaute sich im

Lokal um, wo auf dem Lounge-Podest eine Besuchergruppe dem Alkohol offenbar beträchtlich zugesprochen hatte. In einem Sessel am Tisch daneben saß Bent Schierke. Er hielt ein volles Weizenglas in der Hand und unterhielt sich mit ein paar jungen Männern. Vermutlich Mitarbeiter der Tischlerei oder Kumpels vom TuS Norderney, überlegte Kornbach, der sein Glas abrupt abstellte, als erneut mehrere Feuerwehrfahrzeuge mit Blaulicht und Martinshorn durch die Bülowallee rasten und die teils bis zur Schläfrigkeit relaxten Gäste aus dem Lounge-Modus katapultierten. Reiser und Kornbach sahen sich fragend an, gleichzeitig bewegte Kornbachs Frau irritiert den Kopf, während sie den dekolletierten Oberkörper nach vorn streckte. Die Situation beunruhigte sie sichtlich.

»Ob es da irgendwo brennt?«, fragte sie und grub die Zähne wieder in den Kaugummi. Dann schlang sie die langen Beine übereinander und schaute mit zusammengepressten Lippen zur Seite. Weil sie von den Männern keine Antwort bekommen hatte, schien sie beleidigt zu sein. Den abfälligen Blick ihres Mannes nahm sie nicht wahr.

Etliche Gäste verließen jetzt das Lokal, vielleicht, um ihre Neugier zu stillen, womöglich aber auch, weil sie nach der zweiten Alarmierung des Abends einfach nur ein ungutes Gefühl beschlich. Reiser machte sich ebenfalls auf den Weg. Wortlos. Gleichgültig. Nur mit einem Achselzucken.

❊❊❊

Faust atmete extrem schwer. Er musste mehrfach husten. Das Blut schien ihm aus dem Kopf gewichen zu sein. Die Verfolgung des Täters und die überstürzte Rückkehr zum Tatort hatten ihn ausgelaugt. Mehr noch machte ihm die absolut unklare Lage zu schaffen. Was war mit Visser?

Als Faust über die Promenade lief und vor der Giftbude eintraf, landete gerade der Rettungshubschrauber an der Kante zum Deckwerk. Der Spülsaum war bei auflaufendem

Wasser nur etwa fünf Meter entfernt. Hier hatte der Pilot sein ganzes Können abgerufen, außerdem rein genehmigungstechnisch alle Augen zudrücken müssen. Natürlich wusste auch er, dass es hier um einen Kollegen ging, da rückten alle Rettungsdienste, egal, welchen Auftrag sie zu erfüllen hatten, dicht zusammen. Die Feuerwehr hatte in kürzester Zeit ganze Arbeit geleistet. Sie hatte den Strandabschnitt nicht nur abgesichert und mit Nachdruck von lästigen Gaffern frei gehalten, sondern das komplette Areal innerhalb weniger Minuten ausgeleuchtet. Nur so war die Heli-Landung überhaupt möglich geworden. Im Lokal herrschten Betroffenheit und Konfusion. Ein Notarzt aus dem Krankenhaus und der aus dem Rettungshubschrauber arbeiteten gerade fieberhaft an der Versorgung von Gent Visser. Sie hatten ihm das Hemd aufgeschnitten und die Hosenträger entfernt. Ein Rettungsassistent hielt die Infusionsflasche mit Natriumchlorid.

Mit Sorge sah Faust, wie die Mediziner sich berieten. Ihre ernsten Mienen verrieten nichts Gutes. Sicher war allerdings: Visser lebte noch. Doch wo war Frauke? Faust schaute sich um. Dann entdeckte er sie. Die Rettungsassistenten hatten sie auf einen bequemen Stuhl mit Armlehnen gesetzt. Sie war kreidebleich im Gesicht, die Augen saßen tief in den Höhlen. Die Promedica-Leute hatten ihr anscheinend ein Beruhigungsmittel gegeben. Frauke wirkte schläfrig, fast gleichgültig.

Draußen vor der Tür kam Unruhe auf. Ein Journalist hatte sich nicht an die Anweisungen der Ordnungskräfte gehalten und wollte ins Lokal, um Fotos zu machen. Einer der Feuerwehrleute packte ihn kurzerhand am Kragen und zerrte ihn von der Tür weg. Zwei weitere Feuerwehrkameraden kamen herbei und stießen den Fotografen hinter das Absperrband zurück. Dabei gaben sie dem Journalisten einige unüberhörbare Verhaltensanweisungen mit auf den Weg, und zwar auf Platt. Faust konnte sich in etwa vorstellen, was sie dem Fotografen für den Fall einer Wiederholung androhten. Und die

Wehrleute machten unumwunden klar: Dies war sein erster und zugleich letzter Versuch gewesen.

Frauke stand wieder auf den Beinen. Sie wollte unbedingt zu Visser. Dazwischen saßen noch einige Gäste, schweigend, teils apathisch auf den Stühlen kauernd. Schröder und Stegner versuchten, sie zum Heimgehen zu bewegen. Doch die meisten von ihnen hatten noch gar nicht verstanden, was da eigentlich passiert war. Faust sah, wie ein Rettungssanitäter Frauke am Arm hielt und sie zu den beiden Ärzten begleitete. Sie begann wieder leicht zu zittern. Fragend sah sie den Jüngeren der beiden an. Es war der Notarzt aus dem Hubschrauber.

»Es ist eine schwere Verletzung, aber nichts Lebensbedrohliches. Ihr Mann hat viel Blut verloren. Er muss ins Krankenhaus«, hörte Faust den jungen Mediziner sagen. Frauke hielt sich die Hand vor den Mund und starrte Visser an, der jetzt die Augen geöffnet hatte. »Beruhigen Sie sich. Ihr Mann hat eine ausgezeichnete Konstitution. Er ist so weit schon wieder recht stabil. Wir bringen ihn in die Unfallchirurgie nach Sanderbusch. Dort ist er in guten Händen.«

Frauke ließ ihren Tränen freien Lauf. Vorsichtig nahm sie Vissers Hand. Faust sah, wie Visser seine Frau – wenn auch noch ziemlich mühsam – anlächelte. Er presste die Augen zusammen, kratzte sich die Glatze und schüttelte sich. Zentnerlasten fielen in dieser Sekunde von Faust ab.

SECHS

Die Diagnose war klar und deutlich: ein glatter Durchschuss der Muskulatur am linken Oberarm. Der zweite Schuss hatte Visser verfehlt, was unglaubliches Glück war.

Noch in der Nacht war Visser operiert worden, die Wunde gereinigt und genäht. Wenngleich die Knochen des Schultergelenks und des Oberarms vollkommen unbeschädigt geblieben waren, würde die Wundheilung noch mehrere Wochen andauern.

Als Faust am Morgen Vissers Krankenzimmer betrat, schlief dieser noch. Frauke saß vor seinem Bett, hielt ihm die Hand und döste vor sich hin. Faust sagte zunächst nichts. Er strich Frauke lediglich vorsichtig tröstend über die Schulter. Dann nahm er einen Stuhl und setzte sich neben sie. Visser trug noch sein im Nacken zugeschnürtes OP-Hemd. Der Arm lag angewinkelt auf dem Bauch, der sich vom Atmen gleichmäßig auf und ab bewegte. Die linke Schulter war verbunden, am Hals befand sich gelbbeige Desinfektionsflüssigkeit.

Frauke sah Faust an. Sie flüsterte: »Die Ärzte sind zufrieden. Es gab keine Komplikationen bei der OP.«

»Wie lange muss er hierbleiben? Auf Norderney gibt es doch auch ein Krankenhaus.«

»Sie warten noch ein bis zwei Tage ab. Dann kann er verlegt werden. Sagen sie jedenfalls.«

»Wir können froh sein, dass er noch lebt«, sagte Faust, und während er dies sagte, ärgerte er sich maßlos darüber, dass er in dieser Situation und ausgerechnet in Fraukes Anwesenheit so unsensibel war. Und prompt senkte Frauke den Kopf und schluchzte. Faust nahm ihre Hand und biss sich auf die Lippen. Tatsächlich war auch er gefühlsmäßig extrem angepackt und hatte die ganze Nacht in Sorge um Visser verbracht.

Noch bevor der Rettungshubschrauber die Insel verlassen hatte, war er mit Inspektionschef Lindemann in Verbindung getreten. Der hatte spontan für den heutigen Sonntag sein Kommen angekündigt, zudem zwei weitere Kollegen, die die Mordkommission verstärken sollten. Immerhin musste man davon ausgehen, dass das Auffinden von Isabels sterblichen Überresten und der Mordversuch an Gent Visser in einem Zusammenhang standen.

Bereits kurz nach Mitternacht hatte Faust die ersten Maßnahmen eingeleitet. In Absprache mit der Reederei und den Stadtwerken bewachten ab sofort je zwei Polizeibeamte das Hafengebäude sowie den Flugplatz. Außerdem wurden die Polizeistreifen intensiviert, nicht nur in der Innenstadt, sondern auch in Richtung Inselosten, ab der Linie Lippestraße, wo der ruhige, naturbelassene Teil Norderneys beginnt. Faust stand in engem Kontakt mit Tamme Schweers, einem erfahrenen Feuerwehrmann, der am Abend den Einsatz an der Giftbude koordiniert und geleitet hatte. Der hatte mit einigen Kameraden für uniformierte Präsenz im Ort gesorgt, obwohl dies nicht Aufgabe der Feuerwehr war. Doch außergewöhnliche Situationen verlangten eben außergewöhnliche Reaktionen. Immerhin befand sich noch ein bewaffneter Mann auf der Insel, der erst vor wenigen Stunden versucht hatte, den Norderneyer Polizeichef zu erschießen. Und Visser war ein Sohn der Insel. Schon allein deshalb galten, zumindest inoffiziell, bei der Suche nach dem Täter auf Norderney andere Gesetze.

Als Visser aufwachte, saßen Frauke und Faust immer noch vor seinem Bett. »Habt ihr ihn?«, fragte Visser kaum hörbar mit schläfriger Stimme.

»Nein, Gent. Tut mir leid. Wir haben alles in die Wege geleitet. Aber wir kriegen ihn. Ich verspreche es dir.«

»Ich frage mich, wer so etwas tut.« Fraukes Stimme zitterte. Sie schaute Faust an und kämpfte deutlich sichtbar gegen die Tränen. »Er hat doch niemandem was getan«, presste sie heraus, dann erstickte ihre Stimme. Sie nahm ein Taschentuch und rückte mit dem Stuhl etwas näher ans Bett.

»Beruhige dich Frauke«, sagte Visser. »Vielleicht hat der Schuss auch nicht mir gegolten.«

In Fausts Gesicht stand das Wort Überraschung geschrieben. Er benötigte ein paar Sekunden, um darauf zu reagieren. »Das ist natürlich möglich. Aber ehrlich gesagt habe ich daran bis jetzt noch nicht gedacht.«

»Es gibt doch überall durchgeknallte Typen«, sagte Visser mit dünner, fast heiserer Stimme.

»Mag sein. Gent, fast wünschte ich, dass du recht hast, aber ich glaube das nicht; und du auch nicht wirklich, gib es doch zu«, sagte Faust.

»Du glaubst also nicht, dass es gestern Abend jeden von uns hätte treffen können?«, fragte Frauke.

»Ehrlich gesagt: nein. Wenn, dann noch mich. Wegen eines Falles, der schon lange zurückliegt. Vielleicht hätte ein drittes oder viertes Geschoss mir gegolten, wenn der Täter mehr Zeit gehabt hätte. Aber klar ist, dass nur zwei Schüsse gefallen sind.«

»Das heißt?«, fragte Visser.

»Dass es jemanden gibt, der speziell dich nicht leiden kann.«

Frauke stand auf und verließ wortlos das Zimmer. Visser schloss für ein paar Sekunden die Augen und atmete tief durch. Auf dem Flur klapperten Teller und Besteck, Essensgeruch strömte herein: Kohl und Rosmarin.

»Ich habe auch schon an diesen Psycho gedacht. Weißt du, der mit der Entführung, den wir damals verknackt haben«, sagte Visser.

»Ja. Ich erinnere mich. Der die alte Frau im Keller eingesperrt hatte.«

»Genau der. Der Durchgeknallte aus der Luisenstraße. Den haben wir vor ziemlich genau vier Jahren eingebuchtet. Der ist wieder auf der Insel, heißt es. Zumindest sporadisch.

Die Woche über wird er auf dem Festland psychologisch betreut.«

»Okay. Auch in dem Fall hätte es mich genauso gut treffen können.«

»Yep. Aber ich bin Insulaner. Für ihn bin ich emotional der erste Ansprechpartner.«

Faust dachte einen Moment nach. Dann nahm er den Faden wieder auf. »Ich pflichte dir bei, dass wir alle Möglichkeiten in Betracht ziehen müssen. Vielleicht würde es sich tatsächlich lohnen, auch diese Spur zu verfolgen. Gleichzeitig dürfen wir nicht vergessen, dass sich Isabels Mörder möglicherweise ebenfalls auf der Insel befindet und von hier kommt. Du warst vor zwölf Jahren sehr engagiert und bist es noch. Der Täter will gewiss nicht, dass der Fall neu aufgerollt wird.«

»Es gibt aber immer noch keinen Beweis und keinen Anhaltspunkt dafür, dass der Täter ein Norderneyer ist. Weißt du, wie viele Saisonkräfte auf der Insel rumlaufen? Das sind mehrere Hundert. Die kommen von überall her. Ich möchte wirklich niemandem zu nahe treten, aber darunter mag sich auch der eine oder andere befinden, der ordentlich was auf dem Kerbholz hat und gewaltbereit ist.«

»Richtig. Doch fest steht: Ein Zusammenhang ist sehr wahrscheinlich. Zwischen dem Auffinden des Skeletts und dem Anschlag auf dich liegen gerade mal sechs Tage. Heute vor einer Woche haben wir den Fund am Wrack gemacht. Und gestern dann die Schüsse auf dich. Überleg mal.«

Faust legte eine Pause ein. Es war ihm klar, dass Visser reichlich unter Schock stand und nicht allzu sehr beansprucht werden durfte. Doch nach einem Blick auf sein Handy setzte Faust erneut an: »Übrigens, die Kriminaltechnik ist mal wieder in Hochform. Sie teilt mit, dass der Schuss auf dich aus einer Walther P1 stammt. Sie haben das Projektil aus der Wand gepult. Es ist im Metall des Deko-Bullauges stecken geblieben, ebenso wie die zweite Patrone, die dich verfehlt hat.«

»Bundeswehr«, gab Visser mit tiefer, aber leiser Stimme zurück.

»Ja. Standarddienstpistole. Bundeswehr, Bundesgrenzschutz und Bereitschaftspolizei der Länder. Aber nur bis 2004 produziert.«

Visser lächelte gequält. »Da hat ja wohl noch jemand ein altes Schätzchen im Keller.«

Dann senkte er die Brust und schnaufte durch. Er wirkte plötzlich wieder extrem schlapp. Faust merkte, dass es an der Zeit war, zu gehen. Als sein Handy vibrierte, betrat Frauke zusammen mit einem Arzt und einer Krankenschwester den Raum.

Faust stand vom Stuhl auf und presste das Smartphone ans Ohr. Während der junge Stationsarzt vor Vissers Bett Aufstellung nahm und in einer Kladde blätterte, suchte Visser noch einmal den Augenkontakt zu Faust. Dessen Miene hatte sich in ungewohnter Geschwindigkeit verfinstert. Faust verzog das Gesicht und rieb sich das Kinn. Er sagte nichts. Er hörte nur. Als das Gespräch beendet war, ließ er das Handy wieder in der Hosentasche verschwinden, zog den Reißverschluss seiner Bomberjacke bis zur Mitte hoch und fühlte mit der rechten Hand, ob Pistole, Pfefferspray und Handfesseln korrekt am Gurt saßen. Dann murmelte er ein Wort, das vermutlich »Tschüss« hieß, und verließ das Zimmer.

Die anderen beobachteten Fausts Abgang schweigend. Allein Visser war klar, dass Faust gerade eine Nachricht von erheblicher Tragweite erhalten hatte. Doch ihm fehlte die Kraft, ihn danach zu fragen. Dann fielen ihm die Augen zu.

***

Faust hatte das zweifelhafte Kunststück fertiggebracht, in knapp fünfundvierzig Minuten die siebzig Kilometer weite Strecke zwischen dem Krankenhaus in Sanderbusch und dem

Fähranleger Norddeich zurückzulegen. Erklären ließ sich dies ausschließlich damit, dass er dabei die allgemein gültigen Regeln der Straßenverkehrsordnung nicht einmal ansatzweise beachtet hatte. Zusätzlich hatte er noch das Glück, mit dem Polizeipassat bei der Ankunft in Norddeich-Mole ohne anzuhalten auf das Autodeck der »Frisia III« durchfahren zu können.

Als er vierzig Minuten später Norderney erreichte, weil die Fähre bei ablaufendem Wasser ebenfalls superschnell unterwegs gewesen war, hätte er eigentlich zufrieden sein können. Doch in Anbetracht dessen, was ihn heute noch erwartete, war er Realist genug, die flotte Anreise nur als eine nette Episode eines ansonsten äußerst unangenehmen Tages zu verbuchen. Dazu passte, dass es in Strömen zu regnen begann, als er die Fähre verließ und sich ins Blautal aufmachte.

Die Dünenkette mit den hügeligen Wiesen und den luftigen Kieferwäldern lag zwischen Richthofenstraße und Waldweg in nördlicher Richtung zum Strand. Spaziergänger und Jäger schätzten dieses Areal am Rande des Stadtgebiets einerseits als Oase der Erholung, andererseits für seinen Bestand an Rehen und Hirschen. Von dieser Romantik aber war heute keine Spur zu sehen. Wie ein riesiger nasser Klumpen breitete sich das Blautal vor Faust aus, der das Auto rechts auf den buckligen Sandweg steuerte. Der Weg führte über unzählige Wurzelstränge und Schlaglöcher hinweg, die das Weiterkommen immer beschwerlicher machten. Nach zwei Minuten parkte Faust den Wagen neben einer Ruhebank. Hier stand bereits der Bulli der Kriminaltechniker, außerdem ein Polizeiwagen der Norderneyer Wache. Vermutlich war Neumann damit gekommen und hatte die letzten zweihundert Meter bis zum Tatort ebenfalls zu Fuß zurückgelegt.

Als Faust endlich die Waldlichtung erreichte, war er triefend nass. Seine Bomberjacke hatte ihn vor den heftigen Schauern nicht wirklich schützen können. Vor dem Stacheldrahtzaun wartete Neumann, außerdem etliche Feuerwehrleute und einige Rettungssanitäter. Sie machten einen auffallend unentschlossenen Eindruck, vielleicht waren sie aber auch nur schlicht und ergreifend schockiert. Schließlich reichte das, was sie in den vergangenen acht Tagen auf der Insel erlebt hatten, normalerweise locker für zwanzig oder dreißig Jahre. Anders die Kriminaltechniker. Diese mussten erst wenige Minuten zuvor eingetroffen sein, überlegte Faust. Sie gingen zielgerichtet und routiniert vor. Einer öffnete gerade seinen Koffer, ein anderer machte die Fotokamera klar, während ein Langer mit Bart – das musste Langmarck sein – die Haare der Leiche zur Seite strich und nach Verletzungen suchte. Faust wischte sich mit dem Ärmel den Regen vom Gesicht und trat in die Mitte des Pulks. Hier traf er auf Inspektionschef Lindemann, der ursprünglich wegen des Attentats auf Visser auf die Insel gekommen war. Dass die Sache hier nun derart eskalierte, hatte niemand wissen können.

Lindemann hatte sich die Schirmmütze von der Stirn so weit nach oben geschoben, dass der Schirm fast senkrecht Richtung Regenhimmel zeigte. Dadurch sah er ungewohnt lässig aus. Gleichzeitig aber telefonierte er angestrengt und betrachtete dabei die Leiche. Es war Tim Reiser. Er hing mit dem schmächtigen Brustkorb über dem Stacheldraht. Die Beine ragten auf den Sandweg. Er hatte einen Schuh verloren. Mit dem Kopf berührte Reiser auf der Seite zur Lichtung hin das Gras. Die Augen waren geschlossen, an der Nase und am linken Mundwinkel klebte Blut, das sich durch den anhaltenden Regen allmählich aufzulösen begann. Das normalerweise blonde Haar wirkte dunkel und hing in zotteligen Strähnen herab. Eine klaffende Wunde am Hals ließ vermuten, dass sich hier ein Kampf abgespielt haben könnte. Vielleicht war Reiser aber auch vor seinem Mörder geflüchtet und dabei mit dem Hals am Stacheldraht hängen geblieben. Die Wunde ließ jedenfalls nichts Gutes erahnen.

»Sie haben aber lange gebraucht.« Lindemann rückte sich die Schirmmütze auf dem nahezu kahlen Kopf zurecht und blickte Faust fest in die Augen.

Arschloch, dachte Faust und sagte: »Tut mir leid, Herr Polizeidirektor. Der Kerosintank im Passat war leer, sonst wäre ich geflogen.«

Fast wäre Lindemann ein Lächeln entflohen, doch er verzog keine Miene. »Der Kollege von der Insel hat mich schon ins Bild gesetzt.« Er zeigte auf Neumann, der sich gerade mit einem Kriminaltechniker unterhielt. »Der Tote ist Tim Reiser, ein alter Bekannter, wenn auch ein unbeschriebenes Blatt. Ich kenne die Akte. Von Beruf Sohn. Vom Scheitel bis zur Sohle Snob. Man sieht es ihm im Tode noch an. Selbst die Jogginghose sieht aus, als hätte sie vor Kurzem noch eine Bügelfalte gehabt, wirklich feines Stöffchen. Er trägt, Pardon, trug keine Strümpfe, die Beine sind rasiert. Radfahrer, Schwimmer oder Hang zur Weiblichkeit. Polierte Fingernägel. Und erst das Parfum!« Lindemann schnupperte und schloss die Augen, dann sagte er: »Lagerfeld, oder was meinen Sie, Faust?«

»Meinetwegen«, antwortete Faust. Er hoffte, dass Lindemann mit seinen flapsigen Bemerkungen fertig war, denn er wusste, dass die Inselkollegen dies in dieser Situation gar nicht witzig fanden. Sie hatten den Anschlag auf Visser noch nicht im Ansatz verdaut, geschweige denn die Tatsache, dass Isabel ermordet worden war. Und nun Tim Reiser. Auch der war Insulaner. Snob hin, Snob her. Er war ein Norderneyer Junge. Andererseits schätzte Faust seinen Vorgesetzten für dessen Fähigkeit zur Ironie, zumal diese Anmerkungen meist mit messerscharfen Analysen und Beobachtungen einhergingen. Faust glaubte, dass Menschen, die keine Ironie verstanden, nicht wirklich intelligent sein konnten.

Faust machte einen Schritt auf Lindemann zu. Der wischte gerade Regentropfen von der Brille und beobachtete zwei Kriminaltechniker dabei, wie sie Reiser vorsichtig vom Zaun hoben und auf den Rücken legten. Zur gleichen Zeit verfinsterte sich der Himmel wieder, und der Regen nahm noch weiter zu. Am Ende des Weges sahen sie, wie der Leichenwagen im Schritttempo über die Wurzelstränge schaukelte. Die Kollegen betteten Reiser in den Leichensack und zogen den Reißverschluss zu.

Langmarck nahm die weiße Kapuze vom Kopf und ging auf Lindemann und Faust zu. »Wenn das so weitergeht, dann kann die Kriminaltechnik demnächst auf Norderney eine Außenstelle eröffnen.«

»Wie wär's zusätzlich mit einer Pathologie? Kürzere Wege, kaum CO_2-Ausstoß, gut für die Umwelt«, gab Lindemann gewohnt lässig zurück.

Langmarck grinste und ergriff wieder das Wort. »Also Spaß beiseite.« Er streckte seinen Rücken und kratzte sich am Kopf. »Es sieht so aus, als wäre er erstochen worden. Wir dachten zuerst, die Verletzung am Hals würde vom Stacheldraht stammen. Da sind zwar ein paar fiese Kratzer, die danach aussehen, aber ursächlich für die tiefe Wunde am Hals ist mit sehr hoher Wahrscheinlichkeit eine Messerverletzung. Näheres werden die Kollegen von der Gerichtsmedizin mitteilen können.«

Lindemann schaute Faust an. Der rümpfte die Nase und schob die Unterlippe vor. »Das ist ein verdammt dickes Brett, das wir hier durchbohren müssen. Wir haben jetzt drei Fälle. Und drei verschiedene Tatwaffen: Bei Isabel wurde ein Elefantentöter benutzt, Visser wurde mit einer P1 angeschossen, und hier wurde der Mord mit einem Messer verübt.«

Lindemann trat einen Schritt auf Faust zu und klopfte ihm auf die Schulter. »Wir stocken die Mordkommission auf. Wir werden Ihnen von Aurich aus zuarbeiten. Ich werde das heute noch in die Wege leiten und auch zwei zusätzliche Kollegen hierherbeordern.« Faust nickte.

Der Leichenwagen war mittlerweile vorgefahren, der Bestatter öffnete die Heckklappe. Ein Feuerwehrmann half ihm, den Metallsarg aus dem Wagen zu hieven. Auf dem Sandweg wurde es nun eng. Der Bestatter drängte sich an Faust vorbei und streifte ihn mit der Schulter. Faust verzog das Gesicht.

Er strich sich angewidert mit der Hand über seine Jacke, als wollte er sie von einem bösen Fluch befreien. Dann schüttelte er sich und ging mit schnellen Schritten zurück zu seinem Auto.

Bis auf Neumann hätten heute eigentlich alle freihaben sollen. Doch als Faust die Dienststelle betrat, war das komplette Stammpersonal anwesend. Sie hatten sich in Vissers Dienstzimmer versammelt. Es dauerte nicht lange, bis Neumann eintraf, der kurz nach Faust den Tatort im Blautal verlassen hatte. Zurückgeblieben waren lediglich die Kollegen der Kriminaltechnik, die sich weiter auf Spurensuche begaben und Gipsabdrücke fertigten. Erst jetzt, da Faust ein wenig zur Ruhe kam und sich einen Kaffee in den seit Donnerstag vergangener Woche benutzten Becher einschenkte, nahm er die Kollegen so richtig wahr. Schröder lehnte am Türpfosten und stierte gegen die Wand. Die geschwollenen Augenränder und der glasige Blick ließen erkennen, dass er in der Nacht kaum geschlafen hatte. Auch Stegner machte eher einen verwahrlosten Eindruck. Er saß am Besuchertisch und spielte mit einem der vielen Kugelschreiber, die an Fausts provisorischem Arbeitsplatz herumlagen. Neumann hatte sich nun rittlings auf einen Stuhl gesetzt, der vor Vissers Schreibtisch stand. Hinter seinem Ohr steckte eine Zigarette, und ihm war anzumerken, dass ihm nicht nur das Attentat auf Visser und die Ermordung von Tim Reiser im Magen lagen, auch der Alkohol vom ersten, unbeschwerten Teil der silbernen Hochzeit machte ihm wohl zu schaffen. Kein Wunder also, dass man die Luft in Vissers Dienstzimmer schneiden konnte. Dass Vissers Platz leer blieb, besaß derweil mehr als nur symbolischen Charakter. Alle Kollegen wussten: Hier fehlte die Seele des Reviers, und die momentane Sprachlosigkeit drückte unmissverständlich aus, wie sehr sie diese Situation mitnahm. Erst als Faust wie aus dem Nichts unerhört laut hustete und gleichzeitig den Kaffeebecher auf die Tischplatte knallte, erwachten Schröder, Stegner und Neumann aus ihrer Lethargie.

Faust riss das Fenster auf und räusperte sich. »So, Jungs. Auch mir fällt es gerade echt schwer. Aber es nützt nichts. Wir müssen loslegen.« Fausts Stimme klang, als hätte er eimerweise Straßenschotter geschluckt. Ein Hustenanfall rüttelte ihn kräftig durch, und er blieb vor dem offenen Fenster stehen, um besser Luft zu bekommen. Nach einer Weile fuhr er fort: »Die Suche nach dem Mörder von Isabel halte ich ja derzeit fast noch für das kleinere Übel. Denn wenn ein Kollege angeschossen wird, sehr wahrscheinlich in Mordabsicht, dann ist auch gefühlsmäßig eine neue Dimension erreicht.« Faust musste wieder husten, nahm seinen Kaffeebecher und stürzte den kalten Rest in sich hinein.

Neumann nutzte die Unterbrechung. »Dass keine zwölf Stunden nach dem Anschlag auf Gent Tim Reiser tot über dem Zaun hängt, bedeutet für mich nicht zwingend, dass diese beiden Taten zusammenhängen.«

Faust schaute auf. »Und Isabels Tod? Hat der Ihrer Ansicht nach auch nicht unbedingt damit zu tun?«

»Die Frage ist doch, wie die einzelnen Motive gelagert sind«, mischte sich jetzt auch Stegner ein. »Bei Isabel könnte es zum Beispiel Eifersucht gewesen sein.«

Faust bekam seine Stimme allmählich wieder in den Griff. »Ich glaube langsam, dass Gent recht hat mit seiner Theorie: Auf der Insel laufen so viele Saisonkräfte und Gelegenheitsarbeiter herum, vielleicht ist der Täter auch in dem Umfeld zu finden. Ich erinnere da nur an den Fall vor ein paar Jahren auf Juist. Gleiches Muster. Nur dass der Täter die Kleine nicht so gut versteckt hatte.«

»Ich frage mich sowieso, wie Isabels Leiche ans Wrack gekommen ist«, sagte Neumann, der sich die Zigarette mittlerweile angezündet hatte. »Es gibt da ja wohl nur zwei Möglichkeiten: entweder mit einem geländegängigen Fahrzeug oder mit einem Boot.«

Stegner runzelte die Stirn, pustete die Backen auf und ließ die Luft langsam wieder ausströmen. Dann sagte er mit sehr nachdenklicher Miene:»Geländegängiges Fahrzeug würde allerdings bedeuten, dass der Täter vorher am Ostheller das Schloss am Eisentor geöffnet hätte. Also kämen dann theoretisch unsere eigenen Rettungskräfte als Täter in Betracht, außerdem der Jagdaufseher, die Jungs von den Technischen Diensten und weiß der Teufel, wer sonst einen Schlüssel hat.«

»Wir zum Beispiel«, sagte Schröder. Seine Stimme klang dabei ebenso ernüchtert wie gleichgültig.

Faust schloss das Fenster.»Daran haben wir noch gar nicht gedacht. Ehrlich gesagt halte ich diesen Gedanken aber für absurd. Trotzdem müssen wir auch das überprüfen, soweit dies nach zwölf Jahren noch möglich ist.«

Neumann hatte seine Kippe inzwischen ausgedrückt und war aufgestanden. Er ging im Raum auf und ab und blickte zu Boden.»Aber lasst uns noch mal über die Motive reden. Wem kann daran gelegen sein, Gent umzubringen? Mit Reisers Tod kann es nichts zu tun haben –«

»Wieso?«, unterbrach Faust ihn.»Reiser ist entweder sehr kurz vor oder sehr kurz nach dem Schuss auf Gent umgebracht worden. Es ist sogar möglich, dass beide Taten zeitgleich verübt wurden und ein ganz mieser Plan dahintersteckt. Zwei Täter, drei Täter. Wer weiß! Ich weigere mich an dieser Stelle jedenfalls, an einen Zufall zu glauben.« Faust machte eine kleine Pause, dann setzte er erneut an, wobei seine Stimme nun wieder knirschte wie ein rostiges Eisenschloss.»Ich frage mich allerdings, was ein feiner Pinkel wie Reiser mit gelackten Sportschühchen und feinem Blouson im Blautal sucht.«

»Das wüsste ich auch gern«, antwortete Neumann. Er war immer noch schneeweiß im Gesicht, und man sah, dass ihm speiübel war. Er atmete tief durch.»Jedenfalls kann ich mir nicht vorstellen, dass jemand einen Grund hat, Gent zu ermorden. Meines Wissens gibt es niemanden mit Rachegelüsten oder eine Person, die ihm Vergeltung angedroht hätte. Die Fälle, die ich kenne, sind alle glasklar.«

»Das sehe ich auch so«, sagte Schröder. »Aber was ist mit Reiser?«

Faust streckte sich und verschränkte die Arme im Nacken. »Bei Reiser ist als Motiv alles und gleichzeitig nichts vorstellbar. Wir haben also drei Fälle, die wir zunächst einzeln betrachten müssen. Legen wir los.«

Stegner stand auf und ging zur Tür, während Schröder und Neumann sich fragende Blicke zuwarfen. Alle schienen zu wissen, dass sie vermutlich vor der heikelsten Aufgabe ihrer Polizeikarriere standen. Auf der Insel befand sich in diesem Moment mindestens ein Gewalttäter. Ein Gefühl, das nicht nur für die Insulaner unter ihnen absolut unerträglich war.

Faust sagte nichts. Er schlenderte zu seinem Stuhl und nahm die Bomberjacke von der Lehne. Im Gegensatz zu seinen Kollegen zeigte seine Miene Entschlossenheit. »Ich bin in ein paar Stunden wieder da«, sagte er und ging mit schnellen Schritten an Stegner vorbei aus dem Zimmer.

***

Für Faust war es wichtig, dem Tag eine Struktur zu geben. Auch wenn die Ermordung von Tim Reiser zunächst alle Planungen über den Haufen geworfen hatte, ging Faust nicht davon ab, zunächst mit Irina Erdmann zu sprechen. Im Übrigen gehörte es zu seinen Grundsätzen, Gespräche und Vernehmungen persönlich durchzuführen und sich nicht mit Unterhaltungen am Telefon zufriedenzugeben. Und Faust wäre nicht Faust gewesen, hätte er sich für den Besuch des Ostsee-Hotspots Scharbeutz nichts Besonderes einfallen lassen. Dass er mit dem Heli einschweben würde, zählte gewissermaßen zu den üblichen Gepflogenheiten des MoKo-Chefs, allerdings übertraf der Auftritt diesmal alles, was er bislang inszeniert hatte. Denn der Polizei-Heli landete unmittelbar neben der Seebrücke, direkt am Strand vor dem Bayside. Auffälliger ging es nicht. Im Bayside arbeitete Irina seit zwei Jahren als Rezeptionschefin. Nach ihrer Zeit auf Norderney war sie zunächst vier Jahre in mehreren Hotels in der Schweiz unterwegs gewesen.

Faust hatte den Flug genutzt, um sich mit Visser auszutauschen. Der hatte bereits am Vormittag mehrfach angeklingelt und etliche WhatsApp geschickt, weil er wissen wollte, was passiert war. Spätestens nach dem Telefonat war Faust klar, dass Visser sein Bett im Krankenhaus nicht lange warm halten würde.

Als Faust sich sicher war, dass alle verfügbaren Ostsee-Touristen seine Landung verfolgt hatten, die Pistole richtig saß und die Bomberjacke seinen Oberkörper zusätzlich zur Geltung brachte, lief er in Begleitung eines livrierten Hotelmitarbeiters ins Gebäude. Dort erwartete Irina ihn im Foyer. Er erkannte sie sofort wieder. Aus dem hübschen Mädchen mit dem frechen Kurzhaarschnitt war eine attraktive erwachsene Frau geworden. Als sie ihn sah, ging sie auf ihn zu und begrüßte ihn in aller Form. Faust merkte sofort, dass er es hier mit einer top ausgebildeten Kraft in einem hochklassigen Haus zu tun hatte. Das war in dieser Branche längst nicht immer der Fall.

»Ewige Zeiten nicht mehr gesehen und dennoch sofort wiedererkannt«, rief Faust Irina zu und reichte ihr die Hand.

»Stimmt«, sagte Irina, lächelte und musterte ihn ausgiebig. Sie führte ihn zu einer kleinen Sitzgruppe am Rande des Foyers und bestellte bei einer Kollegin Kaffee und Wasser.

»Ich muss Ihnen sagen, dass Sie derzeit die einzige Person sind, von der wir einen nützlichen Hinweis erwarten. Hinzu kommt, dass sich die Lage seit gestern Abend dramatisch verschlimmert hat.«

Irinas blaue Augen blitzten Faust an. Sie neigte den Kopf zur Seite, sodass die kleinen silbernen Kreolen sichtbar wurden. Sie wartete auf eine Erklärung.

»Gestern Abend ist auf Gent Visser geschossen worden. Er feierte mit seiner Frau und vielen Gäste seine silberne Hochzeit in der Giftbude. Er ist verletzt. Aber er wird durchkommen.« Irina hielt die Hand vor den Mund. »Und heute Morgen ging es gleich weiter. Mitten im Blautal wurde Tim Reiser gefunden. Ermordet. Vermutlich durch Messerstiche in den Hals.«

Irina gab ihre bis dahin aufrechte Sitzhaltung auf und ließ sich gegen die Sessellehne fallen. Sie schlug die Beine übereinander und zupfte ihren Rock zurecht. Die zierliche Hand verdeckte immer noch ihren Mund. Ihr Blick verlor sich irgendwo im Hotelfoyer. Dann endlich sah sie Faust ins Gesicht. Nach wie vor sichtlich beeindruckt, faltete sie die Hände vor der Brust, sodass die dezent geschminkten, vollen Lippen wieder zum Vorschein kamen. »Das verstehe ich nicht.«

»Wir auch nicht. Wir fühlen uns von der Situation regelrecht überrumpelt. Wir müssen von vorn anfangen. Bitte lassen Sie den letzten Abend mit Isabel und den jungen Männern doch noch mal vor ihrem geistigen Auge ablaufen.«

»Ach Gott. Dieser Abend bereitet mir auch nach all den Jahren schlaflose Nächte. Dabei hat alles so gut angefangen.« Irina saß wieder aufrecht im Sessel. Sie nahm ihr Wasserglas vom Tisch und stellte es auf die Knie. Sie hielt es mit beiden Händen fest. »Im Inselkeller war mal wieder die Hölle los. Zu der Zeit war das einfach die angesagteste Disco auf Norderney. Wir haben einiges getrunken: Prosecco, Whiskey-Cola und Cocktails, Bloody Mary und Sex on the Beach natürlich. Das wollten Tim und Frank immer.« Sie machte eine kurze Pause, dabei entfuhr ihr ein kleines Lächeln. »Na ja. Sex on the Beach. Das wollten die Jungs halt in jeglicher Hinsicht.«

Faust strich sich mit der breiten Hand über die Glatze und lächelte ebenfalls, wobei sein Lächeln an der Stelle gleichzeitig ein hohes Maß an Verständnis für die spätpubertären Marotten der Jungs beinhaltete. »Die beiden haben vor einigen Tagen bei der Vernehmung gesagt, Isabel und Sie wären kurz vor Mitternacht auf der Toilette verschwunden und danach sofort weggegangen.«

Irina überlegte. »Kann sein, ich weiß es nicht mehr so genau. Uns hat es gestört, dass Tim und Frank immer aufdringlicher wurden. Je mehr Alkohol, desto höher schien ihr Testosteronspiegel zu steigen. Isabel und ich haben uns über die nervigen Annäherungsversuche aber eher lustig gemacht. Tim war besonders ungestüm. Ich weiß nicht, woran es lag. Er wollte an diesem Abend unbedingt eine von uns abschleppen, wobei ich den Eindruck hatte, dass es ihm gleich war, mit wem von uns er losziehen konnte.«

»Und Frank Kornbach?«

»Der auch. Dem war es auch egal.«

»Frank Kornbach hatte die Vermutung, dass Sie sich auf dem Weg zur Toilette möglicherweise mit anderen Jungs verabredet haben.«

Irina trank einen Schluck und stellte das Glas diesmal auf dem Tisch ab. »Nein. Das wüsste ich. Auch wenn es schon lang her ist, auf jeden Fall hätte ich mich vor zwölf Jahren daran erinnert. Wir sind vielleicht etwas plötzlich aufgebrochen, aber nicht, um uns mit anderen Jungs zu treffen. Wir waren beide froh, dass wir endlich unsere Ruhe hatten. Außerdem hatten wir beide genug – Alkohol, meine ich.« Nach ein paar Sekunden des Schweigens wog Irina den Kopf hin und her und schaute Faust nachdenklich an. »Vielleicht waren wir auch ein bisschen gemein.«

Faust zögerte nicht. »Sie meinen: Sie haben die Jungs angefixt und sind dann auf und davon.«

»Vielleicht ein bisschen. Aber Tim und Frank waren voller Selbstbewusstsein. Sie waren zwar immer besonders nett zu uns, doch im Endeffekt glaube ich, dass sie alles andere als wählerisch waren. Die hatten es gar nicht nötig, auf uns zu warten.«

»Wie meinen Sie das?«

»Was glauben Sie, wie viele Mädchen nur wegen des Geldes

scharf auf die beiden waren? Für Frank war doch selbst der Buckel kein Problem.«

»Und Tim Reiser?«

Irina wartete einen Moment mit ihrer Antwort. Faust sah sie an und spürte, dass sie über etwas nachdachte, was vielleicht interessant werden konnte. Endlich antwortete sie: »Er war der Zartere, der Weichere von beiden. Ich hatte immer das Gefühl, dass er mehr schwul als hetero war. Ich konnte es nicht an Äußerlichkeiten wie an seiner Kleidung festmachen, vielleicht aber daran, wie er sich gab, wie er sich bewegte.«

»Nun ja. Das ist aber nichts Besonderes. Homosexuell. Bisexuell. Jeder, wie er mag.«

»Ja, das sehe ich auch so, seine Eltern aber bestimmt nicht. Tim kam aus einer altmodischen Familie. Da galt es, die Form zu wahren. Schließlich sollte der Sohn des Hauses Papis Immobilienreich übernehmen. Ich glaube, der Alte hätte Tim totgeschlagen, wenn der sich mit einem Mann eingelassen hätte.«

»Sie meinen, Tim hat gegen seine Gefühle angekämpft, sogar darunter gelitten?«

»So stelle ich mir das im Nachhinein vor. Der Groschen ist bei mir auch erst spät gefallen. Für Isabel und mich waren seine Weichheit und seine Nervosität damals nichts anderes als Schüchternheit. Erst nach Isabels Verschwinden wurde mir klar, dass er zumindest homosexuelle Neigungen besaß.«

»Gibt es da etwas Konkretes, ein Schlüsselerlebnis oder so was, woraus Sie das ableiten?«

»Einmal habe ich gesehen, wie er in der Milchbar saß und ein Schwulenpärchen beobachtete. Hochattraktive, gepflegte Jungs. Sie lächelten sich an, berührten sich mit der Nase an den Wangen, am Mund. Sie waren einfach glücklich. Sein Blick sprach Bände, er war wie gebannt von der Szene. Diese Beobachtung schien ihn aus der Fassung zu bringen, ja regelrecht gierig zu machen.«

»Könnte es sein, dass sich damit das unermüdliche Werben um Isabel und Sie erklären lässt? Ich meine, dass er dem Weltbild seiner Eltern entsprechen wollte und sich extrem darum bemühte, ›normal‹ zu sein? Und in Wirklichkeit litt er wie ein Hund?«

Irina schürzte die Lippen. Sie sah Faust fest in die Augen: »Ja, so sehe ich das. Wobei man noch ergänzen muss, dass ich formell eigentlich nicht in Tims Beuteschema gepasst habe.«

Faust bewegte auffordernd den Kopf. Er wollte die Frage nach dem Wieso nicht stellen, wartete geduldig ab, bis sie weitersprach: »Als kleine Hotelangestellte hätte Papa Reiser mich vom Hof gejagt. Selbst wenn ich mit dem kürzesten Röckchen erschienen wäre. Isabel als Tochter des Tischlerunternehmers Schierke. Das hätte gepasst.«

Faust schüttelte den Kopf und zog die Bomberjacke aus. Er warf sie auf einen der leeren Sessel. An der Rezeption war viel Betrieb. Eine größere Gruppe checkte gerade ein. »Diese Scheißspießer. Wie ich sie hasse. Sie sterben einfach nicht aus.«

Irina schien irritiert. »Meinen Sie die Gäste hier?«

»Nein, natürlich nicht. Ich meine Reisers Eltern. Randvoll mit alten, unsäglich hinterfotzigen Denkmustern. Vermutlich haben sie sonntags in der Kirchenbank gekniet und zentnerweise Nächstenliebe vorgegaukelt. Zu Hause wurde aus Barmherzigkeit dann Menschenhass.« Irina grinste. »Sagen Sie mal, haben Sie Tim und Frank eigentlich später noch mal getroffen?«

»Am Abend bevor ich nach Luzern ging, habe ich sie beim Hochsprungmeeting auf dem Kurplatz gesehen. Ich stand unter den Arkaden, praktisch direkt vor dem Rathauseingang. Ein paar Meter vor mir liefen Tim und Frank sich über den Weg. Sie gifteten sich gleich an.«

Faust spitzte die Ohren. »Konnten Sie was hören?«

»Kaum. Es waren viele Leute da, außerdem quatschte der Moderator pausenlos. Ich hab nur aufgeschnappt, dass es um ein Handy ging. Sie schmissen sich ein paar Wortfetzen an den Kopf, die ich nicht richtig verstehen konnte. Tim zog gleich zweimal sein Handy aus der Hemdtasche, etwa bis zur Hälfte. Dann zeigte er mit einem Finger der anderen Hand drauf und ließ es wieder hineinfallen.«

Im Foyer war es wieder ruhig geworden. Alle Gäste hatten eingecheckt, die Lounge-Musik sorgte für entspannte Atmosphäre. Faust schien sich auch zu entspannen. Er lungerte regelrecht in seinem Sessel. Er hatte die Beine weit auseinandergestellt, die Hand am Kinn und die Augen geschlossen. Dann richtete er sich auf, hustete einmal kräftig und sagte: »Wer weiß, vielleicht wird das noch mal wichtig für uns.«

»Sie meinen, das mit dem Handy?«

»Genau. Und mehr haben Sie nicht gehört?«

»Nein.«

»Gut. Wir bleiben in Verbindung. Wir haben Ihre Kontaktdaten. Und bitte versprechen Sie mir, nicht wieder mit unbekanntem Ziel zu vereisen.« Faust stand auf und bückte sich nach seiner Jacke. »Da fällt mir noch was ein. Ob Kornbach wohl wusste, dass Reiser schwul war? Die beiden waren doch über viele Jahre dick befreundet. Zumindest die ganze Jugend hindurch.«

»Mich würde es wundern, wenn Frank in dieser Beziehung nichts bemerkt hätte. So was kann man meiner Meinung nach nicht wirklich geheim halten.«

»Vielleicht frage ich bei Gelegenheit seine Frau.« Für einen kurzen Moment schaute Faust auf, und er sah dabei reichlich verwirrt aus. Offenbar wusste er gerade nicht, ob er grinsen oder eine ernste Miene machen sollte. Irina lächelte und gab ihm die Hand.

Keine fünf Minuten später hob der Helikopter ab und verschwand in den Wolken über der Lübecker Bucht.

***

Als er den Raum betrat, schlang sich die Dunkelheit um seinen Körper wie ein schwarzes Tuch, bleischwer. Er rang nach Luft und schüttelte sich. Er wollte die Finsternis abstreifen, davonjagen, sie von seinem zitternden Körper zerren. Ein aussichtsloses Unterfangen. Denn sie stand ihm im Wege, in welche Richtung er sich auch drehte. Ewiger Schatten. Endlose Folter. Schwarze Welt. Sie zwängte ihn ein, nahm ihm den Atem. Wie Hände, die sich um den Hals schlingen, und Daumen, die den Kehlkopf brechen. Die Atmosphäre des Raumes hatte eine neue Dimension erreicht, sie tat sich vor ihm auf wie ein tiefer Abgrund. Sie war eine Macht, die mit ihm spielte, und sie hinderte ihn daran, zum Schrank zu gehen. Warum war heute alles anders? Wo war die Harmonie? Wo war der Zauber dieses Ortes, der ihn an all den anderen Tagen und Nächten atmen ließ und ihm tiefe Erfüllung gab? Er duckte sich und schlich zum Schrank. Das funktionierte. Das Abtauchen gab ihm das Gefühl, der Dunkelheit zu entkommen.

Erst als er die Urne in den Händen hielt, entspannte er sich ein wenig. Die Schritte zum Tisch waren jedoch fahrig, ungeordnet. Beim Hinsetzen stieß er mit einem Fuß gegen das Tischbein, fast wäre er dabei gestrauchelt. In seinem Körper tobten Aufregung und Rastlosigkeit. Rauschen und Zischen im Kopf, Toben und Rütteln in der Brust. Erst die Dunkelheit, dann dieses Pressen und Beben vom Magen bis zum Hals. Er schaltete die Lampe an und riss die Augen auf. Schweißperlen rannen von Stirn und Schläfen. Er griff nach dem Gefäß, öffnete es, gierig, ja lechzend machte er sich daran zu schaffen. Endlich war der Verschluss abgeschraubt. Er legte den Deckel zur Seite und schnappte mit beiden Händen nach der Urne, als gelte es, sie einem anderen zu entreißen. Die Zeit war heute nicht mit ihm im Bunde, von der vertrauten Ruhe des Raumes war immer noch nichts zu spüren. Er fühlte, wie er die Kontrolle verlor, und er merkte, dass er auf der Stelle seinem Zwang nachgeben musste, in die Urne zu greifen, das weich fließende Tuch zu nehmen, das Gewebe zu fühlen, die Fingerspitzen daran zu reiben, sein Gesicht hineinzupressen, den Duft aufzusaugen, die seidige Wölbung, die ihre Brust bedeckt hatte, mit der Zunge zu berühren, der unermesslichen Erregung zu verfallen und dem Druck seines Schoßes schließlich nachzugeben.

Nach dem Rausch die Stille. Der Raum hatte seine Aufgabe erfüllt, die Wände atmeten wieder normal. Sein Gesicht leuchtete hellrot, nach wie vor bildeten sich winzig kleine Schweißperlen auf der Stirn und an den Wangen, der Mund stand halb offen, zwischen den Lippen waberten feine Speichelfäden. Er starrte auf die Urne, und auch jetzt noch hielt er mit den Händen den silbern glänzenden Stoff, ließ die hauchdünnen Träger durch die Finger gleiten, ballte die Hände zu Fäusten und presste sie an den Mund. Erst als die letzte Träne gewichen und die Haut getrocknet war, kehrte er in die Wirklichkeit zurück. Dann endlich erlöste er den Stoff vom Druck der Fäuste und ließ ihn zurück in die Urne gleiten. Er schrieb: »4377. Du musst dir keine Sorgen machen. Ich habe dein Andenken wieder in Sicherheit gebracht. Hier bei mir kann ihm nichts passieren. Als ich es dir damals vom Körper nahm, da waren deine Augen schon geschlossen und deine Seele bei mir, ganz nah. Wenn ich daran rieche, dann höre ich dein Lachen, wenn ich daran fühle, dann spüre ich deine Haut. Und immer, wenn ich es festhalte und an mich drücke, dann bist du es, die nah, ganz nah bei mir ist. Und dann ist heller Tag, und die Sonne scheint. Seit du für immer schläfst, bin ich nicht mehr einsam, und ich habe dich für mich allein. Hier bei mir bist du gut aufgehoben.

Das erinnert mich an früher. Wenn ich es dir erzähle, kannst du mich vielleicht besser verstehen. Ich war sechs Jahre alt. Mein erster Schultag. Ich kam nach Hause. Da war Marie weg. Meine kleine Stoffpuppe. Meine Schwester hatte sie mir geschenkt. Sie wollte sie nicht mehr. Sie hatte von allem so viel. Mein Vater hatte Marie fortgeworfen. Du brauchst sie nicht mehr, sagte er. Du bist doch jetzt ein großer Junge. Mein Vater war mein Vorbild. Ich habe es ihm geglaubt. Aber ich merkte schnell, dass Marie mir fehlte, sie beschützte mich, sie wärmte mich. Ich habe oft mit ihr gesprochen. Sie kannte alle meine Geheimnisse. Ich habe immer gut auf sie aufgepasst. Wenn sie ein Mensch gewesen wäre, hätte sie mir sicher vertraut. Sie hätte mich gemocht. Das hatte ich mir zumindest immer gewünscht. Dass sie irgendwann sagt: ›Ich hab dich lieb.‹ Sie wäre die Erste gewesen, niemand sonst hatte es bis dahin zu mir gesagt. Weil ich nun allein war, nahm ich das Kopfkissen. Ich schmiegte es an meinen Kopf und stellte mir vor, es wäre Marie.«

SIEBEN

Visser fluchte wie ein Rohrspatz. Schon als der Krankenwagen in Höhe des Bahnübergangs die Tunnelstraße überquerte und der Norddeicher Hafen in Sicht kam, wusste er, dass dort irgendetwas nicht stimmte. Riesige Menschentrauben stauten sich auf dem Platz vor dem Fährterminal, es sah aus, als warteten sie seit Stunden auf ihre Abfahrt. Mitarbeiter der Reederei hörten sich die Beschwerden der besonders erregten Gäste an, versuchten sie zu beruhigen. Auch im Wartebereich im Inneren des Terminals herrschte dicke Luft. Lange Gesichter, wohin man schaute, außerdem viele Geschäftsleute mit feinen Trenchcoats, die ihre Aktenkoffer zwischen die Waden geklemmt hatten. Sie tippten wie wild auf ihren Smartphones herum oder telefonierten nervös. Weinende oder quengelnde Kinder sorgten gleichzeitig für die passende Beschallung. Alle Stühle und Bänke waren besetzt mit Feriengästen, deren Urlaubsstart zur Insel ins Stocken geraten war. Dass es nun auch noch in Strömen zu regnen begann, lieferte den perfekten Rahmen für einen rundum missglückten Ferienbeginn.

»Wat'n Schkiet!«, rief Visser. »Harriasses! Kejn een Schkip in't Haben!« Der Fahrer des Krankentransporters schaute ihn von der Seite an und sandte ihm mit erstaunter Miene massenweise Fragezeichen. »Große Scheiße. Herr Jesus, noch einmal. Kein einziges Schiff im Hafen«, übersetzte Visser und musste lachen. Denn auf Hochdeutsch hörten sich viele plattdeutsche Sätze ziemlich gestelzt an. Vieles ließ sich auf Platt einfach besser ausdrücken, fand er.

In der Unfallklinik in Sanderbusch hatten sie ihn am Morgen entlassen mit der Maßgabe, zunächst ein paar Tage zur Beobachtung im Inselkrankenhaus auf Norderney zu verbringen. Dort sollte er mindestens bis Mitte der Woche bleiben, bis sicher war, dass die Wunde gut heilte und es nicht zu Komplikationen kam. Visser trug den linken Arm in einer großen schwarzen Schlinge und sein Gesicht das vertraute Weiß einer Krankenhauswand auf der unrasierten Haut. Doch trotz der noch etwas trüben Augen wirkte er wach und entschlossen. Er musste nicht lange überlegen, bis ihm klar war, warum auf der Mole dieses Chaos herrschte. Denn im Hafen von Norderney waren die Kontrollen seit dem Attentat auf ihn streng wie nie. Das galt auch für den Flughafen.

Wer die Insel verlassen wollte, musste sich zumindest einen äußerst skeptischen Blick eines oder gleich mehrerer Polizisten gefallen lassen. Viele Fahrgäste wurden zudem überprüft, und zwar gründlich. Offene Koffer im gesamten Hafenbereich, herumliegende Hosen, Jacken, Kleider und Schuhe. Belagerte Ruhebänke, teils qualvolle Enge und überall Gemurmel und Gezeter. Zustände wie auf einem unorganisierten Campingplatz nach einem Frühsommersturm. Und das ausgerechnet auf der Sonneninsel Norderney.

Visser hatte nach einem Anruf bei Faust schnell erfahren, dass sie eine verdächtige Person festgenommen hatten. Im Handgepäck eines jungen Mannes war eine Pistole gefunden worden. Daraufhin legten Faust und sein Team auf Norderney kurzerhand den kompletten Fährverkehr lahm. Außerdem waren seit neun Uhr auf dem Flughafen keine Starts mehr möglich. Zudem wurde der Seglerhafen gesperrt, um einen möglichen Fluchtversuch auf dem Seeweg zu vereiteln. Und jetzt, da es kurz vor zwölf Uhr war, warteten Hunderte von Fahrgästen in Norddeich auf ein Schiff, um endlich auf die Insel gebracht zu werden. Darunter befanden sich auch viele Handwerker, von denen die meisten die Situation allerdings gelassen ertrugen. Sie standen gelangweilt vor ihren meist weißen Bullis, rauchten eine Zigarette oder aßen ein Butterbrot. Viele Urlauber diskutierten aufgebracht mit dem Reedereipersonal.

Das gleiche Bild bot sich auf der Insel. Auch dort stauten sich die Menschenmassen am Hafen. Das Frustthermometer befand sich am Anschlag. Der neue, hochmoderne Fährterminal bot zwar hervorragende Bedingungen für die Wartenden, doch das Café Hygge, wo sich die Gäste die Zeit vertreiben konnten, platzte seit Stunden aus allen Nähten. Visser hatte den Krankenwagen verlassen. Neben der Wartespur zur Fähre vertrat er sich die Beine und schaute in Richtung Norderney. Er dachte über Tim Reiser nach, und er fragte sich, ob der tatsächlich schwul gewesen sein konnte. Faust hatte ihm per Telefon vom Gespräch mit Irina Erdmann erzählt. Während Visser über womöglich daraus resultierenden Schlussfolgerungen brütete, prasselte der Regen auf seinen Kopf. Doch der interessierte ihn nicht. Nur wie er diese Fälle lösen und wieder rasch nach Hause kommen konnte, war für ihn wichtig. Doch dann ging alles schneller, als er dachte. Die »Eugen«, der neue Rettungskreuzer der DGzRS, legte an, und zwei Besatzungsmitglieder riefen ihn zu sich. Visser war froh, dass seine Kollegen von der Wache diese Extratour für ihn organisiert hatten. Ein Crewmitglied half ihm an Bord. Visser lächelte und brummte ein breites »He!«.

※※※

Sofie Reiser-Victorbur war eine zierliche Frau mit kupferfarbenen Locken, die bis knapp über die Ohren reichten. Die ins Auge stechende Farbe und die außergewöhnliche Haarfülle dominierten ihr Aussehen und verliehen ihrer Erscheinung eine unmissverständliche Mischung aus metallener Kälte und bestechender Weiblichkeit. Ihren schmalen Hals schmückte eine dünne Kette mit einem vergoldeten Ginkgoblatt. Wenn sie sich bewegte, zog der Anhänger mit kaum hörbarem Sirren auf der cremefarbenen Seidenbluse seine halbkreisförmigen Bahnen. Die grüngrauen Augen schauten klar, die schmalen Lippen funkelten vom aufgetragenen Gloss. Sie waren in ein diskretes Rot getaucht, das mit ihrer Haarfarbe perfekt harmonierte. Wimperntusche und Make-up waren ebenfalls aufgetragen, alles äußerst dezent. Ihr schmales Gesicht wirkte zerbrechlich wie Glas, und dennoch strahlte es ein Höchstmaß an Stolz, vielleicht sogar ein Stück weit Verachtung aus. Die Wangenknochen traten leicht hervor, die womöglich etwas zu kleine Nase bildete den Mittelpunkt ihres Gesichts. Sophie Reiser-Victorbur reichte Faust gerade mal bis zur Brust. Sie trug einen eng anliegenden anthrazitfarbenen Rock, schwarze Strümpfe und schwarze, hochhackige Schuhe.

Faust wusste nicht, ob er diese Frau jemals gesehen hatte, doch seine üblichen Reflexe zeigten, dass sie etwas in ihm auslöste: Er öffnete die Bomberjacke, richtete das Holster und baute sich breitbeinig vor ihr auf, wobei nur die Vollglatze verhinderte, dass dem Hahn nicht der Kamm schwoll. Faust schätzte sie auf Anfang vierzig, also etwas älter als ihren Mann Tim Reiser, dessen Leichnam die Gerichtsmedizin in Oldenburg immer noch nicht freigegeben hatte, obwohl es bereits Dienstag war.

Als er zusammen mit Neumann die Villa an der Oderstraße betrat, strömte ihnen nicht nur der großzügig dosierte Duft von Chanel entgegen, sondern auch der sanft zirkulierende Atem von Arroganz, der den Puls der Bewohner bis tief in die letzten Ritzen der Designertapeten schlagen ließ.

»Setzen Sie sich. Was möchten Sie trinken?« Die Art und Weise, wie die Gastgeberin dies sagte, klang mehr nach einem Befehl als nach einer Frage.

Ein großes Pils vom Fass und 'nen Doppelkorn, würde ich darauf am liebsten antworten, dachte Faust. Doch er beherrschte sich. Stattdessen winkte er einfach nur ab. »Nichts. Danke.« Neumann schüttelte ebenfalls den Kopf. »Wir möchten Sie nicht lange stören«, begann Faust schließlich in der gebotenen Höflichkeit. »Natürlich müssen wir Ihnen die üblichen Routinefragen stellen.«

Sophie Reiser-Victorbur schaute Faust an. Der hatte seine Jacke inzwischen abgelegt und sie gleich neben sich in die Sofaecke gequetscht. Ihre Augen blieben an Faust kleben, zunächst am Gesicht, dann am Oberkörper. Sie schien irritiert. Endlich sagte sie: »Ja, bitte.«

»Hat Ihr Mann sich in letzter Zeit anders benommen als sonst? Hat er irgendwelche Gewohnheiten gewechselt? Ich meine jetzt besonders in der Zeit vom Auffinden des Skeletts am Wrack bis zu seinem Tod.«

Die Antwort ließ nicht lange auf sich warten. Allerdings kam sie äußerst einsilbig daher. »Er war wie immer. Ich habe nichts bemerkt.« Dann schnäuzte sie sich die Nase.

»Ihr Mann war ein äußerst erfolgreicher Geschäftsmann. Sicher gab es Neider, vielleicht sogar Feinde.«

»Ich weiß, was Sie meinen. Ja, Neider gab und gibt es immer noch. Die sterben nicht aus. Feinde? Nicht dass ich wüsste.« Sie überlegte ein paar Sekunden, dann fuhr sie fort: »Aber ganz ehrlich: Von den Leuten, die uns beneiden, kommt für mich niemand als Mörder in Frage.«

Sie schlug die Beine übereinander und nahm sich einen auffallend dünnen Filterzigarillo aus einem silbernen Etui. Sie steckte ihn zwischen die Lippen. Offenbar wartete sie darauf, dass einer der beiden ihr Feuer geben würde.

Doch während Faust das auf dem Tisch schlummernde, handgebürstete, zweiflammige Designerstück in den Blick nahm, tief in sich hineingrinste und sie dabei beobachtete, wie sie den Mund immer weiter spitzte und tief einatmete, stieg Neumann in die Fragerunde ein wie jemand, der an der sensibelsten Stelle eines Klaviersolos einen krachenden Hustenanfall bekommt. »Doofe Frage. Ich weiß. Muss aber immer gestellt werden. Wie war Ihr Verhältnis zu Ihrem Mann?«

Sophie Reiser-Victorbur wartete noch ein paar Sekunden, dann nahm sie den Zigarillo mit spitzen Fingern aus dem Mund. »Wir hatten bis zuletzt ein gutes Verhältnis. Jeder respektierte den anderen, wir haben uns beide immer gemeinsam um die Kinder gekümmert. Unser Zusammenleben war harmonisch, und die Dinge sind geordnet.«

»Zurzeit also keine besonderen Höhen, Tiefen oder sonstige Ausschläge nach oben oder unten?«

Sie schürzte die Lippen, als wäre sie beleidigt, und schaute ins Leere. »So könnte man es ausdrücken.« Während sie das sagte, steckte sie den Zigarillo erneut in den Mund. Diesmal aber griff sie nach dem Feuerzeug, zündete den Zigarillo an und nahm einen tiefen Zug.

Faust griff wieder ein. Wohl wissend, dass sie ihn nicht aus den Augen ließ, pumpte er den Oberkörper auf dem Sofa auf und schob die Brust vor. Dann fragte er: »Wie hat Ihr Mann auf die neuesten Nachrichten in Sachen Isabel Schierke reagiert? Hat er Ihnen gegenüber etwas dazu gesagt? Oder war er vielleicht doch ein wenig in sich gekehrt, vielleicht zurückhaltender?«

Sie dachte nach. Dabei umschlossen die rot geschminkten Lippen den dunklen Filter, an dem sie jetzt erneut zog, um den Rauch anschließend in mehreren Schüben in Richtung Decke zu pusten. »Wir haben darüber gesprochen. Ganz Norderney hat darüber gesprochen beziehungsweise tut es immer noch. Und natürlich weiß ich, dass es da eine gemeinsame Vergangenheit gab. Ein bisschen Schmuserei in der Pubertät –«

»Und er gehörte zu den letzten Personen, die Isabel lebend gesehen haben«, fuhr Faust dazwischen.

Ihr Augenaufschlag drückte Langeweile aus. »Ja, ich weiß das«, sagte sie gedehnt. »Und soviel ich weiß, hat er ihnen bereits mehrfach alles gesagt, was dazu gesagt werden muss.«

»Und Frank Kornbach? Hatte er noch Kontakt zu ihm?«

»Nicht dass ich wüsste. Sie waren lange Jahre gute Freunde. Sie sind zusammen in die Schule gegangen, und sie haben ihre Jugend miteinander verbracht.«

»Und dann brach der Kontakt irgendwann ab?«, fragte Neumann.

»Jeder hat sein eigenes Leben geführt. Geheiratet. Kinder bekommen. Die Firma übernommen. Also, meines Wissens hatten sie keinen Kontakt mehr. Wenn, dann durch Zufall.«

»Gab es in jüngster Vergangenheit oder davor einen dieser Zufälle?«, wollte Faust wissen.

»Nein. Zumindest kann ich mich an nichts erinnern. Wenn sie sich über den Weg gelaufen sind, dann haben sie sich gegrüßt. Das war's dann aber auch schon.«

Sie drückte den Zigarillo im Aschenbecher aus und fuhr sich mit der Zunge über die Lippen. Faust ließ sie nicht aus den Augen. Er wartete auf irgendeine Gemütsregung von ihr, die vielleicht etwas verraten oder zumindest zeigen würde, dass sie womöglich log und mehr wusste, als sie sagte. »Ist der enge Kontakt der beiden mit dem Verschwinden von Isabel vor zwölf Jahren abgebrochen? Kann man das so interpretieren?«

»Dazu kann ich gar nichts sagen. Ich bin erst vor acht Jahren auf die Insel gekommen, nachdem ich Tim kennengelernt hatte. Da sind Sie bei mir also an der falschen Adresse. Und Tim hat sich nie dazu geäußert. Es hat mich aber auch nicht im Geringsten interessiert.«

Faust merkte, dass Sophie Reiser-Victorbur ungeduldig wurde. Sie nahm ihr Smartphone und checkte die WhatsApps. Drei neue Nachrichten, sah Faust aus dem Augenwinkel. Fahrig schob sie das Handy zurück auf den Tisch. »Hat Ihr Mann überhaupt über Frank Kornbach gesprochen? Wenn ja: War das dann positiv oder war es negativ?«

»Ich kannte Frank selbst praktisch nur vom Sehen. Tim hat mich einmal flüchtig vorgestellt, ich glaube, es war vor Jahren bei einem Open Air am Nordstrand. Norderney ist eine Insel, die sehr mit sich selbst beschäftigt ist, wie die meisten Menschen es ja auch sind. Das ist doch normal. Allerdings kann man sich auf einer Insel nie so ganz aus dem Weg gehen. Man sieht sich: im Theater, im Kino, beim Weinfest oder sogar mal im Badehaus. Und das war's.«

»Also. Hat er gut über Frank Kornbach gesprochen oder eher schlecht?«, hakte Neumann nach.

Sie überlegte kurz und zupfte am Rock. »Wenn er über

ihn gesprochen hat, dann so, als wäre ihm das alles egal. Er hat weder über ihn geschimpft, noch hat er Positives über ihn gesagt.« Dann spitzte sie den Mund, hob in einer schnellen Bewegung den Kopf und fragte schnippisch: »Das war's?« Ohne die Antwort abzuwarten, stand sie auf.

Weder Faust noch Neumann antworteten. Faust erhob sich ebenfalls, wobei er sich aufreizend viel Zeit für das Anziehen seiner Bomberjacke nahm. Zwar widerte ihn ihre dekadente Art und Weise an, aber in seinem Innersten genoss er, wie sie ihn ständig beobachtete. Er trat einen Schritt auf sie zu und reichte ihr die Hand. Es dauerte noch einen Moment, bis sie den Blick von seinem Hemd nahm, dessen Knöpfe leicht auf Spannung standen, sodass bei genauem Hinsehen ein paar Brusthaare zu erkennen waren. Sie berührte mit der Zungenspitze kurz die Lippen. Dann legte sie den Kopf in den Nacken und schaute zu ihm auf. Mit dünner Stimme hob sie erneut an: »Noch Fragen?«

»Nein danke«, gab Faust mit fester Stimme zurück und ließ ihre Hand los. Er sah, wie Neumann bereits im Hausfoyer stand und einen Mann in Jeans und marineblauem Hoodie begrüßte.

»Das ist Jann-Philipp. Ein Freund des Hauses. Er hilft mir.«

»Gut zu wissen«, entgegnete Faust und ging auf den Gast zu, der barfuß war und ihn mit freundlichem Handschlag begrüßte.

»Schneider-Bülow. Angenehm.«

»Faust.« Er erwiderte den Handschlag, indem er kräftig zudrückte. Er merkte, wie Schneider-Bülow, der ihm eigentlich sympathisch war, leicht in die Knie ging. Deshalb ließ er die Hand sofort los.

Schneider-Bülow schluckte, fand aber schnell zu seinem Lächeln zurück. »Ich kümmere mich um Sophie.«

»Dat machen Se man«, sagte Faust und verließ das Haus. Neumann hatte den Wagen schon vorgefahren. Faust schlen-

derte über den weißen Kies, kratzte sich an der Glatze und
stieg ein.

**

Ganz schön viel Zimmer für einen einzigen Patienten, dachte
Faust, als er Visser mit hochrotem Kopf auf dem Krankenbett
sitzen sah. Der Raum in der dritten Etage des Norderneyer
Inselkrankenhauses maß mindestens fünfundzwanzig Quadratmeter. Mit den wenigen Möbeln und den kahlen Wänden
besaß er die Akustik eines leeren Fußballstadions und den un-
widerstehlichen Charme einer bis zur Decke gefliesten Dop-
pelgarage. Dafür waren die Wände frisch gestrichen und alles
supersauber. Außerdem entschädigte der Blick aus dem Fenster auf die wild wogende Nordsee für die aktuellen Befind-
lichkeiten eines Oberkommissars, der das Krankenzimmer
zuvor in einem Gespräch mit dem Oberarzt mit einer über-
dimensionalen Gefängniszelle verglichen hatte. Er fühle sich
hier wie eingesperrt. Ihm fehle nichts, er sei ja gar nicht krank,
und er sehe schon gar nicht ein, dass er hier liegen müsse. Er
werde behandelt wie ein kleines Kind, und ihm tue nichts,
überhaupt nichts weh. Anschließend hatte er dem geduldig
lauschenden Mediziner zu erklären versucht, dass er seine
Schulter auf der Dienststelle genauso gut schonen könne wie
im Krankenhaus, während er mit schmerzverzerrtem Gesicht
allerdings kläglich daran scheiterte, den Arm in der Schlinge
zum Zeichen seines »hervorragenden Genesungsfortschritts«
auch nur wenige Zentimeter anzuheben.

»Was ist das denn?«, fragte Faust. »Krankenzimmer mit in-
tegriertem Hubschrauberlandeplatz«, spottete er und schaute
sich gründlich um. Dazu nahm er genau in der Mitte des Zim-
mers Aufstellung und drehte sich einmal komplett um die
eigene Achse. Dabei grinste er wie ein Klecks Marmelade auf
der Tapete und stellte gleich die nächste flapsige Frage: »He,
Gent. Hast du Blutdruck, oder wieso ist deine Birne so rot?«

»Hör bloß auf! Hundertneunzig zu hundertzwölf! Vor ein paar Minuten war schon wieder eine Schwester da. Die messen jetzt jede Stunde.«

»Oha. Du arme Socke. Aber du bist doch eigentlich gar kein Blutdruckpatient.«

»Natürlich bin ich kein Blutdruckpatient. Aber wenn man ohne Not in einem Krankenhaus kaserniert und dort willkürlich gefangen gehalten wird, muss man ja Blutdruck kriegen.«

Visser atmete schwer, schlug mit einer fahrigen Bewegung die Decke zur Seite und setzte sich auf den Bettrand. Erst da bemerkte Faust, dass Visser normal angezogen war. Er trug eine Jeans und ein T-Shirt. Außerdem Socken. Seine Straßenschuhe standen unter dem Bett. Offenbar plante er, die Klinik zu verlassen.

»Bleib ganz ruhig, Gent. Die werden dich ja nicht für den Rest deines Lebens hierbehalten wollen.«

»Frühestens übermorgen darf ich nach Hause. Eine Unverschämtheit ist das. Die tun hier gerade so, als hätte der Täter mir die Kugel nicht durch die Schulter, sondern durch den Kopf gejagt.« Als er das gesagt hatte, musste Visser über sich selbst lachen. Immer wenn ihm der Geduldsfaden riss, lief er zu Höchstform auf und übertrieb, wo er nur konnte, wusste Faust. In diesen Momenten war es besser, ein paar Sekunden zu schweigen. In das Schweigen öffnete sich die Tür.

»Ist bei Ihnen alles in Ordnung, Herr Visser?«, fragte die kleine Krankenschwester mit auffallend piepsiger Stimme. »Es hat draußen so geklungen, als hätten Sie Streit. Wir haben Sie bis zum Schwesternzimmer gehört.«

»Machen Sie sich keine Sorgen. Herr Faust und ich sind Freunde. Wir streiten nie.«

»Oder geht es Ihnen nicht gut, Herr Visser. Soll ich Ihnen noch schnell den Blutdruck messen?«

Faust riss die Augen auf und streckte die Arme nach vorn. »Nein, Schwester. Nein. Bitte nicht. Aber vielleicht können

Sie mir einen Gefallen tun. Bitte bringen Sie meinem Kollegen und mir einen Kaffee.«

Visser und Faust nahmen am Besuchertisch Platz. Der stand unmittelbar vor dem Fenster und ermöglichte den direkten Blick über den Norderneyer Nordbadestrand aufs Meer. Sie brauchten eine ganze Weile, bis sie zum eigentlichen Thema kamen. Bis dahin plauderten sie über die »zerschossene Silberhochzeit«, wie Visser sich ausdrückte, über den Schock, den Frauke davongetragen hatte, über die zahlreichen Genesungswünsche und darüber, dass die Fürsorge von Ärzten und Pflegepersonal im Inselkrankenhaus eigentlich doch hervorragend war.

»Als Polizist folgst du in besonders kniffligen Situationen doch auch ganz gern deiner Intuition«, nahm Faust den Faden auf.

»Falls ich gerade eine habe.«

»Ich habe gerade zwei.« Faust reckte sich und schloss die Augen. Er dachte angestrengt nach. »Also erstens: Der Besuch bei Reisers Frau lässt mich nicht los. Dieses Weib hat etwas Geheimnisvolles. Die kann einem sogar den Kopf verdrehen, wenn sie im Schlabberanzug und mit zerzausten Haaren vor dir steht. Ich schätze sie außerdem als hochintelligent ein. Aber ich glaube ihr kein Wort.«

»Wieso?«

»Ich kaufe ihr zum Beispiel nicht ab, dass Reiser und sie eine intakte Beziehung führten. Das spürt man. Selbst Neumann, dessen empathische Leistungsfähigkeit eher einer verrosteten Wellenmaschine gleicht, ist da mit mir einer Meinung.«

Visser grinste, dann fragte er: »Hast du das Thema Homosexualität schon ins Spiel gebracht?«

»Noch nicht. Ich habe nicht den richtigen Ansatz, den passenden Moment dafür gefunden. Ich wollte mit dieser Frage nichts kaputtmachen. Allerdings bin ich mittlerweile fest davon überzeugt, dass Irina recht hat. Reiser war schwul.« Visser schlürfte seinen Tee. Er hatte keinen Kaffee bekommen. Er zog ein mürrisches Gesicht und hörte Faust weiter zu. »Dann dieser Typ. Jann-Philipp Schneider-Bülow. Keine Frage. Ein sehr sympathischer, gut aussehender Mann. Er passt perfekt zu Sophie Reiser-Victorbur. Der taucht da auf wie Phönix aus der Asche. Er regelt angeblich alles für die trauernde Witwe, die in Wirklichkeit so viel trauert wie ein Banker, der gerade einem ahnungslosen Werktätigen den Kleinkredit für die Waschmaschine abgelehnt hat.«

»Meinst du, die haben was miteinander?«

»Bei meiner Glatze und allen anderen Körperteilen, die mir heilig sind: Die Wahrscheinlichkeit, dass die nichts miteinander haben, ist in etwa so groß wie die Aussicht, dass der Papst nächstes Jahr beim White Sands Festival am Fuße des Januskopfs aufs Surfbrett steigt.«

»Na, na, na. Lieber Carlo, nicht so respektlos und lass mal deine ungehobelten Vergleiche«, murmelte Visser und grinste gleichzeitig tief in sich hinein.

»Wenn die beiden heiraten würden, dann könnte Reisers Frau übrigens theoretisch den Namen Sophie Reiser-Victorbur-Schneider-Bülow tragen.«

»Jetzt wirst du albern, Carlo. Auch mit Doppel-, Dreifach- oder Vierfachnamen macht man keine Scherze. Das ist mittlerweile selbst im Karneval in Köln zum Problem geworden, wie du weißt. Außerdem lenkst du vom Thema ab.«

»Sorry, Gent. Mir war gerade danach.«

Visser zog die Stirn in Falten. Faust merkte, wie konzentriert Visser gerade nachdachte. Er fixierte dessen blasses Gesicht, die Bartstoppeln, die noch deutlich sichtbaren Ränder unter den Augen und die winzigen Härchen auf der Nase, die im Gegenlicht zu sehen waren.

Endlich sagte Visser: »Vielleicht liegen wir mit der Spur Reiser gar nicht so falsch. Womöglich befindet sich dort der Schlüssel zum Lösen zumindest eines unserer Probleme.«

»Wie meinst du das genau?«

»Ich denke da an diesen Schneider-Bülow. Kann gut sein, dass der was mit der schönen Sophie hat. Als wenn der nur zur administrativen Betreuung angereist wäre. Ich lach mich tot«, sagte Visser und tippte sich mit dem Zeigefinger an die Stirn. »Wenn die was miteinander haben, liegt es doch nahe, dass die beiden Reiser gemeinsam um die Ecke gebracht haben. Unabhängig von der Geschichte mit Isabel. Sie könnten einfach die Gunst der Stunde genutzt haben, um ihre Zweisamkeit offiziell zu machen. Reiser hat sie doch nur gestört.«

»Du meinst die allgemeine Verwirrung, weil sowieso jeder denkt, alle Fälle würden irgendwie zusammenhängen.«

»Genau.«

Faust schaute auf und blickte Visser an. »Könnte durchaus sein. Fällt dir noch was zu Reiser ein?«

»Reiser ist ja, wie ich auch, Mitglied im Seglerverein – gewesen. Neulich haben er und Kampmeier sich gestritten. Und zwar heftig.« Visser machte eine kleine Pause. Er kniff die Augen zusammen und biss sich auf die Lippen. Er wirkte doch noch ganz schön angeschlagen. Mit tiefer, aber sehr leiser Stimme fuhr er nach einigen Sekunden fort: »Ich weiß nicht, worum es da gegangen ist. Sie waren am Steg, etliche Meter von mir entfernt. Sie haben ungewöhnlich laut miteinander gesprochen und heftig gestikuliert. Es sah so aus, als würden sie sich gegenseitig Vorwürfe machen oder sich sogar beleidigen.«

»Und wie endete die Sache?«

»Ich war mir ziemlich sicher, dass irgendwann jemand im Wasser landen würde. Aber nach ein paar Minuten gingen sie auseinander. Mit gesenkten Köpfen. In unterschiedliche Richtungen. Ich habe dann nicht weiter auf sie geachtet, bin ins Boot gestiegen und losgefahren.«

»Sind sie befreundet gewesen?«

»Es ist mir vorher nicht aufgefallen, dass sie öfter zusammen waren oder zusammen rausgesegelt sind. Ich denke aber: Wenn man sich so heftig streitet, dann muss das einen tieferen

Grund haben. Ich glaube nicht, dass sie sich wegen einer falsch gelegten Schlaufe oder der Farbe eines Segeltuchs in die Haare bekommen haben. Und je mehr ich darüber nachdenke, desto klarer wird mir, dass sie tatsächlich was miteinander hatten.«

»Du meinst, so streitet man nur, wenn es um etwas wirklich Wichtiges geht und man sich persönlich nahesteht.« Faust stand auf und durchschritt das Zimmer. Dann ging er zu Vissers Bett, setzte sich auf die Kante und ließ die Beine baumeln. »Wer ist eigentlich dieser Kampmeier? Gehört der auch zur Upperclass auf Norderney?«

Visser drehte sich mühsam im Stuhl, damit er Faust besser sehen konnte. »Was heißt schon Upperclass? Okay. Reiser war ein reicher Schnösel. Mit dem ersten Licht der Welt hat der schon gleichzeitig während der Geburt seinen fetten Kontostand in den Blick nehmen können. Im Prinzip konnte er ja nichts dafür, dass seine Eltern steinreich waren. Niemand wird gefragt, ob er geboren werden möchte oder nicht. Schon gar nicht, wohin oder in welches soziale Umfeld.«

»Wenn es so wäre, dann bliebe der Welt in dem einen oder anderen Fall einiges erspart.« Faust machte eine kleine Sprechpause. »Sorry. Ich habe dich unterbrochen.«

»Egal. Aber ich sehe das ähnlich wie du. Die Zahl der schuldlosen und gleichzeitig unerträglichen Schicksale nimmt zu, weltweit. Doch wir sind nicht zum Philosophieren hier. Wo war ich stehen geblieben?«

»Upperclass. Schnösel. Reiser. Kampmeier.«

»Ach so. Wenn du mich also so fragst: Kampmeier würde ich als vollkommen normalen, durchschnittlichen Insulaner bezeichnen. Er arbeitet beim Staatsbad, ich glaube, im Vertrieb. Er geht einem gediegenen, geregelten Job nach. Fällt nicht auf. Wohnt am ›Alter Horst‹. Eigentlich ist er so etwas wie die Fleischwerdung der Ereignislosigkeit. Pünktlich, korrekt, unauffällig bis zur Gesichtslähmung. Aber wer weiß. Vielleicht geht in seiner Freizeit die Luzie ab.«

Faust nickte wie jemand, der Zustimmung signalisiert.

»Auch daraus könnte eine Spur werden. Ein guter Ansatz. Ich werde mich gleich morgen früh mit Kampmeier unterhalten.«

Visser stand auf. Mit dem rechten Ellbogen drückte er sich von der Stuhllehne hoch. Er wollte die linke Schulter schonen, das sah man dem Bewegungsablauf genau an. Dann ging er zu seinem Bettschrank und drückte zwei weiße Tabletten aus dem Blister. Ibuprofen. Er legte den Kopf in den Nacken, schloss die Augen und warf die dicken weißen Pillen in den Mund. Dann stürzte er einen großen Schluck Wasser in sich hinein und schluckte gierig.

»Aber was ist denn nun dein zweiter Ansatz?«, wollte Visser wissen. »In Sachen Reiser und dessen Umfeld ist vielleicht tatsächlich was zu holen. Aber du meintest doch vorhin, du hättest noch eine Idee.«

»Es geht noch mal um Isabel. Die Kriminaltechnik in allen Ehren. Doch neben dem Instinkt eines Polizisten hilft manchmal auch Kommissar Zufall. Es mag absurd klingen, aber ich werde noch mal zum Wrack fahren.«

»Was willst du? Zum Wrack? Die Nadel im Heuhaufen? Ein ganz bestimmtes Sandkorn unter Abermillionen?«

»Ich kann dort jetzt nichts mehr kaputt machen. Außerdem rennen die Touristen längst wieder da rum. Vielleicht finde ich dort noch etwas. Und wenn es nur eine Scherbe ist, ein Haargummi oder ein Hosenknopf. Ich möchte wenigstens den Versuch unternehmen.«

Faust hüpfte vom Bett. Er schlenderte durch das Zimmer und blieb vor dem Besuchertisch stehen. Visser hatte sich wieder hingesetzt und schaute raus aufs Meer. In Höhe des Strandaufgangs Detmold brachen sich gerade die Wellen an der bröseligen Buhne. Die Sonne ließ den Schaum der Brandung in funkelndem Silber strahlen, jede Millisekunde lieferte ein neues, ein hinreißendes Bild. Jeder Wimpernschlag malte – Woge für Woge – ein Gemälde, das sich warm und hell anfühlte. Natürlich wusste Faust genau, was Visser gerade dachte. Er wollte mit ihm gehen, sofort auf die Dienststelle. Die Uniform anziehen und die Pistole ins Holster stecken. Mit ihm gemeinsam Kampmeier aufsuchen. Und mit ihm zum Wrack fahren. Klappspaten raus. Graben. Suchen. Gemeinsam analysieren. Den Kopf in den Wind halten und Freiheit atmen. Er wusste genau, wie sehr Visser seinen Job liebte.

Faust legte Visser die Hand auf die Schulter. Der drehte sich im Stuhl, neigte den kantigen Schädel zur Seite und sah ihn an wie ein Welpe, der seine Mutter sucht. Sein Gesicht schimmerte erneut rötlich. Vermutlich wieder der Blutdruck. Frust, weil er nicht eingreifen durfte und es auch noch nicht wirklich konnte. Faust war sich im Klaren darüber, dass in Visser der Dampfkessel wieder gefährlich hochkochte.

»Gent, ich muss los. Tut mir leid. Ich halte dich auf dem Laufenden. Sag mir Bescheid, wenn sie dich hier rauslassen. Ich hole dich dann sofort ab.«

Visser nickte. Dann klopfte es an der Tür, und praktisch zeitgleich schoss die kleine Krankenschwester mit einem Elan ins Zimmer, als plane sie, das Mobiliar in alle Einzelteile zu zerlegen. »Blutdruck, Herr Visser. Blutdruck!«, rief sie dann, schwenkte Stethoskop samt Plastikmanschette und Gummischlauch und steuerte direkt auf Visser zu.

Visser, der wohl wusste, dass eine Diskussion mit der resoluten Person sinnlos war, hielt freiwillig den Arm hin und schloss die Augen. Faust zog leise die Tür hinter sich zu. Fuck, dachte er. Jetzt tut er mir echt leid.

ACHT

Am frühen Vormittag trat ein, wovor die Meteorologen schon seit zwei Tagen in immer kürzeren Abständen gewarnt hatten: Orkantief »Bernhard« war im Anmarsch. Es hatte sich vom nahen England aus in Bewegung gesetzt und meldete sich nun mit den ersten heftigen Böen, die wie entfesselt über die Insel fegten. Gleichzeitig regnete es fingerdicke Bindfäden, und die bange Frage war, wie lange das Kanalsystem Norderneys diesen Massen noch standhalten konnte. Die niedersächsische Küstenschutzbehörde NLWKN hatte am Vorabend eine konkrete Wetterwarnung herausgegeben und für Norderney sowie für die sechs anderen Ostfriesischen Inseln eine mittlere bis schwere Sturmflut vorausgesagt. Demnach sollte das Nachmittagshochwasser an den Stränden von Norderney zwischen zwei Meter und zwei Meter fünfundsiebzig über dem mittleren Tidehochwasser auflaufen. Es bestehe erhebliche Überflutungsgefahr für Strände, Vorläufer und Hafenflächen. Der finsteren Voraussage entsprechend war das bevorstehende Unwetter zeitgleich Thema im Umweltausschuss der Stadt Norderney gewesen. Vertreter aller Fraktionen waren sich selten so einig: Eine schwere Sturmflut im späten Mai war alles andere als normal, mit dem Orkantief »Bernhard« drückte der längst eingetretene Klimawandel dem Wetter erneut seinen Stempel auf. Deshalb sprachen sich die Politiker einmütig dafür aus, eine Resolution auf den Weg zu bringen, in der die Freitagsdemos der Schülerinnen und Schüler ausdrücklich begrüßt werden sollten. Zudem sollte nach Wegen gesucht werden, wie die Deichverteidigung nachhaltig verstärkt werden konnte.

Bereits gegen neun Uhr war es auch für die wetterfestesten Bewohner und Gäste kein Vergnügen mehr, sich draußen aufzuhalten. Der Himmel verfinsterte sich praktisch im Minutentakt zu einer diffusen dunklen Masse. Grauschwarze Wolkenfetzen zogen auf und formierten sich über dem Eiland und an der kompletten ostfriesischen Küste zu einer bedrohlichen Kulisse.

Als Faust zum Polizeirevier fuhr, beobachtete er an mehreren Stellen, wie Einsatzkräfte der Freiwilligen Feuerwehr Deckwerksscharte und Fluttore schlossen. Dafür schien es auch höchste Zeit zu sein, denn als es zu regnen begann und die ersten schweren Böen mit einer Stärke von neun bis zehn Beaufort über die Insel jagten, konnte man annähernd ahnen, was am Nachmittag während des Gezeitenhochwassers auf Norderney zukommen würde. Am Fluttor bei der Georgshöhe lief Faust ein Feuerwehrmann entgegen. Erst als er das Fenster des Polizeibullis einige Zentimeter heruntergelassen hatte, konnte er erkennen, dass es Tamme Schweers war. Wie unkontrollierbare Geschosse trafen die vom Sturm angefeuerten Regentropfen den Schutzanzug Tammes, von seinem Südwester perlte das Regenwasser unaufhörlich und in wildem Zickzack über die Krempe auf Rücken und Schulter hinab.

Tamme beugte sich vor und hielt den Kopf dicht vors Fenster. »Carlo, pass auf dich auf. Hier kannst du nicht weiterfahren. Die Wellen werden immer höher, da vorn klatschen sie schon massiv gegen das Deckwerk. Die Gischt spritzt bis hoch zum Hotel und zur Klinik. In der Moltkestraße sind die ersten Keller vollgelaufen. In der Nordhelmsiedlung auch. Außerdem drückt das Wasser die Kanaldeckel nach oben. An der Georgshöhe musst du drehen.«

Faust blickte fragend und rümpfte die Nase. Vor sich sah er durch die Frontscheibe nur noch schemenhaft das Hotel Georgshöhe. »Ja, es wird immer mehr«, schrie er Tamme zu.

»Und das ist nur der Anfang. Der Orkan nimmt gerade erst Anlauf. Wir machen jetzt alle Tore dicht. Wir sind eigentlich viel zu spät dran. Heute geht ansonsten nur Innendienst«, rief Tamme, dessen Brille nicht nur beschlagen war, sondern von deren Gläsern im Sekundentakt Regenwasser abtropfte.

»Ich will's versuchen«, erwiderte Faust. »Wer weiß, was der Tag noch bringt.«

»Das wird die Natur dir sagen, mein lieber Carlo. Die ist stärker, als wir alle denken.«

Während Tamme sprach, musste Faust sich alle Mühe geben, ihn zu verstehen. Denn das Zischen des Regens und das Bollern und Rumpeln der Orkanböen verhinderten eine vernünftige Unterhaltung schon im Ansatz. Man konnte fast meinen, der Himmel wolle an diesem Tag im Mai seinen ganzen Zorn über den rücksichtslosen Umgang mit den Weltmeeren an den Ostfriesischen Inseln auslassen. Faust schloss rasch das Autofenster und fuhr los.

Als er eine Viertelstunde später auf der Polizeiwache eintraf, begrüßte ihn dort ein gut gelaunter Gent Visser. Er hatte es im Krankenhaus nicht mehr ausgehalten und die Station auf eigenes Risiko verlassen. Natürlich half ihm die Gewissheit, dass er im Notfall schnell kompetente Hilfe haben konnte. Solange es auf Norderney immer noch ein Krankenhaus gab, machte dies die Insel nicht nur für die Einheimischen, sondern auch für die Touristen zusätzlich attraktiv und lebenswert.

Faust unternahm erst gar nicht den Versuch, die Moralkeule zu schwingen. Er freute sich aufrichtig, dass Visser nun wieder mit von der Partie war. Auch wenn es körperlich noch Defizite geben würde; als analytischer Denker, guter Kamerad und hochmotivierter Kollege war Visser auf der Polizeiwache ohnehin unverzichtbar. Und weil beide ganz genau wussten, wie der jeweils andere tickte, brauchten sie auch nicht viele Worte, um zu beschließen, dass sie der erste Weg des Tages zu Dirk Kampmeier führen würde.

Kampmeier war seit zweiundzwanzig Jahren bei der Kurverwaltung tätig. Nach der mittleren Reife an der Kooperativen Gesamtschule an der Mühlenstraße hatte er zunächst eine Ausbildung zum Verwaltungsfachwirt absolviert und in der Finanzabteilung der Norderneyer Stadtverwaltung gearbeitet. Zwischendurch fungierte er in den Sommermonaten als Strandkapitän an der Weißen Düne und passte auf, dass beim Baden niemand zu Schaden kam. Mit dreiundzwanzig Jahren wechselte Kampmeier in die Vertriebsabteilung des Staatsbads, wo er bis heute als ein zuverlässiger und gern gesehener Mitarbeiter galt.

Als Visser und Faust Kampmeiers Dienstzimmer im Bazargebäude betraten, schwoll draußen der Lärm durch die Sondersignale mehrerer Feuerwehrfahrzeuge gerade empfindlich an. Auch in der Seilerstraße waren etliche Keller vollgelaufen, außerdem musste ein Baugerüst am Onnen-Visser-Platz abgesichert werden, weil der Sturm es aus der Wand zu reißen drohte. Sie hatten den Wagen in der Parkbucht gegenüber der Norderneyer Badezeitung abgestellt und die wenigen Meter bis zum Rathauseingang im Laufschritt zurückgelegt. Dies fiel Visser ein wenig schwer, wie sein verzerrtes Gesicht zeigte. Und obwohl sie sich im Schutz der Arkaden bewegten, waren er und Faust beim Eintreten in das Gebäude triefend nass, weil der Wind die Regenmassen von der nordwestlichen Seite nahezu waagerecht gegen die Hauswand peitschte.

Kampmeier saß allein in seinem Zimmer. Es befand sich direkt unterm Dach und schien erst vor wenigen Wochen renoviert worden zu sein. Makellose weiße Wände. Poliertes Parkett; es roch, als hätten die Maler erst vor wenigen Tagen die Tür hinter sich geschlossen. Man hörte hier oben deutlich, wie der Sturm den Regen in polternden Schüben gegen die Dachgauben wuchtete. Im Sommer musste es hier verdammt heiß sein, überlegte Faust, als er sich in dem engen Raum mit den restaurierten Dachbalken und den mit Einbauschränken geschickt genutzten Schrägen umsah. Kampmeier hatte auf das Türklopfen Fausts mit einem dürren »Herein« reagiert und den Blick in einer Weise vom Computerbildschirm genommen, als fühle er sich gestört. Erst beim zweiten Hingucken realisierte er, dass es sich bei einem der Polizisten um Gent Visser handelte. Weil der aber bis auf die Haut nass war und die Haare wild am Kopf klebten, erkannte er ihn erst mit Verzögerung. Kampmeier stand auf, zeigte mit spitzen Fingern auf den Garderobenständer und bat die beiden, auf den Besucherstühlen vor seinem Schreibtisch Platz zu nehmen. Visser zerrte ein Stofftaschentuch aus der Hose und wischte sich damit letzte Regentropfen vom Gesicht. Kampmeier lehnte sich zurück. Seine knapp ein Meter fünfundsiebzig steckten in einer dunkelblauen Chinohose und einem weißen, kragenlosen Leinenhemd. Dazu trug er cognacbraune Budapester. Die vollen blonden Haare glänzten im künstlichen Licht des Raumes und wirkten frisch geföhnt. Kampmeier bemerkte, dass Faust ihn eindringlich musterte.

Vermutlich hat er sich vor Kurzem frisiert, und in einem der Schränke bewahrt er für alle Fälle Föhn und Bürste auf. Wie gut, dass ich 'ne Glatze habe, dachte Faust. Die dunklen Augen harmonierten nicht wirklich mit der Farbe seiner Haare, die wahrscheinlich gefärbt waren. Jedenfalls passte das blasse Gesicht mit der weichen Haut, von der man meinen konnte, dass in ihr noch nie ein Barthaar gesteckt hatte, zur fragilen Gesamterscheinung. Lediglich die ausgeprägte Nase mit dem kleinen Höckeransatz gab dem Gesicht eine leicht auffällige Kontur.

»Dirk. Wir möchten mit dir über Tim Reiser sprechen«, kam Visser schließlich zur Sache.

Kampmeier nickte etwas verschüchtert und schob das Kinn vor. Er hatte offenbar nicht damit gerechnet, dass Visser heute Morgen bei ihm auftauchte. Kampmeier neigte den Kopf zur Seite. Sein fragender Blick traf Visser postwendend. Er wartete auf eine nähere Erklärung.

»Also«, fuhr Visser nach wenigen Sekunden fort, während er den Arm in der Schlinge vorsichtig richtete, »wie du mit Sicherheit weißt, ermitteln wir nicht nur in der Angelegenheit Isabel Schierke und wegen des Anschlags auf mich, sondern auch wegen des Mordes an Tim Reiser.«

Jetzt nickte Kampmeier. Er presste die Lippen aufeinander

und hielt für einen Moment den Atem an. Auf seinen Wangen bildeten sich kleine rötliche Flecke. Er schien ein wenig nervös und angespannt zu sein. Aber er sagte immer noch nichts. Fast konnte man meinen, er würde lauern, auf etwas warten, den anderen kommen lassen. Gleichzeitig aber machte er den Eindruck, verunsichert, irritiert oder einfach nur überfordert zu sein.

»Also. Ich habe kürzlich durch Zufall beobachtet, wie du und Tim Reiser bei uns im Seglerhafen auf einem der vorderen Stege eine Auseinandersetzung hattet.«

Kampmeier schluckte. Dann hielt er sich die Hand vor den Mund und räusperte sich. »Tim ist tot. Was ist da schon ein alter Streit?«

»Dirk. Ja. Tim ist tot. Das ist mehr als nur bedauerlich. Ein Mensch, den wir beide kannten, ist getötet worden. Das ist in jedem Fall bitter. Auch mir tut es leid. Aber es hilft alles nichts. Mein Kollege und ich müssen unseren Job machen.«

Kampmeier zog die Stirn in Falten. Dann nickte er erneut. Doch auf Vissers Frage ging er immer noch nicht ein. Visser senkte die Stimme so tief, dass seine Worte sich anhörten wie Paukenschläge: »Was – war – das – für – ein – Streit?«

Kampmeier schaute auf und zuckte kurz, bevor er zur Gegenfrage ausholte. »Na ja, was heißt Streit? Vielleicht ein kleiner Disput. Aber wo soll das noch mal gewesen sein? Und wann genau?«

»Ihr habt euch also öfter gezofft?«

Kampmeier rutschte auf dem Stuhl hin und her. »Nun mach doch mal halblang. Und was ist das eigentlich für ein Ton, Gent? Wir kennen uns seit vielen Jahren, und wir sind beide Mitglied im Seglerverein.«

Visser machte die Schultern breit, gleichzeitig schien sein ohnehin wuchtiges Genick auf Treckerreifenbreite anzuschwellen. Dann legte er los: »Mein lieber Dirk. Damit wir eine Basis für das Gespräch finden, halten wir an dieser Stelle einmal grundsätzlich fest: Ja, wir kennen uns seit vielen Jahren, allerdings mehr oder weniger vom Sehen. Ja, und wir sind beide im Seglerverein Norderney. Dieser Verein hat verdammt viele Mitglieder, da hängt man sich alles andere als regelmäßig auf der Pelle. Außerdem mache ich hier meinen Job. Und sonst gar nichts. Du kannst wählen: Entweder du beantwortest unsere Fragen, oder wir fahren mit dir zur Polizeiwache, und du bekommst Bedenkzeit in der Zelle. Die ist übrigens auch vor ein paar Tagen neu gestrichen worden. Du wirst dich dort wohlfühlen und in aller Ruhe in dich gehen können. Also: Was war das für ein Streit?«

Kampmeier hatte den Ernst der Lage offenbar immer noch nicht ganz verstanden. Er schien mehr irritiert als beeindruckt. Er fuhr sich durchs Haar. Als würde er träumen, schaute er auf das gerahmte Bild, das auf seinem Schreibtisch stand. Es zeigte eine junge, ausgesprochen hübsche Frau mit langen, glatten Haaren. Von der Sonne geblendet blinzelte sie mit fröhlichem Lächeln in die Kamera, ebenso der junge Mann neben ihr. Beide hielten jeweils ein Kind auf dem Arm. Kampmeiers Familie. Vor vielen Jahren. In Kampmeiers Büro breitete sich eine eigenartige Atmosphäre aus. Das Schweigen füllte alle Ritzen.

Faust lag auf der Lauer. Er fand regelrecht Gefallen an der Situation, er weidete sich am Gedankenkampf Kampmeiers, der in seinem Innersten gerade mit sich selbst um die richtigen Worte rang. Erst als Visser deutlich hörbar Luft einsog und eine weitere Orkanböe an der Dachgaube rüttelte, brach Kampmeier sein Schweigen: »Das Ganze ist nicht der Rede wert gewesen. Wir sind ja öfter mal zusammen rausgesegelt. Meist entlang der Ostfriesischen Inseln. Hin und wieder Richtung Holland. Tim wollte nach Texel. Er besitzt dort mehrere Häuser.«

»Und?«, fragte Visser.

»Ich hatte keine Lust auf Texel.«

»Und deswegen habt ihr gestritten?«

»Ja.«

»Das ist nicht dein Ernst.«

»Doch. Er wollte. Ich wollte nicht. So einfach ist das. Nicht mehr und nicht weniger.«

Visser schob die Unterlippe vor, ließ die Schultern fallen und blies Luft aus. Er wirkte genervt, und es fiel ihm sichtlich schwer, Haltung zu bewahren.

Was für ein Gezicke, dachte Faust. Am liebsten hätte er ein paar spitze Bemerkungen fallen gelassen. Doch er beherrschte sich. »Wie eng waren Sie beide befreundet?«, fragte er schließlich.

»Wir kennen uns seit vielen Jahren. Tim war ein paar Jahre jünger als ich. Ungefähr zehn Jahre. Anfangs habe ich ihn auf meiner Jolle mitgenommen. Irgendwann kam er mit seiner ersten kleinen Yacht um die Ecke. Er hatte halt die Kohle. Das wissen wir ja alle. Aber er war ein verdammt netter Kerl. Wir haben uns prima verstanden. Bis zuletzt. Wir haben unzählige Törns zusammen unternommen. Es war immer geil. Wirklich immer.« Dann geriet Kampmeier ins Stocken. Es machte den Eindruck, als wollte er eigentlich weitererzählen, doch er konnte offenbar nicht. Sein Blick traf Visser, doch die Augen schauten durch ihn durch. Er öffnete die Schublade, nahm ein Papiertaschentuch und führte es zur Nase.

Visser wartete einen Moment. Dann sagte er leise: »Noch mal anders gefragt, Dirk. Wie war eure Freundschaft?«

Kampmeier schloss die Augen, biss sich auf die Unterlippe und legte die Hände flach auf den Schreibtisch, dass die Daumen sich berührten. Dann streckte er den Rücken durch und atmete mit gespitztem Mund mehrfach extrem lange aus, nachdem er durch die Nase jeweils tief eingeatmet hatte. Es war ihm deutlich anzusehen, dass er einen Gefühlsausbruch unbedingt vermeiden wollte. Er sagte kein Wort mehr.

Er kann nicht mehr, dachte Faust.

Während Kampmeiers nicht enden wollendem Schweigen wurde es im Büro so leise, dass sich das sanfte Summen der Computerbelüftung in ein durchdringendes Fauchen verwandelte.

Faust zog die Stirn in Falten. Der Junge ist gerade schwer in Not, dachte er. »Herr Kampmeier. Wachen Sie auf«, sagte er dann. »Die Atemtechnik, die Sie gerade anwenden, kenne ich vom Yoga. Bitte nicht meditieren jetzt. Erst dann, wenn Sie unsere Fragen beantwortet haben. Ich habe Sorge, Sie könnten sich gerade in irgendeinen tibetischen Säulenheiligen verwandeln und über den Kurplatz davonschweben.«

Kampmeier riss auf der Stelle die Augen auf. Er war aufgewacht. Allerdings war er nicht nur irritiert. Er war erbost. »Es ist unverschämt, wie ihr hier mit mir umgeht.« Er zeigte mit dem Finger auf Visser und fuhr fort: »Tu doch nicht so, Gent. Als wenn du nicht wüsstest, dass Tim und ich sehr eng befreundet gewesen sind. Glaubst du, wir hätten das Getuschel der Seglerkameraden nicht mitbekommen?«

»Ihr wart also tatsächlich in einer Beziehung?«, fragte Visser ruhig.

Kampmeier putzte sich die Nase und schwieg. Visser fuhr die Beine unter dem Tisch aus und presste den Oberkörper fest gegen die Stuhllehne, sodass Beine und Oberkörper nahezu eine Linie bildeten. Gleichzeitig streckte er das Genick und drückte das Kinn auf die Brust. Seine Körperhaltung glich nun nahezu der eines Bobfahrers im Eiskanal. Faust schaute ihn von der Seite an und zog eine Augenbraue hoch. Irgendwie erinnert er mich an den Hackl Schorsch. Nur dass Gent eine Armschlinge hat, dachte er und grinste tief in sich hinein.

Noch während Visser in der Bobfahrerhaltung verweilte, setzte er erneut an. »Dirk, auch diese Frage ist unvermeidlich: Wo warst du am Samstagabend beziehungsweise in der Nacht von Samstag auf Sonntag?«

Diesmal zögerte Kampmeier nicht. Er schaute Visser fest in die Augen und sagte: »Ich war zu Hause. In meiner Wohnung am ›Alter Horst‹. Ich war allein. Ich habe gelesen. Peter Gerdes. ›Sand und Asche‹. Ein Krimi. Einer der besseren.« Dann machte er eine kleine Pause. Faust und Visser sahen, wie er die verkrampften Fäuste öffnete, die Finger streckte und die Unterarme hob wie jemand, der seine prekäre Lage eingestehen muss. »Ich weiß, Jungs. Ein Alibi klingt anders.« Visser und Faust schauten sich kurz an. Dann stand Visser vom Stuhl auf. Er stöhnte leicht und stützte den linken Ellenbogen mit der rechten Hand. »Dirk, du verlässt die Insel nicht«, brummte er. Er schaute ihn dabei nicht an. Dann nahmen sie ihre Jacken vom Haken und verließen wortlos den Raum.

**

Schon am frühen Abend lagen Vissers Augen tief in den Höhlen. Er war hundemüde. Sein Gesicht sah aus wie ein zerknülltes Stück Papier, das in der Sonne gelegen hatte. Kurvige Falten, die kleine diffuse Schatten warfen. Der Tag hatte ihn geschafft, und zwar nicht nur wegen der anhaltenden Schmerzen in der Schulter und des zweifellos zu frühen Dienstbeginns nach den Schüssen auf ihn. Auch die Vorwürfe seiner Frau, die für sein Verhalten nicht ansatzweise Verständnis zeigte, nagten an ihm. Natürlich wusste er, dass sie vollkommen zu Recht mit ihm schimpfte. Hinzu kam der Orkan, der die Menschen auf der Insel am Nachmittag endgültig in Angst und Schrecken versetzte. Das Gerüst am Onnen-Visser-Platz war bereits gegen vierzehn Uhr aus der Verankerung gerissen worden. Trotz aller Anstrengungen war es den Wehrleuten nicht gelungen, ein Kippen zu verhindern. Es krachte in voller Breite auf den Platz. Eine Eisenstange brach einem jungen Feuerwehrmann die Schulter.

Fast auf der gesamten Insel war kurze Zeit darauf Land unter. Alle Rettungsdienste waren im Einsatz. Sämtliche Strandlokale wurden geschlossen, die Eingänge mit Sandsäcken gesichert. Die Bewohner flüchteten in ihre Häuser, Urlauber in die Hotels, Pensionen und Ferienwohnungen. Die Feuerwehrleute leisteten Schwerstarbeit. Sie pumpten nicht nur zahllose Keller aus, stapelten unzählige Sandsäcke vor Gebäuden und übernahmen Krankentransporte. Sie halfen auch bei der Evakuierung der beiden Schulen und der Kindergärten. Unterstützung durch Feuerwehren vom Festland war nicht möglich. Besonders die Kameraden in Norden waren gefordert, weil in Norddeich ein Deich zu brechen drohte. Für die gesamte ostfriesische Küste hatten die betroffenen Landkreise den Katastrophenfall ausgerufen, zudem waren die Inseln weder per Fähre noch mit dem Flugzeug erreichbar. Als dann am späten Nachmittag die Nachricht eintraf, dass in der Poststraße eine junge Frau tödliche Verletzungen erlitten hatte, nachdem sie von einem umherfliegenden Stuhl am Kopf getroffen worden war, sank die Stimmung auf den Nullpunkt, und eine noch nie da gewesene Angst breitete sich aus. Die Medien berichteten nämlich überall von der gleichzeitig stattfindenden schwersten Sturmflut in der Geschichte der Niederlande seit 1953. Ein von Ostengland kommendes Tief zog seine vernichtende Bahn seit dem frühen Morgen in nordwestliche Richtung. Sämtliche Hochwasserhöhen waren auch diesmal falsch berechnet und deutlich überschritten worden. Die niederländischen Behörden meldeten am späten Nachmittag mehr als dreihundert Deichbrüche, mehrere Tote und erhebliche Viehverluste. Klimaexperten sagten auf allen Kanälen einen weiteren Anstieg des Meeresspiegels und weitere Unwetter dieser Art voraus. Mit drohendem Unterton forderten sie die Politik weltweit zum Handeln auf und verlangten eine erhebliche Verstärkung der Deiche entlang der kompletten Nordseeküste.

In Ostfriesland machten die Menschen am Ende drei Kreuze, weil diese Sturmflut die deutsche Nordseeküste lediglich gestreift hatte. Kaum auszudenken, was passiert wäre, hätte sie die Ostfriesischen Inseln mit voller Wucht erwischt. Gegen siebzehn Uhr verabschiedete sich Orkantief »Bernhard« von Norderney. Es hatte nicht nur den Rettungsdiensten ihre Grenzen aufgezeigt, sondern auch im Bewusstsein vieler Bewohner gewütet. Visser war froh, als das vom Orkan verursachte Poltern, Klappern und Sirren endlich vorüber war und er auf dem Nachhauseweg wieder ein paar Vögel zwitschern hörte. Der Nachmittag hatte ganz im Zeichen der Orkankatastrophe gestanden, die Ermittlungen waren nicht ernsthaft vorangekommen. Faust und er hatten lediglich herausgefunden, dass der mittlerweile auf freiem Fuß befindliche Entführer, den Visser vor einigen Jahren festgenommen hatte, nicht für den Anschlag auf ihn in Frage kam. Er hatte ein wasserdichtes Alibi. Stattdessen hatten Visser und Faust beschlossen, sich Jann-Philipp Schneider-Bülow näher anzusehen. Der smarte Typ, der offiziell in die Rolle des guten Freundes der Familie Reiser geschlüpft war, war beiden suspekt. Sie hegten keinen Zweifel daran, dass er der Geliebte von Sophie Reiser war. Und die Tatsache, dass er bereits locker durch die Wohnung scharwenzelte, wo Tim noch nicht einmal zur Ruhe gebettet war, fanden sie mehr als nur pietätlos. Außerdem wuchs in Visser ein weiterer Verdacht, der ihn zunehmend beunruhigte.

***

Der neue Tag begann so, als wollte er sich für das, was sein Vorgänger angerichtet hatte, in aller Form entschuldigen: mit praller Sonne, hellblauem, wolkenlosem Himmel und wohltuender Wärme. Nichts war mehr übrig geblieben von der Brutalität des Wettermonsters, das tags zuvor mit unermesslicher Gewalt auf die Königin der Nordseeinseln eingeprügelt hatte.

Für Faust schien dieser Morgen wie dafür geschaffen, einem Kollegen vom Rettungsdienst dessen Quad leihweise abzuschwatzen und sich auf den Weg zum Wrack zu machen. Was Gent Visser vor zwei Tagen im Krankenhaus für eine fixe Idee ohne Aussicht auf Erfolg eingestuft hatte, setzte Faust jetzt in die Tat um.

Als sich der kleine Schlüssel knirschend im Schloss drehte

und er die Eisenkette vom Tor am Parkplatz Ostheller nahm, ahnte er allerdings nicht, auf welchen Husarenritt er sich einlassen würde. Dabei gingen die ersten fünfhundert Meter durch die malerische Graudünenlandschaft noch perfekt wie in einem verkitschten Werbefilm vonstatten. Ebenso breitbeinig wie breitschultrig thronte Faust auf dem wild röhrenden Gefährt, dessen Ballonreifen sich weich fließend durch den Sand wälzten. Die Sonnenbrille, die offene Bomberjacke, darunter das vom Fahrtwind am muskulösen Bauch angepresste Hemd, das Holster mit der P2000 und nicht zuletzt der verwegene Blick Fausts schufen im warmen Sonnenlicht ein Bild, wie es normalerweise nur die cleversten PR-Strategen im Auftrag mächtiger Konzerne malen können. Selbst der legendäre Marlboro-Cowboy hätte seine liebe Müh und Not gehabt, gegen diese Kulisse das Lasso zu schwingen.

Doch die Freude währte nicht lange, da stießen Faust und seine Yamaha schon an ihre Grenzen. Der Priel, der die Ostlandbesucher hier normalerweise in Empfang nahm, hatte sich in einen riesigen See verwandelt; eine eindeutige Hinterlassenschaft »Bernhards«. Die massiven Regenfälle des Orkans hatten dieses Teilstück, durch das man normalerweise mühelos zum Spülsaum gelangte, komplett unter Wasser gesetzt. Die Folgen des Unwetters waren unübersehbar. Selbst die Feuerwehr würde hier mit an Sicherheit grenzender Wahrscheinlichkeit den geordneten Rückzug antreten, überlegte Faust. Die würde es mit dem LF 8 zwar noch mit einer Wasserhöhe von circa ein Meter fünfzig aufnehmen, aber dass die Kameraden es wagen würden, diesen fußballfeldgroßen See komplett zu durchqueren, bezweifelte er stark. Dass er es dennoch schaffte, über Umwege zum Wrack zu gelangen, lag an Fausts unbändigem Ehrgeiz. Allerdings benötigte er knapp eine Stunde, um durch die weich gespülten großen und kleinen Dünentäler ans Wrack zu kommen.

Dass es dort heute anders aussehen würde als vor ein paar Tagen, hatte er geahnt. Die Sturmflut hatte weite Teile des

Schiffes freigespült. Wrackteile, die am Sonntag vor einer Woche noch eingesandet waren, kamen nun wieder zum Vorschein und glänzten im gleißenden Licht der Sonne. Dafür waren andere Wrackteile von Sand, Algen und Treibgut bedeckt. Selbst an der Ostspitze Norderneys also hatte die Kraft der Natur die Landschaft in nur wenigen Tagen deutlich verändert.

Faust wusste unterdessen, dass Kommissar Zufall heute zu Höchstform auflaufen musste, wenn es ihm gelingen sollte, hier noch etwas Brauchbares zu finden. Allerdings musste er gar nicht mal lange suchen, um die ersten Funde zu machen: Gleich drei Geldmünzen spürte er nach nur wenigen Sekunden auf. Sie hatten bereits Rost angesetzt, auch waren sie von Grünspan überzogen. »Convoederatio Helvetica, 1995«, las Faust, nachdem er die Geldstücke zwischen Daumen und Zeigefinger gerieben und vom gröbsten Schmutz befreit hatte. Geldmünzen aus der Schweiz also. Drei Fünf-Rappen-Stücke. Faust rollte sie in ein Papiertaschentuch und steckte es in die Hosentasche. Dann holte er den Klappspaten aus der Gepäckbox. Die war nach der Fahrt durch die Dünen zum größten Teil von einer zentimeterdicken Schlammschicht bedeckt. Überhaupt: Es würde jede Menge Zeit in Anspruch nehmen, das Quad nachher von dem ganzen Schmutz zu befreien. Und die Rückfahrt stand erst noch bevor. Faust, der die Sonnenbrille auf die Stirn geschoben hatte, kniete sich auf den Boden und wuchtete den Spaten ziellos in den Sand. Er wusste ganz genau: Es war ein aussichtsloses Unterfangen. Das Suchen nach der sprichwörtlichen Nadel im Heuhaufen fühlte sich schon nach wenigen Minuten vollkommen sinnlos an. Zwar klaubte Faust immer mal wieder einen Gegenstand aus dem durchnässten Boden, doch auf welche Spur sollten ihn schon Plastikfetzen oder ein paar ölverschmierte Muschelschalen bringen?

»Was machen Sie da?«, hörte er plötzlich eine krähende Männerstimme, in der ebenso Befremden wie Empörung mitschwang.

Ohne sich aufzurichten, antwortete Faust, während er den Spaten erneut mit einem kräftigen Stoß ins Erdreich rammte: »Mein Name ist J. R. Ewing. Ich bin heute Morgen von Dallas angereist, und ich bohre nach Öl.«

Was folgte, war Schweigen. Obwohl er ihn nicht sah, konnte Faust den inneren Aufruhr des Mannes geradezu fühlen. Dann hörte er, wie der Wanderer kehrt- und sich kommentarlos auf den Rückweg in Richtung Ostheller machte. Als Faust sich endlich umdrehte, sah er nur, wie die Krähenstimme auch nach zehn Metern noch den Kopf schüttelte, das Schritttempo nun allerdings deutlich erhöhte. Vermutlich hatte er es mit der Angst zu tun bekommen.

Faust grinste. Zum ersten Mal an diesem Tag. Gleichzeitig beschloss er, seinem aussichtslosen Treiben ein Ende zu machen. Er warf den Spaten zur Seite und ließ sich auf den Hosenboden fallen. Schweiß war ihm auf die Stirn getreten, und er atmete schwer. Vielleicht war es die tief stehende Sonne, die dazu führte, dass er das kleine metallene Etwas, das in einer der Spatenmulden steckte, überhaupt wahrnahm. Als er sich ein wenig nach vorn bückte, erkannte er, dass es sich hier weder um einen Stein noch um einen Muschelrest handelte. Vorsichtig pulte er das traubengroße Metallding aus dem Sand. Dass er hier zu guter Letzt doch noch etwas finden würde, das die Ermittlungen in Sachen Isabel Schierke weiterbringen könnte, ließ ihn erschaudern. Als er den herzförmigen Gegenstand durch die Finger gleiten ließ und den gröbsten Schmutz weggewischt hatte, bemerkte er das feine Scharnier an der Seite. Ohne Zweifel handelte es sich um ein Amulett. Und mit großer Wahrscheinlichkeit bestand es aus Silber. Es war angelaufen, eine grüngraue Patina bedeckte die Oberfläche. Faust konnte nicht anders, als es sofort zu öffnen. Bereits während er dies tat, war ihm klar, dass er das eigentlich besser den Spezialisten von der Kriminaltechnik überlassen sollte. Doch das Scharnier glitt problemlos auf. Alles war heil geblieben. In der gleichen Sekunde allerdings verschmolzen Fausts Augen mit denen des Kindes auf dem Arm der Mutter. Faust hielt den Atem an. Die kräftigen Finger, an denen unzählige Sandkörner klebten, wirkten vor dem winzigen Köpfchen des Kindes wie Kanthölzer. Für einige Sekunden war Faust nicht auf dieser Welt, tauchte ab in ein anderes Leben, in eine Kulisse, die nicht für ihn bestimmt war. Mit dem Daumen bedeckte er das Bild, streichelte die weiche Oberfläche. Die Sonne brannte am Himmel. Ihr Feuer traktierte seinen kahlen Schädel, in dessen Hirn die Gedanken gerade in Aufruhr geraten waren. Er erwachte erst aus seiner Starre, als er sein leises Schluchzen hörte.

Faust stand auf, klappte das Amulett zu und ließ es vorsichtig in die Brusttasche des verschwitzten Hemdes gleiten. Er zog seine Bomberjacke über, machte die Brust breit, richtete das Holster und stapfte zum Quad. Er schmiss den Spaten zurück in den Koffer, wuchtete sich auf den Sitz, schob die Sonnenbrille auf die Nase, startete die Maschine und ließ seinen Tränen freien Lauf.

**

Der Raum war die Kulisse. Das Mittel zum Zweck. Die Dunkelheit der Schutzanzug, in den seine Gedanken hineinkrochen, wenn sie sich wieder entfalten und der Gier des Körpers nachgeben mussten. Die Abstände wurden immer geringer, die Taktung der Besessenheit erhöhte sich von Woche zu Woche. Es war, als besäße die Perversion seiner Vorstellungskraft Arme. Sie griffen nach ihm, stießen ihn voran zum Schrank, zur Urne, zu seiner sinnfreien Bestimmung. Er war nicht in der Lage, das Verlangen danach abzuweisen, den Zustand zu verändern. Aus anfänglichem Genuss und lüsterner Schwärmerei war Sucht geworden; ein Zustand, der mit ihm spielte wie draußen der Wind mit den Blättern der Birken am feuchten Dünenrand.

Die Wucht der Erregung war mittlerweile so groß, dass er

auf das Anschalten der Tischleuchte verzichten konnte. Sein Ziel erreichte er im Blindflug, das Licht der Welt ordnete sich der Finsternis der Begierde unter. Das Öffnen des Schranks und das Abstellen der Urne auf dem Tisch waren ohnehin längst zur Routine geworden, zu einem Automatismus, den sein Körper verinnerlicht hatte. Ort ohne Licht und Zimmer ohne Tag in einer Welt ohne Sonne. Dieser Raum verrichtete exakt den Dienst, den er ihm befohlen hatte. Er stand ihm zur Verfügung, wann immer er nach ihm verlangte. Er besaß die Macht über ihn und über alles, was darin geschah.

Als er heute die Urne aus dem Schrank nahm und zum Tisch ging, waren seine Bewegungen wieder fahrig und ungeordnet. Mehr noch als beim letzten Mal. Noch während er sich setzte, drehte er am Deckel, sodass dieser ihm aus der Hand glitt und auf die Erde fiel. Das Poltern am Boden irritierte ihn. Es störte den Rhythmus und die Vertrautheit der Zeremonie erheblich. Das machte ihn wütend. Er stellte die Urne auf den Tisch, er musste sie und ihren Inhalt nun allein lassen. Wenn auch nur für kurze Zeit. Denn ohne dass jeder einzelne Gegenstand an seinem vertrauten Platz auf dem Tisch lag, konnte er nicht beginnen. Also ließ er sich auf die Knie sinken und suchte den Boden ab. Auf allen vieren kroch er mitten durch die Dunkelheit, über den Abgrund. Mit der linken Hand stützte er sich ab, die rechte streckte er nach vorn und tastete damit nach dem Deckel. Er spürte, wie ihm das Blut in den Kopf schoss. Je länger er suchte, desto größer wurde die Wut, die in ihm aufstieg. Endlich fühlte die suchende Hand den Gegenstand, er griff danach und drückte ihn fest an seine Brust.

Schließlich konnte die Zeremonie beginnen. Doch nichts war geblieben von der Ruhe, der Gelassenheit, dem genussvollen Vorspiel der vorigen Male. Er riss die Wäsche aus der Urne und presste sie schnaufend vor den Mund. Mit einem lang gezogenen Atemzug sog er den Geruch des seidenen Stoffes in sich auf. Und wieder brannten Sucht und Erregung in ihm, absonderlichste Gedanken wühlten in seinem Kopf und rüttelten an seinem Verstand, bis er das Geräusch hörte. Ein Pochen, das ihm in diesem Raum noch nie begegnet war, nicht ein einziges Mal. Er nahm den Tüll vom Mund und umschloss ihn mit der Hand, fest; so fest, als gelte es, ihn gegen all das Böse dieser Welt zu verteidigen. Er hörte nicht nur das wuchtige Schlagen seines Herzens in der Brust, er vernahm auch den Druck in den Schläfen und einen sirrenden Pfeifton im Ohr, bevor ihn das Geräusch von vorhin erneut aufschreckte und ihn traf wie ein Geschoss, während er im gleichen Moment aufsprang, zur Tür hechtete, diese öffnete und sie, die da im gleißenden Licht des frühen Abends vor ihm stand, am Arm packte, in die Welt der Dunkelheit zerrte, zu Boden warf, ihr Schreien durch einen Schlaghagel unterdrückte, ihr die Kleider vom Körper riss und sie in den Stoff zwang, der einer anderen gehörte und der bis dahin allein ihm und der Urne anvertraut war.

Als die Erregung endlich vorüber war und er von ihr abließ, torkelte er zum Tisch. Er benötigte einige Minuten, bis sein Atem wieder rhythmisch ging und die Hand den Kugelschreiber halten konnte. Dann schaltete er die Lampe ein und schrieb: »4380. Meine Liebe. Die Dinge verändern sich. Verdammt schnell. Ich spüre, wie das Leben intensiver wird. Ich bleibe dir treu, auf ewig. Ich verspreche es dir. Mein Verlangen nach dir ist unendlich. Heute habe ich dich zurück in die Zeit geholt. Ich habe dich gefühlt, so wie damals. So schön, so ergeben. Einfach vollkommen. So soll es sein.«

Dann schloss er die Kladde, legte das Schreibgerät zur Seite und schaltete die Lampe aus. Er kniete sich auf den Boden, hörte das leise Atmen, zog ihr die Wäsche aus und ließ sie zurück in die Urne gleiten, bevor er diese im Schrank verschloss und durch die Tür der Dunkelheit in das Dämmerlicht der Welt eintrat.

NEUN

Ein Samstagabend wie gemalt: Milder Wind blähte die Segel der Schiffe, die entlang der Insel fuhren. Die meist braun gebrannten Feierabendkapitäne erwiderten das Winken der Spaziergänger, die noch vereinzelt an den Stränden unterwegs waren, mit stolzem Lächeln. Am Horizont unternahm die Sonne gerade die letzten Versuche, die wohlig dösende Insel in warmes Licht zu tauchen. Die Brandung war vom Gezeitenstrom des zu Ende gehenden Tages bereits gezähmt, flache Wellen leckten am Strand, leise gurgelnd zogen sie sich immer weiter zurück. Niedrigwasser war angesagt. Von den Hinterlassenschaften des Orkans war praktisch nichts mehr zu sehen: Sämtliche Strandkörbe standen wieder aufrecht und waren durch die Mitarbeiter der Kurverwaltung gesäubert oder repariert worden. Derweil hatten zahllose freiwillige Helfer zusammen mit den Arbeitern der Technischen Dienste zentnerweise Treibholz und andere zweifelhafte Hinterlassenschaften abtransportiert, die von der Nordsee ausgespuckt worden waren. Einem erholsamen Wochenende in gewohnt gepflegter Umgebung stand also nichts mehr im Weg, zumal auch die Meteorologen mittlerweile wieder Berichte vorlegten, die auf durchweg sonnige Tage hindeuteten.

Während sich an diesem Abend also aufs Neue unzählige Sonnenuntergangsanbeter auf den Terrassen der Norderneyer Strandlokale die Sundowner schmecken ließen, begann in den Kneipen und Diskotheken der Innenstadt allmählich das Nachtleben. Bei Tante Jens war schon zu relativ früher Stunde der Bär von der Kette. »Zehn nackte Friseusen«, rief die Feierlaune sprühende Stimme Mickie Krauses aus den Lautsprechern des Lokals – und Dutzende freudetrunkener Gäste stimmten grölend mit ein. Man merkte: Norderney stand an diesem Wochenende einiges bevor. Kein Wunder, denn schon vor zwei Tagen waren die ersten Clubtouristen angereist. Und wie auf der Insel jeder wusste, hinterließen die »Clubbies« in aller Regel nicht nur jede Menge Geld in Kneipen, Bars und Restaurants, sondern neben Frohsinn und ganz viel Singsang auch Scherben, Lärm und Mageninhalt. So lief halt auch im Kingsclub von Tante Jens bereits zu relativ früher Stunde nicht nur jede Menge Spritziges durch die Kehlen. An etlichen Tischen rissen die ersten Gäste schlüpfrige Witze und zeigten ihre spontane Zuneigung füreinander geschlechterübergreifend sowohl feuchtfröhlich als auch körperbetont.

Dass sich Visser und Faust für diesen Abend auf ein Bier verabredet hatten, kam nicht von ungefähr. Die beiden vorigen Tage waren von zähen Ermittlungen geprägt gewesen. Häufiger, als ihnen lieb war, hatte sich Inspektionschef Lindemann Bericht erstatten lassen. Zudem verbrachten sie ungewöhnlich viel Zeit damit, die Presseabteilung in Aurich mit Informationen zu versorgen und selbst Interviews zu geben oder Anfragen zahlreicher Medienvertreter zu beantworten. Dass die Ermittlungen trotz vieler Hinweise aus der Bevölkerung nicht weiterkamen, ärgerte Visser über alle Maßen. Der quälte sich ohnehin mit seiner Schussverletzung durch den Tag, außerdem herrschte zu Hause immer noch dicke Luft, weil Frauke sich nicht zurückhielt und seine »unverantwortlich frühe Rückkehr auf den Arbeitsplatz« weiterhin heftig kritisierte.

Visser belastete ebenfalls der Gedanke, inwieweit die Ereignisse der vergangenen Tage das Seelenleben der Familie von Isabel Schierke getroffen hatten. Während Isabels Eltern gar nicht mehr vor die Tür gingen, hieß es hinter vorgehaltener Hand, Bent sei inzwischen dem Alkohol verfallen und treibe sich mehr im Kingsclub herum als zu Hause oder auf den Baustellen der Tischlerei. Gerüchteweise hieß es sogar, er wechsle seine Lebensgefährtinnen im Wochentakt, andere flüsterten, er sei schwul.

Auch Faust war mit dem Fortschritt der Arbeit nicht zufrieden. Er hatte sich an den vergangenen beiden Tagen intensiv mit Jann-Philipp Schneider-Bülow befasst. Der smarte Freund der Familie Reiser und derzeitige Gast und Tröster der schönen Witwe Sophie Reiser-Victorbur wartete nicht nur mit einem vorbildlichen Benehmen auf, sondern stellte sich während einer neuerlichen Vernehmung alles andere als quer. Im Gegenteil. Er, der normalerweise als Strafverteidiger in einer Düsseldorfer Promi-Kanzlei arbeitete, zeigte sich sogar konstruktiv, indem er von vergleichbaren Fällen sprach und in dem Zusammenhang von den Fortschritten in der Forensik und in der gentechnischen Datenanalytik. Bei Faust blieben zwar Restzweifel, jedoch sah er in diesem Stadium der Ermittlungen keinen Ansatz, Schneider-Bülow etwas vorwerfen, geschweige denn nachweisen zu können. Sein Alibi war wasserdicht. Zudem räumte Schneider-Bülow freimütig ein, dass ihn mit Sophie Reiser durchaus mehr verband als nur Freundschaft. Tatsächlich war an der Stelle zumindest bis zu diesem Zeitpunkt ermittlungstechnisch nichts zu holen.

Für einige Diskussionen unter den Kollegen auf der Norderneyer Polizeiwache hatte Fausts Quad-Ausflug zum Wrack gesorgt. Neumann und Schröder merkte man deutlich an, dass sie Fausts Alleingang mehr wichtigtuerisch als zielführend fanden. Auch was die Ausbeute betraf, machte sich niemand auf dem Revier Hoffnung, dass sie in irgendeiner Weise zur Aufklärung des Mordes an Isabel Schierke beitragen würde. Geldmünzen, die unachtsamen Urlaubern aus Hosen- und Jackentaschen rutschten, wurden an den Norderneyer Stränden beinahe täglich gefunden. Warum also nicht auch am Wrack? Das Amulett stieß zwar auf Interesse, aber allen Kollegen, einschließlich Faust, war klar, dass dieses Schmuckstück nie und nimmer einer zwölf Jahre zurückliegenden Tat zugeordnet werden konnte. Dazu waren sowohl die äußere Metallhülle als auch das Bild noch viel zu gut erhalten. Faust ließ die Diskussion der Kollegen schweigend über sich ergehen, verpackte dann die Fundstücke und ließ sie mit einem Boten zur Kriminaltechnik nach Aurich bringen.

Gent Visser und Carlo Faust. Da standen sie nun, an der Ecke von Winterstraße und Osterstraße. Visser hatte vorgeschlagen, heute Abend mal das Angenehme mit dem Nützlichen zu verbinden. Ein Mitarbeiter des Staatsbads hatte ihm gesteckt, dass Kampmeier sich an jedem Wochenende bei Tante Jens im Kingsclub vergnüge. Bis vergangene Woche war stets Tim Reiser an seiner Seite. Jetzt wollte Visser unbedingt wissen, wie tief Kampmeiers Trauer wirklich saß. Vor allem interessierte ihn, mit wem Kampmeier sich heute traf beziehungsweise wer ihm möglicherweise als Seelentröster diente. Visser war sicher, Kampmeier heute Abend bei Tante Jens zu sehen. Einen Dirk Kampmeier, der in Trauer um seinen ermordeten Freund Tim Reiser auf dem Sofa kauerte und eimerweise Tränen vergoss, konnte er sich beim besten Willen nicht vorstellen.

Visser hatte sich noch schnell eine Zigarette angezündet, das Rauchen funktionierte nämlich schon wieder ganz gut. Er trug den Arm zwar noch in der Schlinge, aber er konnte ihn wieder dazu nutzen, das Feuerzeug anzuschnippen und es Richtung Mund zu führen. Auf den Straßen der Umgebung war es, gemessen am aktuellen Touristenaufkommen, an diesem Abend auffallend ruhig. Hin und wieder querte mal ein Taxi oder ein Radfahrer die Fahrbahn. An den Laternenmasten klebten Plakate für die Bürgermeisterwahl. Faust ging näher heran und betrachtete eines davon ganz genau. Darauf war ein Gruppenfoto abgebildet. Eine Person fiel ihm ins Auge.

»Der hier. Gent, guck mal. Ist das nicht Frank Kornbach mit seinem Schmalzscheitel? Reisers Kumpel aus alten Inselkeller-Zeiten?«

»Volltreffer. Das ist er, Carlo.«

»Was hat der mit Politik zu tun? Sag bloß, der ist im Stadtrat!«

Faust grinste und antwortete in süffisantem Unterton. »Nein. Ich glaube nicht, dass es an dieser Stelle intellektuell bei ihm reicht. Er ist kein politischer Kopf. Er ist Geschäftsmann durch und durch. Ein cleverer Typ irgendwie, fast schon gerissen. Das wurde ihm ja in die Wiege gelegt. Aber wie das so ist: Er ist auf der Insel bekannt wie ein bunter Hund, und er spendet gern und viel. Immer mal wieder ein Bild von einer Spendenübergabe in der Zeitung mit einem, von dem man weiß, dass er einer bestimmten Partei nahesteht. Das kommt an, und vor allem bringt es seiner Partei Stimmen. Das reicht, um sein Gesicht auf dem Wahlplakat zu zeigen.«

»Ach, Gent, was du nicht alles weißt. Komm, schmeiß die Kippe weg, wir gehen zu Tante Jens. Ich habe Durst wie ein Pferd in der Wüste. Wenn Kornbach da jetzt auch noch an der Theke steht, dann gebe ich nicht nur das erste Weizen aus, sondern übernehme die ganze Zeche.«

Visser lachte. »Einverstanden. Und wer weiß, wer uns heute Abend noch so alles über den Weg läuft.«

Tante Jens war eines der angesagtesten und beliebtesten Stimmungslokale auf Norderney. Offiziell hieß der Laden Kingsclub. Doch weil mit Tante Jens hier ein ebenso ehrgeiziger wie sympathischer Typ das Sagen hatte, war sein Name Programm. Längst galt der gebürtige Sylter als der heimliche Star des Norderneyer Nachtlebens. »Die Tante, die ein Onkel ist«, wie er über sich selbst sagte, ließ es immer tüchtig krachen. Und wer auf Norderney etwas auf sich hielt, der musste mindestens einmal im Leben hier gewesen sein.

Auch an diesem Abend war die Bude rappelvoll. Als Visser und Faust das Lokal betraten, hatte in musikalischer Hinsicht gerade Roland Kaisers »Joana« das Kommando übernommen, allerdings in der derb-deftigen Version. Die Stimmung schien zweifelsohne einem ersten Höhepunkt entgegenzusteuern. Da musste es Visser nicht wundern, dass ein mit hochrotem Kopf am Tresen stehender Mann von Anfang fünfzig ihm mit

Glanz in den Augen und geschürzten Lippen speichelsprühend ein krächzendes »Du geile Sau« entgegenschmetterte. Visser wischte sich mit dem Hemdsärmel übers Gesicht und sah zu, dass er Land gewann. Er schob sich im dichten Gedränge rasch am johlenden Sangesbruder vorbei, um vielleicht doch noch in irgendeiner Ecke zwei Sitzplätze zu ergattern. Es gelang ihnen tatsächlich, einen Tisch zu finden, an dem noch zwei Stühle frei waren. Es störte sie nicht, dass dort bereits zwei Frauen mittleren Alters saßen, die zuvor im Hotelzimmer ihre kompletten Kulturtaschen leer geschminkt haben mussten. Mit ebenso spitzen wie glossgetränkten Lippen saugten sie aus bunten Plastikhalmen neonfarbene Cocktails und taten ansonsten so, als ginge sie das Ganze hier überhaupt nichts an. Vermutlich peilten sie die Lage und warteten einfach mal ab, was an dem Abend noch so gehen würde.

Es dauerte nicht lange, da standen schon zwei Weizenbier auf dem Tisch. Beide Männer griffen sofort danach. Und ebenso schnell, wie sie den ersten kräftigen Schluck genommen hatten, entdeckten sie Frank Kornbach. Er lehnte an der Theke und schlürfte an einem großzügig gefüllten Cognacschwenker. Er schien bereits einige Getränke intus zu haben, sprach mit Händen und Füßen und hatte alle Mühe, den Inhalt des Glases auszubalancieren. Seine überlangen Stirnhaare, die normalerweise perfekt frisiert waren, verloren dabei immer wieder den Halt und rutschten mitten ins Gesicht. Wenn er sich nach vorn neigte, um näher an das Ohr seines Gesprächspartners zu kommen, fiel der Buckel besonders ins Auge. Ein nahezu groteskes Bild.

»Wie schön. Du übernimmst also heute Abend die Zeche«, sagte Visser, griff nach seinem Glas und prostete Faust zu.

»Der scheint aber schon ordentlich was in sich reingeschüttet zu haben.«

»Das sehe ich auch so.«

»Und wer ist der Typ, auf den er da einredet? Auch ein Lokalpolitiker?«

»Keine Ahnung. Den kenne ich nicht. Den hat er sicher gerade eben hier beim Saufen kennengelernt.«

Während Faust sein Glas erneut ansetzte, traf ihn der Blick einer der beiden Tischnachbarinnen. Sie hatte glatte, schulterlange blonde Haare. Dass diese gefärbt waren, hatte Faust längst bemerkt. Geschminkt schätzte er sie auf dreißig bis fünfunddreißig Jahre, ohne die zwingend erforderliche gesichtskosmetische Krisenintervention würde er sie allerdings auf Ende vierzig schätzen müssen, überlegte er. Der Rock, den sie trug, kam mit bemerkenswert wenig Stoff aus; ein Umstand, der ihre kräftigen Beine trotzdem nicht länger werden ließ, dafür aber der Realisierung eines schnellen Abenteuers Nachdruck verlieh. Faust tat so, als habe er sie nicht bemerkt. Mit einem verwegenen Lächeln in Richtung Visser richtete er seinen Oberkörper auf und legte die Bomberjacke ab. Dann spannte er die Oberarmmuskeln an, überprüfte den korrekten Sitz seines Schießeisens im Holster und leerte das Glas. Hätte Visser ihm in diesem Moment nicht in die Rippen gestoßen, wäre Fausts Machogehabe sicher in die nächste Runde gegangen. Doch es gab Wichtigeres. Denn genau wie von Visser vorausgesagt, befand Kampmeier sich im Lokal. Dass dieser aber ausgerechnet mit Bent Schierke zusammensaß, erschloss sich den Ermittlern nicht. An ihrem Benehmen erkannten sie lediglich, dass die beiden nicht zum Feiern hierhergekommen waren. Denn noch während der Kellner zwei neue Weizen servierte, begann ein paar Tische weiter ein lebhaftes Gespräch. Die erstaunten Blicke der Ermittler kreuzten sich kurz. Visser zog die Augenbrauen nach oben und drückte gleichzeitig den Steg seiner Brille mit dem rechten Mittelfinger fest auf die Nase; ein untrügliches Zeichen dafür, dass er in Stress geriet. Auch Faust ging in Position, indem er den Kopf nach vorn schob und die beiden nicht mehr aus den Augen ließ.

Kampmeier schien die Gesprächsführung übernommen zu haben. Mal redete er mit ernster Miene auf Bent ein, mal garnierte er das Gesagte mit einem Lächeln. Und während

Kampmeier am Sektglas nippte, jagte Bent innerhalb weniger Minuten ein großes Bier die Kehle runter. Dann plötzlich legte Kampmeier seine Hand auf Bents Oberschenkel. Die Unterhaltung stockte. Kampmeier trank vom Sekt, Bent orderte ein neues Bier und starrte vor sich auf den Tisch. Kampmeier schaute ihn von der Seite an. Seine Mimik schwankte zwischen Flehen und Fordern. Mit einem abwehrenden Stoß in Richtung Kampmeier machte Bent der Situation ein Ende. Dann erhob er sich und ging zur Toilette, Kampmeier folgte ihm. Visser und Faust nahmen ihre Beobachtung zunächst schweigend zur Kenntnis. Nach wenigen Sekunden stand Faust auf und bahnte sich ebenfalls den Weg zur Toilette.

Im Lokal war es laut, sehr laut. Während Faust vorsichtig die Tür öffnete, schmetterten die Gäste gerade den nächsten Gassenhauer. »Wahnsinn, warum schickst du mich in die Hölle«, schallte es durchs Lokal. Spätestens jetzt war eine normale Unterhaltung nicht mehr möglich. Das Stimmungsbarometer stieg hemmungslos in die Höhe. Während Faust an einem der Waschbecken stehen blieb, verließ ein junger Mann mit tüchtig Schlagseite den Raum. Er schaffte es allerdings, die Tür hinter sich zu schließen, sodass die Lautstärke ein wenig eingedämmt wurde. Faust lauschte und lauerte, Kampmeier und Schierke mussten gleich um die Ecke vor den Pissoirs stehen. Endlich hörte Faust Kampmeiers Stimme. Er sprach eindringlich auf Bent ein. Doch es war kein Wort zu verstehen. Polternd und bierselig singend kamen zwei weitere Männer in den Raum. Im gleichen Moment verließen Kampmeier und Bent die Toilette. Faust zog die Schultern ein und drehte sich zur Seite. Sie liefen an den Waschbecken und Faust vorbei, ohne ihn zu bemerken. Dann blieben sie bei geöffneter Tür kurz stehen. Die Musik schwoll wieder an.

»Glaub mir …«, hörte Faust Kampmeier sagen.

»Wahnsinn, warum schickst du mich in die Hölle«, dröhnte es dazwischen.

»Komm schon!«

»… eiskalt lässt du meine Seele erfrier'n …«
»Nur dieses eine Mal!«
»Das ist Wahnsinn …«
»… nicht bereuen.«
»Hölle. Hölle. Hölle.«

Wenige Minuten später verließen Visser und Faust das Lokal. Sie hatten es verdammt eilig. Denn unmittelbar nachdem sie von der Toilette gekommen waren, hatten sich Kampmeier und Bent Schierke dünngemacht. Visser winkte Jens zum Bezahlen herbei. Der rundete den Betrag kurzerhand nach unten ab und wünschte den beiden »Süßen« noch einen wunderschönen Abend. Dass sie den tatsächlich haben würden, bezweifelten sie stark. Denn zunächst galt es, die Verfolgung von Kampmeier und Schierke aufzunehmen. Sie befanden sich bereits auf Höhe der übernächsten Straßenecke. Dort bogen sie rechts in die Jann-Berghaus-Straße ein. Visser keuchte und hielt sich die schmerzende Schulter. Faust aber erhöhte das Tempo.

»Warte auf mich. Ich komme hierher zurück«, rief er Visser zu, als er vor dem Supermarkt angekommen war. In Höhe der Grundschule sah Faust in Richtung Osten nur noch zwei dünne Schatten, die nach links abbogen. Vermutlich liefen sie gerade durch die Wiedaschstraße. Diese führt direkt zur Georgshöhe und zum Strand. Dort können sie sich in irgendeinen Strandkorb verkriechen und weiterdebattieren oder sonst was machen, überlegte Faust. Er lief schneller. Doch es war zwecklos. Kampmeier und Schierke waren aus seinem Sichtfeld verschwunden. Als Faust sich einmal kurz umsah, weil er gemerkt hatte, dass Visser die Verfolgung wieder aufgenommen hatte, geriet er ins Straucheln. Er schaute auf und sah nur noch den Glanz von Straßenlaternen und warmes Licht aus den Fenstern der Wohnhäuser. Er hatte sie verloren. Möglichkeiten, hier in andere kleine Straßen oder Gassen abzutauchen, gab es nämlich viele.

Was Visser und Faust jetzt brauchten, war ein ruhiges Plätzchen zum Reden. Dass der lockere Kneipenbummel in einer Personenverfolgung enden würde, hatten sie nicht gedacht. Auf der Promenade zwischen Milchbar und Marienhöhe setzten sie sich auf eine Bank und schauten gegen eine dunkle Wand, hinter der sich die Nordsee verbarg. Sie schien sich immer noch in leisem Dämmerschlaf zu befinden. Die tobende Wut der vergangenen Woche war ganz offensichtlich in plätschernde Sanftmut umgeschlagen. Zumindest vorläufig. Gern hätten Visser und Faust das Meer bei seinem leisen Spiel beobachtet, doch der feine Schimmer der Promenadenlaternen schaffte es lediglich bis zum Spülsaum. Der blitzte in der geheimnisvollen Dunkelheit nur sporadisch auf und auch nur dann, wenn die flachen Wellen vorsichtig den Strand berührten, dass man fast meinen konnte, sie würden sich vor etwas fürchten.

Faust war zur Marienhöhe raufgelaufen. Dort war um diese Zeit noch einiges los. Eine freundliche Mitarbeiterin servierte ihm auf die Schnelle zwei große Becher Kaffee.

»Ich sage dir, Kampmeier ist unser Mann«, brummte Visser.

»Und Bent Schierke.«

»Und Bent. Genau. Diese beiden. Hier liegt der Schlüssel.«

»Was ist mit Kornbach?«

»Der steht zwar immer noch auf unserem Zettel. Aber er ist für mich in erster Linie ein armer Irrer. Auch, wenn er säckeweise Geld besitzt.«

Faust nahm einen kräftigen Schluck und zuckte zurück. »Scheiße. Zunge verbrannt.«

Visser sparte sich jede Form von Mitgefühl und kam gleich wieder zur Sache. »Also, Carlo. Was haben die beiden auf dem Klo vereinbart? Bringt uns das weiter?«

»Schierke hat gar nichts gesagt. Kampmeier hat ihn die ganze Zeit vollgequatscht, wie vorher am Tisch. Die Musik war grausam laut. Ich kann nicht einmal sagen, ob sie tatsächlich gepinkelt haben, so laut war es. Ich habe leider nur Wortfetzen aufgeschnappt.«

»Und? Was waren das für Fetzen?«, fragte Visser.

»›Ein einziges Mal‹ und ›nicht bereuen‹ sind bei mir hängen geblieben. Für mich war das eine plumpe Anmache. Hast du gesehen, wie Kampmeier am Tisch Bents Bein angetatscht hat?«

»Es ist mir nicht entgangen.«

»Ich könnte mir vorstellen, dass Kampmeier Schierke erpresst.« Faust streckte die Beine nach vorn aus. »Kampmeier weiß viel. Richtig viel.«

»Das würde bedeuten, dass Bent Dreck am Stecken hat.«

»Könnte sein. Muss aber nicht. Wie auch immer. Kampmeier hat Bent mit irgendetwas in der Hand. Er führt ihn am Nasenring durch die Arena. Dabei ist Bent Schierke am Ende. Der säuft doch nur noch. Die ganze Familie ist kaputt. Bent will wissen, wer seine Schwester ermordet hat.«

»Das wollen wir auch.«

»Ja, aber er will den Mörder nicht finden und in den Knast bringen. Ich fürchte, er will sich rächen. Wer außer ihm soll denn Rache üben? Vater Knut ist nur noch ein Schatten früherer Tage, und Mutter Rieke lebt schon längst in ihrer eigenen Welt.«

»Wenn Bent Reiser um die Ecke gebracht hat, dann wissen wir immer noch nicht, wer Isabel in den Bauch geschossen hat.«

»Und wer auf dich geschossen hat, mein lieber Gent.«

Visser trank noch einen Schluck Kaffee, dann kippte er den Rest neben die Bank aufs Pflaster, nahm die Brille von der Nase und rieb sich die Augen.

»Worüber denkst du nach?«, fragte Faust.

»Ich frage mich, wo Kampmeier und Schierke gerade sind und was sie tun.«

Faust verschränkte die Arme vor der Brust und atmete lange aus. Dann blickte er Visser an und verzog das Gesicht. »Ich habe da so einen Verdacht.«

»Dann denkst du genau das, was ich auch gerade denke«,

gab Visser zurück. »Ich glaube allerdings nicht, dass es dabei um Geld geht.«

»Es geht um Wissen. Um Informationen. Und ...« Faust stoppte kurz und dachte nach. »›Nicht bereuen‹, hat er gesagt. Wenn ich das tatsächlich richtig verstanden habe, dann muss Kampmeier Bent irgendetwas in Aussicht gestellt haben. Eine Art Belohnung. Das heißt auch, dass er ihm vorher einen Gefallen tun muss, einen Dienst erweisen.«

»Denk an die Hand unterm Tisch«, murmelte Visser.

»Verdammte Scheiße.« Faust war in seinem Element. Er ballte beide Fäuste, dann stieß er Visser in die Seite. »Das heißt auch: Wir müssen davon ausgehen, dass noch irgendwas passieren wird. Und zwar nichts Gutes.«

Visser setzte die Brille wieder auf und kramte einen abgeknickten Blister mit Schmerztabletten aus der Hosentasche. Er pulte eine Tablette heraus und warf sie in den Mund. Dann schluckte er zweimal kräftig und sagte: »Carlo, wir müssen jetzt schnell sein.«

***

Obwohl es Sonntag war, trafen sich Visser und Faust am anderen Morgen pünktlich um acht Uhr auf der Polizeiwache. Genau vor zwei Wochen war Isabels Skelett am Wrack gefunden worden, und eine gute Woche war es erst her, dass die Schüsse auf Visser abgegeben wurden und Tim Reiser ermordet wurde. Jedoch kam es ihnen so vor, als wären bereits Monate vergangen. Die bittere Wahrheit war: Nach wie vor standen sie ermittlungstechnisch mit leeren Händen da. Einige Zeitungen vom Festland begannen damit, die Arbeit der Mordkommission zu kritisieren, während die Boulevardblätter und besonders die Regenbogenpresse Schlagzeilen in die Welt setzten, die in erster Linie Norderney als idyllisches Ferienziel ernsthaft in Frage stellten. Titel wie »Blut und Tränen am Inselstrand« oder »Wie gefährlich lebt es sich auf der

Königin der Nordseeinseln?« gehörten in diesen Tagen zu den bundesweit gängigen Überschriften unter dem Hashtag Norderney. In der Marketingabteilung des Staatsbads fand man diese Art von Außenwirkung schlicht und einfach katastrophal. Die Sorge um die Stabilität der Gäste- und Übernachtungszahlen dominierte mittlerweile den Alltag in der Kurverwaltung.

Visser versuchte, den Medienrummel so gut es ging zu ignorieren. Deshalb schob er an diesem Morgen auch gleich alle Zeitungen des Wochenendes zur Seite und schmiss stattdessen erst einmal die Kaffeemaschine an. Einen starken Kaffee hatten Visser und Faust allerdings auch bitter nötig. Eigentlich hatten sie am Abend zuvor nach der Analyse in Sachen Dirk Kampmeier und Bent Schierke nach Hause gehen wollen. Doch nach dem Entschluss, beide ab sofort oberservieren zu lassen, statt aussichtslose Vernehmungen durchzuführen, hatte der Abend eine weitere überraschende Wendung genommen.

Als Visser von der Sitzbank aufgestanden war und losgehen wollte, um einigermaßen früh im Bett zu landen, winkte Faust ab. »Lass mal, Gent. Ich bleibe noch ein bisschen. Ich muss runterkommen.« Seine Stimme klang ungewohnt dünn, seine Körpersprache besaß in diesem Moment so rein gar nichts von dem Carlo Faust, der für gewöhnlich gern seine Muskeln zeigte, publikumswirksam an der Dienstpistole herumspielte, der mal eben mit dem Heli zur Vernehmung einschwebte und überhaupt – immer mal wieder auf dicke Hose machte.

Visser spürte, dass sein Kollege mit sich im Unreinen war. »Komm, wir gehen auf die Marienhöhe. Da brennt Licht. Wir fragen, ob sie noch ein Bier für uns haben.«

Faust folgte Visser wortlos die Stufen zum Edelcafé hinauf. Obwohl dort allgemeine Aufbruch- und Aufräumstimmung herrschte, bekamen sie noch ein Getränk.

»Carlo, was ist los? Irgendetwas stimmt doch nicht.«

Faust kraulte sich die Glatze und starrte auf sein Bierglas. Im Lokal waren nur eine Handvoll Gäste anwesend, die sich leise unterhielten. Gedämpfte Lounge-Musik wärmte den Raum. Dann blickte er kurz auf. Für einen Wimperschlag trafen seine Augen das Gesicht Vissers.

»Heute ist ein ganz besonderer Tag«, sagte Faust endlich. »Ein beschissener Tag. Ein gottverdammter Scheißtag.« Faust schluckte. Seine Erregung stieg. Er legte eine kleine Sprechpause ein. Visser saß vor ihm wie ein Anker, der sich nicht von der Stelle bewegt.

»Es war der 25. Mai. Heute genau vor vierzehn Jahren. Ein Mittwoch. Ich hatte gerade meinen fünfundzwanzigsten Geburtstag gefeiert. Tina und ich saßen zu Hause im Wohnzimmer und planten unsere Hochzeit. Nur Standesamt, aber schickes Kleid und toller Anzug. Außerdem ein rauschendes Fest. Open Air. Mit tollem DJ und Lieblingsmusik. Schneeweiße Pagodenzelte auf der großen Wiese meiner Eltern in Oldenburg. Wir mussten uns beeilen. Denn bald würden wir zu dritt sein. Obwohl sie genauso jung war wie ich und mitten im Studium steckte, brachte uns ihre Schwangerschaft nicht aus der Ruhe. Kein Stück. Studium und Job waren uns so was von scheißegal, das glaubst du nicht. Im Gegenteil. Wir freuten uns wie Kinder, denen du an Heiligabend sagst, dass in fünf Minuten die Bescherung losgeht.«

Faust nahm einen Schluck. Visser blieb starr in seiner Haltung. Er bewegte sich keinen Millimeter von der Stelle. »Irgendwann spätabends gab sie mir einen Kuss, sagte, wie sehr sie mich liebt, und setzte sich in den Golf. Sie wollte die Nacht über bei ihren Eltern sein. Bis in den Nachbarort waren es nur zwölf Kilometer. Ihre Mutter war krank. Tina kümmerte sich um sie. An anderen Morgen wollte sie wiederkommen. Ich hatte mir extra freigenommen. Wir wollten zusammen zum Ultraschall.«

Faust legte wieder eine Pause ein, und Visser bewegte sich zum ersten Mal, seit sie hier am Tisch saßen. Er nahm sein Glas in die Hand, trank aber nicht. Er stellte es einige Zentimeter weiter nach rechts, damit er Platz hatte, seinen schweren Schädel mit der Hand abzustützen und die verletzte Körperseite gleichzeitig zu entlasten.

Fausts Kopf glühte. Seine Augen leuchteten. Sie schauten reglos geradeaus, als wollten sie eine Linie ziehen über Visser hinweg durch die Wand bis in die tiefe Nacht hinein. »Etwa zwei Stunden später, ich war gerade eingeschlafen, klingelte es an der Tür. Ihr Vater. ›Tina hatte einen Unfall. Sie ist, sie ist …‹ Er brachte das Wort nicht heraus. Dann sackte er zusammen, wie in Zeitlupe. Ich fing ihn auf und rief den Krankenwagen. Das war heute auf den Tag vor vierzehn Jahren.«

Das nun folgende Schweigen war mit Händen zu greifen. Wie eine Wolke schwebte es über dem Tisch und breitete sich aus bis zur Decke. Faust presste die Fingerspitzen vor den Mund und versuchte, seine Tränen zurückzuhalten, indem er die Luft anhielt.

Visser kämpfte gegen seine Hilflosigkeit. Es fiel ihm kein Satz ein, mit dem er Faust hätte trösten können. Alles, was ihm in den Sinn kam, verwarf er gleich wieder. »Scheiße«, sagte er dann und berührte Fausts Arm. »Es tut mir unendlich leid.«

»Das kann man so sagen, Gent.« Faust wischte sich über das Gesicht, packte das Glas und ließ das Bier in einem Zug in sich hineinlaufen.

»Vielleicht verstehst du jetzt mein Verhalten vor ein paar Tagen an der Milchbar. Die Gefühlsduselei. Da saß diese schwangere Frau. Hast du sie gesehen? So glücklich, so friedlich. Wie sie ihren Bauch berührte. Daneben der junge Mann. Vermutlich der Vater. Der künftige Vater. Ich sah Tina vor mir. Und neulich am Wrack, als ich das Amulett gefunden habe … Mir war vollkommen klar, dass es mit dem Mord an Isabel nichts zu tun haben konnte. Aber als ich das Bild sah, die junge Frau mit dem Kind. Da hat es mich genauso geschüttelt. Es ist dieser verdammte Jahrestag. Morgen geht es schon wieder besser.«

»Ihr seht aus, als könntet ihr einen Schnaps vertragen.«
Visser kam die Stimme vertraut vor. Als er aufschaute, stand
Marc vor ihnen, der Chef des Hauses persönlich. Sein sympa-
thisches Lächeln war in diesem Moment die beste Antwort auf
die Frage, wieso das Leben manchmal so verdammt ungerecht
sein kann. Marc fuhr sich mit der Hand durchs graue Haar,
stellte den beiden nicht nur zwei Gläser, sondern gleich die
ganze Pulle auf den Tisch. »So, und nun lasse ich euch wieder
allein«, sagte er, lächelte ein weiteres Mal und ging.

Die Tatsache, dass Visser und Faust am Abend die Schnaps-
pulle bis über die Hälfte geleert hatten, machte nun einen
starken Kaffee zwingend erforderlich. Mit kleinen Augen,
wild flatternden Alkoholfahnen und grummelnden Mägen
saßen sie an ihren Schreibtischen und schwiegen. Erst als
Visser das schriftliche Ergebnis von Reisers Obduktion aus
seinen Mails gefischt hatte, war ihm so etwas wie die erste
wirkliche Gemütsregung des Tages anzusehen. Er stand auf,
nahm die drei DIN-A4-Blätter aus dem Drucker und drückte
sie Faust in die Hand.
    »Lass uns noch mal in Ruhe überlegen, was die Kriminal-
technik in der Angelegenheit Tim Reiser herausgefunden hat.
Die Tat ist mit einem Messer verübt worden. Das wissen wir.
Der Täter hat ihn in den Hals gestochen. Halsschlagader glatt
durch. Reiser hat geblutet wie ein Schwein; und dies, obwohl
das Messer eine eher kurze Klinge hatte. Kein Küchenmesser
also.«
    »Vielleicht ein Taschenmesser?«, meinte Faust.
    »Muss nicht sein. Es gibt ja auch Jagdmesser aller Art. Mit
durchaus kurzen Klingen. Oder denke mal an Angler. Die
benutzen auch eher Messer mit kurzen Klingen. Hauptsache,
scharf.«
    Faust räusperte sich. »Und die Verletzungen im Gesicht
und am Bauch?«
    Visser nahm das Blatt an sich und las: »›Wie bereits münd-

lich mitgeteilt‹, schreiben die hier, ›ist der Hauteinriss am linken Mundwinkel durch einen Schlag mit einem stumpfen Gegenstand, einen Faustschlag oder durch einen Sturz zustande gekommen. Am Hals befinden sich neben den beiden Einstichen (fünf Komma zwei und vier Komma acht Zentimeter) Hautabschürfungen und tiefere Hauteinrisse (zweimal zwei, einmal drei Millimeter), die zweifelsfrei vom Stacheldraht stammen. Dies haben die abschließenden Untersuchungen am betroffenen Drahtgeflecht eindeutig bestätigt.‹ Meine Fresse, was für geschwollenes Deutsch.« Visser verzog den Mund und wiederholte: »Betroffenes Drahtgeflecht.«

»Und was sagt uns das jetzt? Wie sieht ein Täterprofil aus, wenn der Ermordete mit zwei Stichen im Hals auf einem Stacheldraht abgelegt wird?«

Visser ging zurück zu seinem Schreibtisch und setzte sich. Er nahm die Zigarettenschachtel in die Hand. Doch er drehte sie lediglich ein paarmal hin und her, dann ließ er sie zurück auf den Schreibtisch fallen. »Carlo, stellen wir die Frage doch mal anders. Wer hatte ein ernsthaftes Interesse daran, Reiser zu töten?«

Faust überlegte nicht lange. »Kampmeier ist sicher die Nummer eins. Vielleicht aber auch Kornbach.«

»Wieso Kornbach?«

»Eine alte Rechnung. Wer weiß?«

»Wir wissen vieles nicht. Aber mal im Ernst: Ich glaube nicht, dass Kornbach es nötig hat, Reiser um die Ecke zu bringen. Die lebten doch gut nebeneinanderher. Selbst auf der engen Insel. Die waren doch clever genug, sich aus dem Weg zu gehen.«

»Und was ist mit Reisers Frau? Ich kann mir beim besten Willen nicht vorstellen, dass die noch eine prickelnde Ehe geführt haben. Ich erinnere da nur an Schneider-Bülow.«

Visser nickte. Dann stand er auf und öffnete das Fenster. Von draußen wehte angenehme Luft in den stickigen Raum. Er stützte sich mit dem Gesäß an der Fensterbank ab und drehte sich zu Faust. Dann sagte er: »Womit wir wieder beim Täterprofil wären. Schafft es so ein zierliches Persönchen wie die schöne Sophie, einen Mann niederzuschlagen, indem sie ihm einen rechten Haken verpasst? Das können wir vergessen. Aber vielleicht Schneider-Bülow. Auch wenn er nur Klavierfingerchen hat; zupacken kann der, da bin ich mir sicher. So ein bis zwei Schläge traue ich ihm zu. Aber ist er auch der Typ, der dann ein Messer zückt und zusticht, um Reiser danach auf dem Stacheldrahtzaun abhängen zu lassen wie ein Schwein zum Ausbluten? Und wieso findet das Ganze überhaupt im Blautal statt?«

Faust grinste. »Ich stelle mir gerade Sophie Reiser vor, wie sie auf hohen Hacken über den vermatschten Weg tippelt und Reiser eine Abreibung verpasst, weil er schwul ist. Ne. Für mich scheidet sie selbst auch aus.«

»Aber sie könnte jemanden beauftragt haben.«

»Da fällt mir doch glatt und ganz spontan der gute Herr Schneider-Bülow ein. Den schaue ich mir noch mal näher an. Vor allem seine Hände. Ein Hautkratzer, ein abgebrochener Fingernagel. Das wäre ja möglich.«

»Und Bent. Wie wär's mit dem? Der dreht doch allmählich komplett durch. Was, wenn der sich vorgenommen hat, alle, die für den Tod an seiner Schwester verantwortlich sein könnten, zu meucheln?«

Visser blies die Backen auf und rieb sich die Nase. »Das will ich einfach nicht glauben. Doch wenn diese Theorie stimmen würde, dann wäre Kornbach der Nächste. Hör bloß auf.«

»Wir können die Sache aber noch weiter auf die Spitze treiben«, entgegnete Faust mit einer Stimme, in der die vertraute Begeisterung für seinen Beruf endlich wieder mitschwang.

Faust schien den letzten Schnaps des vergangenen Abends nun endgültig verdaut zu haben. Visser schaute ihn erwartungsvoll an. »Was ist denn mit Irina. Irina Erdmann? Über die haben wir noch gar nicht geredet. Vielleicht hatte sie damals ein Interesse daran, Isabel aus dem Weg zu schaffen, weil sie eine Konkurrentin für sie war. Woher wissen wir, dass Irina nicht doch an einer Liebschaft mit Kornbach oder Reiser interessiert war?«

Visser schloss das Fenster und schüttelte den Kopf. Was da mitschwang, war alles andere als Optimismus. »Wir drehen uns im Kreis. Wir sind im Moment regelrecht darauf angewiesen, dass jemand einen Fehler macht oder weich wird und plaudert.«

»Wir machen es wie geplant, Gent. Wir sehen zu, was bei der Observierung rumkommt. Und wir nehmen Kampmeier noch mal ernsthaft ins Gebet.«

»Bent sollten wir auch nicht vergessen«, murmelte Visser. Dann presste er einen weiteren Satz durch die Zähne. »Wir haben keine Zeit zu verlieren.« Dann zog er die Jacke über und winkte mit einer weit ausholenden Armbewegung Faust herbei. »Kumm, min Jung. Wi gohn nu nam Dönermann. Ik hebb Schmacht as'n Bull.«

ZEHN

Diesmal hatten sie den Passat an der Ecke des Bäckerladens an der Luisenstraße abgestellt und waren die letzten Meter bis zum Dönerladen zu Fuß gegangen. So blieb Visser das peinliche Gequetsche mit dem Polizeiwagen durch die Strandstraße erspart. Das war auch gut so. Denn auch heute drängten sich die Menschen dicht an dicht durch den Ort, woraus Faust messerscharf folgerte, dass all die negativen Schlagzeilen zumindest bislang der Tourismus-Insel Norderney noch nicht geschadet hatten.

Um in Ruhe essen zu können und gleichzeitig den famosen Blick auf die Nordsee zu genießen, schlenderten sie durch die Strandstraße über den Damenpfad bis hinauf zum Deckwerk vor der ehemaligen Alten Teestube. Hier ergatterten sie gleich eine Bank. Visser kam beim Essen zugute, dass er den linken Arm bereits deutlich besser bewegen konnte als in den vergangenen Tagen. Doch trotz des deutlichen gesundheitlichen Fortschritts passierte auch diesmal das Unvermeidliche. Ein stattlicher Zazikiklecks landete mitten auf Vissers Schoß, während sich gleichzeitig eine ganze Armada gieriger Möwen über den Köpfen der beiden Männer zusammenrottete und sich hemmungslos kreischend für die erste Attacke auf die Döner formierte.

»Manche lernen es nie, andere noch später, und dann können sie es immer noch nicht.« Faust sonnte sich in Schadenfreude, als er Vissers Malheur sah.

»Pass du mal lieber auf, dass dir keine Möwe auf die Glatze kackt«, gab Visser genervt zurück und nahm den nächsten Biss.

»Möwenschiss oder Zazikiklecks?«

Visser kannte diese Stimme. Sie gehörte zu einem jungen Mann mit auffallend exquisiter Kleidung. Die grün-gelb karierte Hose fiel ihm sofort ins Auge, ebenfalls das blütenweiße Businesshemd, das alles andere als von der Stange zu sein schien. Als Visser aufschaute, erkannte er das Gesicht, das in einem kugelrunden Kopf steckte, der wiederum mit einem Stetson mit extrabreiter Krempe bedeckt war. Visser ließ sich nicht aus der Ruhe bringen. Er kaute weiter.

»Mmmm«, presste er nach gefühlten drei Minuten aus sich heraus. »Habt ihr in der Kurverwaltung heute nichts zu tun, oder gehört es zu eurem Job, hungrige Polizisten zu mobben?«, fragte Visser, der nach der plumpen Anmache vergeblich versuchte, seine Verärgerung zu verbergen. Allerdings wusste er genau, was nun auf ihn zukam. Denn der junge Mann mit dem Stetson war beim Staatsbad Norderney an maßgeblicher Stelle für das Marketing verantwortlich. Er kannte ihn seit Jahren und schätzte dessen ruhige Art und erfolgreiche Arbeit. Allerdings konnte sich Visser auch lebhaft vorstellen, dass er auf die Polizei gerade nicht gut zu sprechen war.

»Wie sieht's denn aus, Gent? Wann kehrt hier endlich wieder Ruhe ein?«

Visser wischte sich mit der Papierserviette den Mund ab. »Lieber Edo, wenn ich es nur wüsste. Ich kann nachvollziehen, dass ihr einen Hals habt. Mit geht es nicht anders, wenn ich die Zeitungen aufschlage. Deshalb habe ich mir jetzt mal diesbezüglich Abstinenz verordnet. Ich lese diesen ganzen Mist nicht mehr.«

»Das hilft uns auch nicht weiter. Weißt du eigentlich, was bei uns zurzeit an Anfragen so aufläuft? Das ist der helle Wahnsinn. Bis Freitagabend hatten wir knapp vierhundert Stornierungen. Das sind alles besorgte Urlauber. Für die ist Norderney ein heißes Pflaster geworden.«

Das Gekreische der Möwen und deren ständige Tiefflüge über seinen Kopf nervten Visser. Er wickelte den Rest seines Döners ins fettige Papier ein. Das sah ausgesprochen kurios aus, weil er den Vorgang mit einer Hand auf dem Schoß bewältigte. Dann schob er den Dönerrest unter die Bank. Währenddessen machte er den Marketingmann auf etwas anderes aufmerksam. »Da gibt es ja auch noch die Klientel anderer Art. Seitdem bekannt ist, dass in der Bullaugen-Deko der Giftbude zwei Einschusslöcher zu besichtigen sind von Kugeln, die sich genauso gut in meine Brust hätten reinbohren können, finden dorthin regelrechte Wallfahrten statt. Die Sensationsgier scheint keine Grenzen zu kennen. Also ich bin mir sicher, dass es trotz allem keinen nachhaltigen Einbruch in eurer Gästestatistik geben wird.«

Edo winkte ab. »Mach es dir da mal nicht so einfach. Wir hatten im vergangenen Jahr hier auf Norderney drei Komma sieben Millionen Übernachtungen von fünfhundertzwanzigtausend Gästen. Hinzu kommen zweihundertsiebzigtausend Tagesgäste. Das ist 'ne Hausnummer, sag ich dir. Europäische Spitze. Das muss man touristisch erst mal wuppen. Niemand von uns möchte, dass es eine Korrektur dieser Zahlen gibt. Wir alle leben davon. Und das nicht schlecht.«

»Edo, wenn ihr nun daherkommt und uns vorwerfen wollt, dass wir möglicherweise daran schuld sind, wenn auf Norderney die Gästezahlen sinken, dann tut das meinetwegen. Aber sei dir gewiss: Wir geben wirklich alles. Wir arbeiten Tag und Nacht, auch an den Wochenenden, wie du gerade siehst.«

Visser war in seinem Innern zutiefst dankbar, dass in diesem Moment sein Handy läutete. Gleichzeitig stürzte mit einem frenetischen Schrei eine Möwe auf die Sitzbank zu und schnappte sich in Sekundenschnelle den Dönerrest. Während Faust und Edo verschreckt zur Seite sprangen, blieb Visser sitzen und hörte stoisch zu, was man ihm mitzuteilen hatte. Doch wer Visser kannte, der bemerkte sehr genau, dass ihm gerade der Kamm im Sekundentakt schwoll. Es dauerte nur einen kurzen Moment, dann wuchtete er sich von der Bank hoch und schrie: »Seid ihr denn völlig verrückt geworden, ihr Wahnsinnigen? Habt ihr auf der Polizeischule denn gar nichts gelernt? Seit wann wisst ihr das? Nichts mehr machen jetzt. Lasst bloß die Finger davon.«

Visser drückte die Gesprächsende-Taste so fest, dass Faust ihn besorgt ansah. Dann riss Visser Faust am Ärmel. »Komm. Schnell. Wir müssen los.«

Im Laufschritt machten sie sich unverzüglich auf den Weg. Nur eine Minute später schnitt sich das Heulen des Martinshorns wie ein Messer in die Idylle der Ferieninsel, die in diesem Augenblick erneut zeigte, wie zerbrechlich sie in diesen Tagen war.

***

Lindemann war Vissers Bitte, Kampmeier und Bent Schierke zu observieren, unverzüglich nachgekommen. Gleich am Sonntagvormittag reisten zwei junge Beamte aus Aurich an, die an wechselnden Punkten in den Wohnstraßen der beiden Männer Stellung bezogen. Sie lösten Schröder und Neumann ab, die Visser noch in der Nacht aus dem Bett geklingelt hatte. Schröder kontrollierte ab null Uhr dreißig den Alter Horst und bekam mit, dass Kampmeier um zwei Uhr vierzehn mit dem Rad nach Hause kam und es unter seinem Carport an einer Eisenstange ankettete. Er machte einen nüchternen Eindruck. Bis dahin waren keinerlei Auffälligkeiten zu erkennen. Nach etwa einer halben Minute schaltete sich die Außenbeleuchtung ab. Im Haus brannten derweil Lichter in zwei Räumen. Am satinierten Glas erkannte Schröder, dass dahinter das Bad sein musste. Zu sehen war zunächst jedoch nichts, nach etwa einer Viertelstunde bemerkte Schröder einen Schatten, gleichzeitig wurde das Fenster gekippt. Eine dichte weiße Dampfwolke drängte sich aus den Schlitzen. Kampmeier hatte anscheinend ausgiebig geduscht. Dann wurde das Licht gelöscht. Von der Straße aus konnte man nun nichts mehr sehen. Schröder stieg aus dem Wagen und überlegte, wie er zur Rückseite des Hauses kommen konnte. Doch dieses Ansinnen gab er rasch auf. Denn um festzustellen, ob in einem anderen Zimmer des Hauses Licht brannte, hätte er über eine dicht gewachsene, etwa zwei Meter hohe Hecke klettern müssen. Er setzte sich wieder ins Auto und zündete sich eine Zigarette an. Alles, was er in dieser Nacht noch sah, waren eine um Kampmeiers Fahrrad schleichende Katze und eine Frau von etwa Mitte vierzig, die auffallend spießig gekleidet war. Sie trug ein braun-beige kariertes Kostüm und einen beigefarbenen Hut mit schwarzem Band und schmaler Krempe. Sie wirkte so, als hätte sie gerade einen Sketch aus den achtziger Jahren gespielt. Schröder dachte an die legendäre Frau Schnackenburger und grinste. Trotz ihres merkwürdigen Äußeren verhielt sich »Frau Schnackenburger«, wie er sie nun nannte, nicht weiter auffällig. Sie verschwand im Nachbarhaus.

Um exakt zwei Uhr sechsunddreißig meldete Neumann Visser per WhatsApp die Ankunft von Bent Schierke in seinem Haus in der Lippestraße. Er kam zu Fuß durch die Oderstraße. An seinem schleppenden Gang merkte Neumann sofort, dass er betrunken sein musste. Sein dunkelrotes Hemd war zerknittert und hing hinten aus der Bluejeans heraus. Als er die Straßenlaterne kurz vor seinem Haus passierte, erkannte Neumann, wie die Hose an Bents Beinen klebte. Es sah stark danach aus, dass er sich eingenässt hatte. Neumann rümpfte die Nase und schrieb Visser eine weitere WhatsApp. Dann beobachtete er, wie Bent etwa eine halbe Minute damit verbrachte, seinen Schlüsselbund aus der Hosentasche zu zerren, um die Tür zu öffnen und über die Schwelle ins Haus hineinzustolpern. Kurz darauf begann hinter einem der beiden Fenster an der Giebelseite ein buntes Flimmern. Bent hatte offensichtlich den Fernseher eingeschaltet. Nach ein paar Minuten entschloss Neumann sich, aus dem Wagen zu steigen und etwas näher ans Haus zu gehen. Er schlich sich vorsichtig heran, dann stellte er sich auf die Zehenspitzen. Schierke lag auf dem Sofa. Er schlief. Der Fernseher lief weiter, vermutlich irgendeine Krimiwiederholung. Eine tote Frau in einer dunklen Hütte mitten im Wald. Sicher was Schwedisches, dachte Neumann und schaute genauer hin. Bent lag auf dem Bauch, ein Arm hing herunter, mit der Hand berührte er den Boden. Wenn das sein Wohnzimmer war, dann verdiente es diesen Namen nicht wirklich. Eine ganze Batterie leerer Bier- und Schnapsflaschen füllte den spießigen Tisch aus klobigem Holz. Die Platte war in der Mitte gekachelt. Der Teppichboden hatte mit Sicherheit vergessen, wie sich ein Staubsauger anfühlte, und die Unterhosen, Unterhemden und Socken hätten sich garantiert nicht gewehrt, wenn sie jemand in die Waschmaschine geworfen hätte. Neumann hatte genug gesehen. Er schüttelte den Kopf und streckte die Zunge weit aus dem Mund. Er ekelte sich vor diesem Anblick. Er ging zurück zum Auto und hielt die Augen weiter offen. Eine weitere WhatsApp an Visser konnte er sich sparen. Um den Zustand von Schierkes Wohnung zu beschreiben, war es in ein paar Stunden noch früh genug.

✻✻✻

Visser hatte jedes gute Benehmen abgelegt und praktisch alle Regeln der Straßenverkehrsordnung außer Acht gelassen. Er hatte insgesamt nur etwa zwei Minuten benötigt, um die Strecke von der Luisenstraße bis zur Polizeiwache in der Knyphausenstraße zurückzulegen. Dort waren er und Faust mit quietschenden Reifen, Blaulicht und Martinshorn in einer Weise vorgefahren, die alle umstehenden Touristen in Angst und Schrecken versetzte. Nachdem sie zuvor vom Deckwerk an der Alten Teestube losgelaufen waren und den in der Luisenstraße abgestellten Polizeipassat erreicht hatten, setzte sich Visser trotz seiner Verletzung kurzerhand selbst ans Steuer. Er knallte die Tür zu, startete den Wagen und öffnete das Fenster. Als er jedoch merkte, dass ihm zum Fahren eines Autos mit normalem Schaltgetriebe eine Hand fehlte, forderte er Faust auf, dies für ihn zu übernehmen.

»Wenn ich die Kupplung trete, dann legst du den entsprechenden Gang ein«, befahl er ihm. »Ich lenke mit der rechten Hand, du schaltest mit links.«

Doch Faust hielt Vissers Aufforderung schlicht und ergreifend für einen schlechten Witz. Er blieb vor der Fahrertür stehen und zeigte Visser einen Vogel. »Komm vom Steuer weg. Ich fahre.«

»Kommt überhaupt nicht in Frage. Ich bin doch kein Krüppel«, schrie Visser, nahm den Arm aus der Schlinge und griff mit der linken Hand ans Steuer. Gleichzeitig verzog er das Gesicht und biss auf die Zähne.

Faust ließ sich auf den Beifahrersitz fallen, während Visser schon das Gaspedal durchdrückte. Als sie ankamen, wuchtete sich Visser als Erster mit einem mächtigen Seufzer vom Fahrersitz. Dann legte er den Arm mit schmerzverzerrtem Gesicht zurück in die Schlinge und trat mit dem Fuß die Tür des Polizeigebäudes auf. Faust sah aus, als hätte er die ganze Strecke über die Luft angehalten. Er war ungewohnt blass um die Nase, sein Blick trüb und ein wenig apathisch.

Visser war gleich vorn am Tresen des Wachhabenden stehen geblieben. »Wie in aller Welt kann es sein, dass ihr uns das jetzt erst mitteilt? Kriegt ihr denn gar nichts mit? Hier tagt seit zwei Wochen praktisch rund um die Uhr eine Mordkommission. Wir ermitteln in zwei Tötungsdelikten. Außerdem hat jemand versucht, mir die Lampe auszupusten. Die Sache steht Spitz auf Knopf. Lindemann ruft uns gefühlt alle halbe Stunde an und fragt nach dem Fahndungsfortschritt. Gleichzeitig machen uns die Medien die Hölle heiß, und zwar bundesweit.«

Visser war derart erregt, dass ihm vor lauter Geschrei für einen Moment die Puste ausging. Er schnappte nach Luft und knallte die rechte Faust auf den Tresen, dass ein darauf liegender Kugelschreiber in die Luft hüpfte und auf den Boden fiel. Dann fuhr er fort: »Also. Wer ist der Zeuge, und was hat er gesagt? Und vor allem noch mal zum Mitschreiben: Wann war er hier?«

Der junge Polizist hieß Peter Schweighard. Er gehörte erst seit drei Monaten zum Team. Er galt als gewissenhaft und zuverlässig, zudem als äußerst forsch. Nach der Ansprache

Vissers hatte sich sein Selbstbewusstsein allerdings in Luft aufgelöst. Er schien sich hinter dem Tresen verstecken zu wollen. Als er zu sprechen begann, klang seine Stimme dünn wie Pergament, das zu reißen droht. »Der Herr ist etwa Ende sechzig. Er trug eine Brille. Er sprach gepflegtes Hochdeutsch und ist mit Sicherheit kein gebürtiger Ostfriese. Die Stimme klang nach Ruhrpott oder so.«

»Wie heißt er? Wo wohnt er?«, wollte Visser wissen. Schweighard presste die Lippen aufeinander und senkte den Blick. Von ihm war nur noch ein leises Atmen zu hören. Visser wartete einen Moment, dann flogen die Buchstaben wie Geschosse durch den Raum. Jeder Ton ein dumpfer Paukenschlag. »Junger Kollege. Wenn du mir jetzt nicht auf der Stelle sagst, wer die Zeugenaussage gemacht hat, packe ich dich unter den Arm und bring dich persönlich zur Fähre. Dann kannst du dir irgendwo eine neue Dienststelle suchen. Und wenn es in Taka-Tuka-Land ist. Nur nicht mehr auf Norderney. Also, Herr Wachtmeister: Wie heißt er? Wo wohnt er?«

Mittlerweile waren alle dienstschiebenden Polizisten am Tresen zusammengelaufen. Vissers Gardinenpredigt war auch in die entferntesten Winkel des Gebäudes vorgedrungen. Zur Überraschung aller hatte Schweighard es dennoch geschafft, nicht zusammenzubrechen. Er hatte die Kurve bekommen und Haltung bewahrt.

»Ich habe Mist gebaut. Ich entschuldige mich in aller Form dafür. Ich kann es kaum wiedergutmachen. Ich habe mir gestern lediglich die Telefonnummer des Mannes aufgeschrieben. Eine Handynummer. Dieser Zettel ist verschwunden. Ich wollte ihn Ihnen heute gleich zu Dienstbeginn geben. Ich habe dem, was er gesagt hat, keine allzu große Bedeutung beigemessen.«

Visser atmete durch. Er hatte sich inzwischen etwas entspannt. Er wusste, dass sein cholerisches Geschrei nichts brachte. »Herr Schweighard. So weit, so schlecht. Wie sah er genau aus, was hat er gesagt?«

»Er hat berichtet, dass er an dem Abend des Anschlags auf Sie einen Mann gesehen hat, der hinter dem Zaun des alten Kurmittelhauses verschwunden ist. Er sagte, er hätte zunächst gedacht, es wäre ein Betrunkener, der pinkeln wollte.«

»Aber?«

»Nach kurzer Zeit wäre der Typ dann wieder hinter dem Bauzaun vorgekommen und davongelaufen.«

»Gelaufen?«

»Ja, er ist gerannt. Nicht gegangen. Genau deshalb habe er das der Polizei mitteilen wollen.«

»Hat er nicht gesagt, wie er heißt?«

»Ich weiß es nicht mehr. Es kann sein, dass er seinen Namen genannt hat. Er wollte zu Ihnen persönlich. Ein lockerer, sympathischer Typ. Er hat gefragt: ›Ist Gent da? Ich will ihm was sagen.‹«

»Wie sah er aus?«

»Ein bisschen bunt. Wie die Typen vom Heimatverein.«

Visser und Faust schauten sich an. Faust hatte wieder Farbe im Gesicht. Er grinste ungläubig.

»Geht das noch ein bisschen genauer?«, forderte Visser Schweighard auf.

»Er trug so ein Fischerhemd. Und einen roten Schal.«

»Sonst noch was, was uns weiterhelfen und Sie vor einer vernichtenden Beurteilung retten könnte?«

Schweighard schob das schmale Kinn nach vorn und überlegte einen Moment: »Er war auffallend freundlich und gut gelaunt. Das hat man hier ja eher selten.«

»Hatte er eine Mütze auf? Eine rote Schirmmütze?«

»Nein. Das wäre mir aufgefallen.«

Visser dachte kurz nach. Dann wandte er sich an Neumann, der sich neben ihn gestellt hatte. »Das könnte Krüger gewesen sein. Bernd Krüger. Der Stadtausrufer. Immer gut gelaunt, Ende sechzig, Brille, Fischerhemd, rotes Halstuch. Das passt. Was meinst du?«

»Hundertprozentig. Das war Bernd. Ohne Zweifel.«

Visser drehte sich um und lief mit großen Schritten in Richtung seines Büros. Auf der Hälfte blieb er stehen. Dann rief er Schweighard zu: »Herr Kollege. Das war knapp. Noch so einen Bolzen, und ich kette Sie an einen Betonklotz und versenke Sie bei Sonnenuntergang direkt vor der Milchbar in der Nordsee.«

***

Als Visser sich am anderen Morgen mit Krüger traf, regnete es. Bei dem ominösen Zeugen handelte es sich tatsächlich um den Norderneyer Stadtausrufer, der auf der Insel bekannt wie ein bunter Hund und jederzeit zu einem flotten Spruch in der Lage war. Seit etlichen Jahren lief er von Ostern bis Mitte Oktober durch die Innenstadt, läutete die schwere Handglocke und verkündete alle für die Feriengäste relevanten Termine und Veranstaltungen. Vom Thalasso-Vortrag im Badehaus bis zum aktuellen Kinoprogramm. Krüger wusste alles. Und das, was er an Informationen unter die Leute brachte, war immer mit einer herzerfrischenden Prise Humor garniert.

Krüger stand bereits am Rand der Weststrandstraße, als Visser und Faust mit dem Wagen um die Ecke kamen. Diesmal saß Faust am Steuer. Auf die Frage »Möchtest du? Oder soll ich?« hatte Visser zuvor mit einem breiten Grinsen reagiert und Faust mit einer übertrieben galanten Armbewegung den Vortritt gelassen. Visser schlüpfte unter Krügers Regenschirm, als sie die Straßenseite wechselten und den Bauzaun öffneten. Faust folgte ihnen. Er hatte den Reißverschluss der Bomberjacke bis zum Hals hochgezogen, um sich vor den Regenmassen einigermaßen zu schützen. Dass die Regentropfen ungehindert auf der Glatze landeten, dort umherhüpften wie tanzende Perlen und schließlich den Hals hinunterliefen, störte ihn nicht im Geringsten. Die Schirmmütze aufzusetzen wäre ihm jedenfalls niemals in den Sinn gekommen.

»Mein lieber Bernd«, sagte Visser, als sie im alten Kurmittelhaus ein einigermaßen trockenes Plätzchen gefunden hatten. »Wieso kommst du mit deiner Info so spät? Ich halte diesen Hinweis für ausgesprochen interessant und wichtig. Er könnte uns auf die entscheidende Spur bringen.«

»Ich muss dir ehrlich sagen, dass ich meine Beobachtung vollkommen falsch eingeschätzt habe. Ich bin ja froh, dass bei mir der Groschen überhaupt noch gefallen ist. Ich habe mir zunächst nichts dabei gedacht, als ich diesen Typen hier reingehen sah. Ich war davon ausgegangen, dass der die Blase voll hat und diese dringend leeren muss. Ich wette, dass so was in dieser Ruine auch schon Gott weiß wie oft passiert ist.«

Sie gingen ein paar Meter weiter und kamen in einen großen Raum mit kahlen Wänden, an denen das Regenwasser runterlief. An einer der Wände war ein Graffiti aufgemalt. Es zeigte eine Harley direkt am Strand. Dahinter hohe Wellen und eine knallrote Sonne. Darunter stand: »Meine Insel«. Auf dem Boden klebte noch ein eingerissenes Stück Linoleum, in der Ecke standen ein Tisch und ein Stuhl. Sicher war hier vor vielen Jahren mal ein Behandlungszimmer für die Reha-Gäste gewesen.

»Hast du denn eine Ahnung, was der Typ hier gemacht hat? Hast du zufällig irgendwelche Geräusche gehört?«

»Ne. Weder das eine noch das andere. Ich glaube, er hatte nichts in der Hand. Zumindest nicht, als er wieder rauskam. Ich habe mir nämlich überlegt, ob er hier vielleicht irgendwas versteckt hat.«

»Das könnte gut möglich sein. Wie lange war er denn hier drin?«

Krüger schaute zu Boden und überlegte. Währenddessen schoss er mit dem Schuh gedankenverloren einen rostigen Kronkorken zur Seite. »Nicht lang, höchstens eine Minute.« Krüger lachte. »Also viel pinkeln konnte er in dieser Zeit jedenfalls nicht.«

Visser schmunzelte. Doch er wurde schnell wieder ernst. Er zupfte an der Armschlinge und fragte: »Wieso warst du hier?«

»Ich hatte den Abend da vorn an der Weststrandbar verbracht. Die ganze Clique vom Schrebergartenverein war da. Wir hatten mächtig Spaß. Irgendwann so gegen elf ging dann das ganze Gedudel mit den Martinshörnern los. Da habe ich mich aufs Rad gesetzt und bin losgefahren. Den schmalen Pfad hinter dem Schuppen der Seenotretter lang, dann bin ich vorn an der Ecke auf die Weststrandstraße eingebogen. Und da merkte ich, dass es doch ganz schön kühl war. Ich hielt an, nahm die Jacke aus der Fahrradtasche und zog sie über.«

»Und währenddessen hast du den Mann beobachtet.«

»Ja. Ich weiß gar nicht, wo er herkam. Dazu war es zu dunkel. Er stand auf einmal vor dem Zaun und schlüpfte durch. Bevor ich auf dem Rad saß, kam er wieder raus und lief davon. Und genau das ist der Punkt, Gent.«

Visser steckte die rechte Hand in die Hosentasche und holte ein Bonbon hervor. »Du auch?«

»Nein danke«, erwiderte Krüger. »Also er ist gerannt, obwohl er meines Erachtens keinen Grund dazu hatte. Ich habe ihn als jemanden eingeordnet, der aus einer Kneipe kommt und schnell mal pinkeln wollte. Normalerweise müsste er danach doch nicht loslaufen. Gehen hätte ja genügt, oder?«

»Er hätte sein kleines Geschäft aber ja auch von außen machen können. Also kurzerhand gegen den Zaun. Oder eben gegenüber im Argonnerwäldchen.«

»Stimmt, Gent.«

Faust hatte seine Jacke wieder geöffnet. Sein Hemd war nass, der Regen hatte sich seinen Weg gesucht. Er schaute gegen die Decke. Dann fragte er: »Wie sah der Typ denn eigentlich aus?«

»Tja, wenn das mal so einfach wäre. Es war dunkel. Und diese Ecke hier ist nachts besonders düster. Er war ungefähr so groß wie Sie.« Dabei zeigte Krüger auf Faust. »Aber schmaler. Dunkle Haare. Vielleicht ein bisschen lockig.«

»Haben Sie sein Gesicht gesehen?«

»Nein. Ich habe ihn nur von hinten gesehen und war zudem noch zu weit entfernt, um es erkennen zu können.«

Jetzt schaltete Visser sich wieder ein. »Ist er gehumpelt oder vielleicht getorkelt? Könnte er betrunken gewesen sein?«

»Kann ich nicht sagen. Nein. Nichts von beidem. Er lief ganz normal.«

Visser drehte sich Faust zu. »Was meinst du? Haben wir hier eine Chance?«

»Ja. Falls es wirklich der Typ war, hinter dem ich hergerannt bin, dann könnte er hier seine Waffe versteckt haben. Und es könnte weitere Spuren von ihm geben, und das bedeutet, dass wir schon wieder die Kriminaltechniker anfordern müssen.«

»Wo sollen die anfangen und wo aufhören? Die werden sich freuen. Sisyphus lässt grüßen.«

»Fingerabdrücke da draußen am Bauzaun zum Beispiel. Fußspuren, ein Taschentuch, das aus der Jackentasche gerutscht ist, oder weiß der Teufel was.«

»Sicher. Du hast recht. Aber vor allem brauchen wir Glück. Viel Glück«, ergänzte Visser mit einem Lächeln, das zwischen Hoffnung und Skepsis schwankte.

»Und ihr müsst euch beeilen«, mischte Krüger sich ein. Visser schaute ihn fragend an. »Wenn es stimmt, was ich heute in der Badezeitung gelesen habe, dann beginnt morgen der Abriss.«

»Oha. Leben am Limit«, schoss es aus Faust heraus.

Visser hatte für diese flapsige Bemerkung im Augenblick wenig Verständnis. Sein Lächeln sah ziemlich gequält aus. »Ich laufe jetzt auf direktem Weg zum Bürgermeister. Frank Ulrichs muss den Abriss erst mal stoppen lassen. Sofort. Ich will hier keinen Bagger sehen.«

ELF

Als Visser das Rathaus verließ, hatte der Regen endlich aufgehört. Warme Dunstschleier schwebten wie dünne weiße Tücher über dem Rasen des Kurplatzes. Dort tummelten sich wieder etliche Feriengäste, die meisten von ihnen befanden sich auf dem Weg zum Conversationshaus. Vermutlich wollten sie zur Touristeninformation, um zu erfahren, was heute so alles an Schlechtwetterprogramm möglich war. Denn die Blicke zum Himmel ließen trotz der Regenpause noch nicht viel Raum für Optimismus: Grauschwarze Wolkenfetzen klebten am Horizont wie zusammengeknüllte, schmutzige Lappen; träge und undurchdringlich. Es war nur eine Frage der Zeit, wann es wieder zu regnen beginnen würde.

Visser war froh, dass der Bürgermeister sich von seiner unbürokratischen Seite zeigte. Er war für den Abrissstopp zwar nicht direkt zuständig, doch er setzte sich umgehend mit der zuständigen Behörde, dem beauftragten Unternehmer und dem Kurdirektor in Verbindung. Der Abriss wurde verschoben.

Visser bedankte sich in aller Form, wobei er sich eine spitze Bemerkung nicht verkneifen konnte. »Nach all den Jahren, in denen diese Ruine die Insel verschandelt hat, kommt es jetzt auf ein paar Tage oder Wochen nicht an.«

Frank Ulrichs presste ein steifes Lächeln über die Lippen und beließ es bei einem sanften Nicken.

Natürlich war Visser und Faust klar, dass ein Gang durch die Ruine nicht nur ermittlungstechnisch hochinteressant war, sondern auch jenseits davon zu einer spannenden Zeitreise durch die jüngere Geschichte Norderneys werden konnte. Und selbstverständlich warteten sie nicht ab, bis die Kollegen der Kriminaltechnik anreisten. Sie machten sich unmittelbar nach dem Gespräch mit dem Bürgermeister auf den Weg zurück zur Kur-Ruine.

Seit knapp zwanzig Jahren stand das alte Gebäude nutzlos da. Die Gesundheitsreform hatte ihm Ende der neunziger Jahre den Garaus gemacht. Aufwendige Behandlungen wurden nicht mehr verschrieben. Was blieb, war ein verlassener Ort, ein unaufgeräumter, höchst unansehnlicher Friedhof der Erinnerung. Eigentlich hatten die Norderneyer das Haus längst abreißen wollen, um an dieser Stelle ein Fünf-Sterne-Hotel zu errichten. Doch Ärger mit Investoren und politische Peinlichkeiten ließen das Projekt immer wieder scheitern. Stattdessen hatten zahlreiche Fledermäuse ein neues Domizil gefunden, und immer mal wieder nutzten neugierige Gäste und Insulaner die Gelegenheit zu einem Abenteuer-Streifzug durch feucht-modrige Räume, dunkle Flure und über rutschige, knarzende Treppenstufen.

Als sie den Bauzaun ein Stück zur Seite geschoben hatten, schickten Visser und Faust sich an, zwischen Gesteinsbrocken, Metallplanken und Glasscherben brauchbare Hinweise zu suchen. Für sie war es durchaus denkbar, dass der Mann, der am Samstag vor einer Woche die Schüsse auf Visser abgefeuert hatte, irgendwo hier seine Tatwaffe entsorgt hatte. Immerhin gab es genügend Möglichkeiten, eine Pistole unter einem Schutthaufen verschwinden zu lassen oder unter einer alten Plastikplane in der Ecke eines mit Grünspan überzogenen Tretbeckens. Ein solcher Volltreffer war den beiden heute allerdings nicht vergönnt. Die erste grobe Suche in den Räumen, die man noch betreten konnte, war erfolglos. Doch plötzlich blieb Faust im Parterre vor einer verfallenen Treppe stehen und zeigte auf die Ecke einer Stufe aus Schiefer. »Hier, Gent. Schau mal.« Visser kam näher. An der Ecke klebten in Kopfhöhe dunkle Haare, vermutlich war es getrocknetes Blut, an denen sie hafteten. »Wenn hier jemand im Dunkeln reinkommt, ohne Taschenlampe, muss er sich nicht wundern, wenn er sich die Birne stößt«, sagte Faust und kratzte sich an der Glatze.

»Könnte dir nicht passieren.«

»Wie meinst du das?«

»Du kannst es nicht gewesen sein. Sonst würden ja jetzt hier keine Haare kleben.«

Faust stieß Visser in die Rippen. »Sehr witzig, Gent.« Der lächelte, formte mit Zeigefinger und Mittelfinger das Peace-Zeichen und brummte: »Dann wollen wir doch mal sehen, was die Jungs von der Kriminaltechnik dazu sagen. Vielleicht ist diese Spur ja wirklich frisch.«

In dem Moment, als Visser das Haarbüschel mit seinem Handy fotografieren wollte, kam ein Anruf. Visser schaute aufs Display. »Die Wache«, sagte er zu Faust und trat einen Schritt von der Treppe zurück. Das Gespräch dauerte nicht länger als fünf Sätze. »Komm, Carlo. Wir müssen in die Oderstraße. In Reisers Wohntempel ist eingebrochen worden. Die schöne Sophie hat vor einer Minute auf der Wache angerufen.«

***

Sophie Reiser-Victorbur öffnete die Tür, unmittelbar nachdem sie geklingelt hatten. Von der Upperclass-Souveränität, die sie beim letzten Besuch ausgestrahlt hatte, war nicht viel übrig geblieben. Vielleicht lag es aber auch an der allgemeinen Situation. Möglicherweise hatte sie der Mord an ihrem Mann doch mehr verunsichert, als es zunächst den Anschein gehabt hatte. Auch ihr äußeres Erscheinungsbild hatte sich verändert: Statt der eleganten Bluse und des schicken Rocks trug sie heute einen eher schlabbrigen dunkelblauen Jogginganzug und weiße Laufschuhe, die deutliche Gebrauchsspuren aufwiesen. Ihre kupferroten, vollen Haare standen an den Schläfen ein wenig ab, und sie war ungeschminkt. Faust gefiel, was er sah. Er fand Sophie Reiser-Victorbur in diesem Aufzug fast noch attraktiver als in feiner Robe. Vor allem wirkte sie authentisch, wie sie so vor ihnen stand, die Hände in die Hüften stemmte und sie mit festem, ungekünsteltem Blick ansah.

»Gut, dass Sie so schnell gekommen sind. Ich bin allein,

Jann-Philipp ist gestern abgereist. Er hat in der Kanzlei zu tun.« Sie ging voran und steuerte mit kurzen, schnellen Schritten auf eine Treppe zu, die ins Souterrain führte.

»Hier unten hatte Tim sein Arbeitszimmer. Da hat er aber immer nur seine persönlichen Sachen gemacht. Eher selten was für die Firma, dafür hatte er ja seine Leute.« Als sie die wenigen Stufen hinuntergegangen waren, kamen sie an einem Lichtschacht vorbei. »Sehen Sie hier, da ist der Einbrecher durch. Keine Ahnung, wie der das geschafft hat.« Sie griff in den Schacht und nahm einen Metallbolzen in die Hand. »Schauen Sie …«

Faust packte sie am Handgelenk. »Um Himmels willen. Nichts anfassen. Legen Sie das Ding weg. Haben Sie heute Morgen schon andere Sachen hier unten berührt?«

Faust hielt sie immer noch fest. Doch sie machte keinerlei Anstalten, ihn abzuschütteln. Sie sah ihn mit großen Augen von unten an und wartete einen Moment. Als Faust dann losließ, sagte sie: »Ich glaube nicht. Ich war natürlich erschrocken. Deshalb bin ich mir nicht zu hundert Prozent sicher. Ich kam hier runter, um die Laufschuhe aus dem Regal da drüben zu nehmen. Dann habe ich die offene Tür bemerkt. Die war sonst immer zu. Deshalb bin ich ja stutzig geworden. Mir war klar, dass hier etwas nicht in Ordnung ist. Es ist Wochen her, dass ich zuletzt in seinem Arbeitszimmer war. Ich weiß nicht, ob ich die Türklinke angefasst habe, kann sein. Drinnen habe ich nichts in die Hand genommen. Das weiß ich ganz genau.«

Faust zog ein Papiertaschentuch aus der Hosentasche und drückte damit die Tür bis zum Anschlag auf. Vorsichtig machte er ein paar Schritte in den Raum. Für ein Arbeitszimmer war es ungewöhnlich groß. Er schätzte es auf mindestens fünfundzwanzig Quadratmeter. Der Boden bestand aus terrakottafarbenen Fliesen, der Randstreifen war mit farblich passenden Mosaiksteinen ausgelegt. Sehr gediegen, sehr edel, sehr teuer, folgerte Faust. An den Wänden hingen großflächige Fotografien auf Leinwand. Sie zeigten Landschaftsimpressionen von Norderney, und man sah ihnen deutlich an, dass sie von einem wirklich guten Fotografen angefertigt worden waren. Als er näher hinsah, erkannte er die Unterschrift: Janko Rass. Faust lächelte. Alle Achtung, nicht schlecht. Bei dem Schreibtisch musste es sich um ein Erbstück handeln. Das dunkle Holz harmonierte so gar nicht mit den anderen Möbeln. Sideboards, Wandschrank und Sitzecke waren noch nicht alt. Gehobener Landhausstil, dachte Faust und zeigte auf die offen stehende Schreibtischschublade und die am Boden liegenden Gegenstände vor dem Sideboard: Prospekte aus unterschiedlichen Ferienregionen in Nordholland, etliche Hochglanzmagazine über Texel, Preislisten extravaganter Extras für Segelschiffe und teure Autokarossen, Immobilienexposés, Fachliteratur zum Thema Segeln, ein Korkenzieher aus Edelstahl mit Holzapplikationen und eine unüberschaubare Anzahl von Visitenkarten. Er machte einen Schritt nach vorn und schaute nach unten. Dann ging er in die Hocke und neigte den Kopf zur Seite, um besser lesen zu können. Mit den Unternehmen und den Namen der Firmenmitarbeiter konnte er auf den ersten Blick nichts anfangen. Sicher mussten sie da später noch einmal genauer hinschauen.

»Was fehlt?«, fragte Visser, der Faust beobachtet hatte.

Sophie Reiser-Victorbur holte tief Luft. Sie hatte mittlerweile die Hände in den Taschen vergraben und schaute sich im Zimmer um. Ihre Augen pendelten sich irgendwo zwischen Überforderung und Gleichgültigkeit ein. »Boah! Schwierig. Sehr schwierig. Ich war so selten hier unten. Das war sein Reich. In diesem Zimmer hat er gesessen, gelesen, im Internet gesurft, Musik gehört.«

»Waren Sie nie zusammen hier?«, wollte Faust wissen.

»Ne. Kann man so nicht sagen. Ich war wohl mal in diesem Raum. Das eine oder andere Mal. Um ihn was zu fragen oder um etwas mit ihm zu besprechen.«

Visser räusperte sich. »Was glauben Sie denn, was fehlen könnte?«

Sie nahm eine Hand aus der Tasche, kratzte sich am Arm und blies sich eine Locke aus der Stirn. Sie dachte einen Moment nach, und Faust war sicher, dass sie jetzt gerade keine Show abzog. »Tim war ein Füller-Fan.« Sie machte eine kurze Pause und wandte sich an Visser. »Füllfederhalter. Er hatte eine ganze Sammlung. Montblanc. Davon war er begeistert. So ein Ding konnte gut und gern mal zweieinhalb- bis dreitausend Euro kosten.«

»Und diese Sammlung fehlt?«, fragte Visser.

»Es sieht ganz danach aus. Also darauf war er stolz. Er ersteigerte sich die Sachen bei eBay oder auf anderen Plattformen. Immer wenn er was Neues hatte, kam er damit an und zeigte es mir. Da war er wie ein kleiner Junge.« Sie tippelte auf den Zehenspitzen vorsichtig um den Schreibtisch herum. »Die Schublade ist leer. Nur noch Büroklammern, ein Brieföffner und zwei Tintenfässer. Das Geld ist auch weg.«

»Geld?«

»Ja. Geld. Er bewahrte darin sein Bargeld auf. Wir besitzen keinen Tresor. Ich glaube, wir gehören zu den wenigen Leute hier in der Gegend, die keinen haben.« Sie lachte spöttisch. »Beziehungsweise wir gehörten zu den Leuten, die ohne Tresor auskommen wollten, wie man sieht. Das ist wie mit meinem Schmuck. Der liegt oben im Ankleideraum in einer Schatulle. Die ist zwar abgeschlossen, aber es würde nichts nützen, wenn sie einem Einbrecher in die Hände fiele.«

Faust stieß einen kurzen, dafür umso tieferen Brummton aus. Er schien kaum glauben zu wollen, dass vermögende Leute wie die Reisers keinen Tresor besaßen. »Aber Ihr Schmuck ist noch da?«

»Ja. Ich habe sofort nachgesehen. Der Einbrecher scheint nur in diesem Raum gewesen zu sein.«

»Und wie war das mit dem Bargeld? Das lag einfach so in der Schreibtischschublade?«

»Er sortierte es immer. Darin war er pingelig. Fünfhunderter, Zweihunderter, Hunderter und so weiter. Alle Scheine fein säuberlich und ohne Eselsohren exakt übereinander. Trotzdem schloss er sie nicht weg. Keine Schatulle, keine Mappe, nicht mal eine Klammer. Er legte sie in die Schublade und drehte den Schlüssel. Mehr nicht. Das musste reichen.«

»Wie viel Geld war das denn so in der Regel?«, wollte Visser wissen.

»Och. Da kamen locker immer wieder mal zehn- bis fünfzehntausend Euro zusammen.«

Faust pustete durch. »Also, wie war das mit den Füllern? Waren die in einem speziellen Etui oder in einer extra verschlossenen Kassette?«

»Die waren ihm anscheinend wichtiger als das Geld. Die meisten Füller lagen in einer speziellen Holzbox. Andere in Lederetuis. Dafür konnte er sich ja begeistern. Neben dem Segeln waren die Füller sein großes Hobby.«

»Was hat er denn so geschrieben?«, fragte Visser.

»Er hat kaum etwas geschrieben. Was sollte er auch schon groß mit der Hand schreiben? Manche Leute schreiben ja noch Briefe. Ne. Tim nicht. Old School. Dafür war er nicht der Typ. Aber er hat die Verträge damit unterschrieben. Das war sein Ding. Immer wenn er eine Immobilie gekauft oder verkauft hat, dann unterschrieb er mit Füller.«

»Fehlt denn sonst noch was? Was ist mit den Jagdwaffen? Haben Sie schon nachgesehen?«

»Die sind im Raum nebenan. Den kennen Sie ja sicher noch von der Überprüfung neulich. Am Waffenschrank war niemand. Da ist alles so wie immer. Der scheint den Täter nicht interessiert zu haben. Ich glaube auch nicht, dass jemand oben in der Wohnung war. Da ist alles an seinem normalen Platz.«

»Wann haben Sie den Einbruch entdeckt?«, fragte Visser.

»Um kurz nach zehn. Also keine Stunde her. Ich habe danach sofort bei der Polizei angerufen.«

»Wann haben Sie das Haus zuletzt verlassen?«, fragte Faust.

»Gestern Abend um kurz vor sieben. Ich war mit Jann-

Philipp bei Da Sergio zum Essen. Für 'ne Stunde nur. Wir hatten nicht mehr Zeit. Er musste dringend weg.«

Visser legte die Stirn in Falten, hob den Arm in der Schlinge und zeigte mit der rechten Hand auf seine Armbanduhr. Die Schmerzen hatten offenbar nachgelassen. »Der letzte Dampfer fährt um achtzehn Uhr.«

»Jann-Philipp ist geflogen. Seine Cessna stand am Flugplatz bereit.«

Faust schob die Unterlippe vor und nickte. Er schien ernsthaft beeindruckt zu sein. Er merkte, dass Sophie Reiser-Victorbur ihn von der Seite anschaute und den Blick nicht von ihm nahm. Faust drehte sich und ging einen Schritt auf sie zu. Der Anstandsabstand war bei Weitem überschritten. Nur etwa vierzig Zentimeter trennten das Gesicht der Frau von Fausts bis zum Anschlag aufgepumptem Brustkorb. Sie streckte den Hals und hob langsam den Kopf. Dann spitzte sie die Lippen. Fausts Augen funkelten. Lässig zog er eine Augenbraue nach oben. »Gibt es Fotos von den Schreibkolben?« Sein Bariton klang mindestens so verwegen wie die Stimme John Waynes im Kino-Klassiker »Geier kennen kein Erbarmen«.

Visser grinste, drehte sich um und verließ den Raum. Es dauerte ein paar Sekunden, bis sie antwortete: »Ja, die gibt es. Sie müssten sich auf dem Handy meines Mannes befinden. Aber das haben Sie ja.«

Faust schaute auf und schürzte die Lippen. Dann trat er einen kleinen Schritt zurück und ging wieder auf die vorgeschriebene Distanz. »Ja, wir haben sein Handy.« Er schwieg einen Augenblick. »Hatte Ihr Mann eigentlich nur ein Handy? Das kann ich mir gar nicht vorstellen. Er hatte doch sicher zumindest noch ein Diensthandy.«

»Ja. Er hatte ein zweites Handy. Jetzt, wo Sie es sagen. Sie meinen, ob es auch gestohlen worden ist?«

»Könnte sein. Wo hat er es denn normalerweise aufbewahrt? Auch in seinem Arbeitszimmer? Oder hatte er es immer bei sich?«

Sophie Reiser-Victorbur setzte sich auf die Lehne eines Sessels, der im Flur vor einem Spiegel stand. Faust sah, dass sie angestrengt nachdachte. »Eigentlich weiß ich nur, dass es ein zweites Handy gab. Ich habe ihn aber praktisch nie damit telefonieren gesehen.«

»Er trug es also immer bei sich, oder er bewahrte es in seinem Zimmer bei den Füllern auf.«

»Ja. So war es wohl. Im Alltag achtet man ja nicht immer drauf.«

Nun kam Visser zurück. »Überlegen Sie genau. Wo könnte dieses Handy sein, wenn es nicht gestohlen worden ist? In einer Hose im Korb vor der Waschmaschine? In einer Schublade? In der Garage?«

Sophie Reiser-Victorbur hob die Schultern. Im Spiegel sah Faust ihren schmalen Rücken und den zierlichen Hals. »Hatte Ihr Mann einen Zweitwagen?«, fragte er.

Sie lächelte. »Er hatte drei Autos. Den SUV für die Jagd hatte er im Blautal dabei; den haben Sie ja beschlagnahmt. In der Garage stehen noch der Mustang und der Daimler.«

Visser hob die Stimme und hielt die flache Hand hin: »Die Schlüssel bitte.«

In der Garage steuerte Visser zielgerichtet auf den AMG zu. Das Dach war geschlossen. Auf der Beifahrerseite lag eine Lederjacke. Visser nahm ein Stofftuch aus der Hosentasche und öffnete die Tür. Er benötigte nur wenige Sekunden, um ein Handy aus der Jackentasche zu ziehen.

»Bingo«, sagte Faust. »Ob der Einbrecher hier wohl etwas übersehen hat? Oder ob er mit dem, was er gefunden hat, zufrieden war?«

»Wir werden es in Kürze wissen«, brummte Visser.

Faust trat einen Schritt zurück. Dann folgte er Visser in Richtung Haustür. »Lassen Sie bitte hier alles so, wie es ist. Damit meine ich alle Räume in diesem Haus. Von oben bis unten. In Kürze kommen die Kollegen von der Kriminaltechnik.«

Als sie sich ins Auto setzten, klarte der Himmel endlich

auf. Die ersten Sonnenstrahlen des Tages wischten in breiten Bündeln Straßen und Plätze trocken. Visser nahm den Arm aus der Schlinge und streckte ihn vorsichtig nach vorn. Sein Gesicht trug deutliche Spuren von Erleichterung und Optimismus. Er schaute zurück auf Reisers Anwesen und sagte: »Dieser Einbruch ist alles andere als ein Zufall.«

***

Er hatte seinen Rhythmus längst verloren. Das Gefühl, die Lage im Griff zu haben, war ebenso auf der Strecke geblieben wie der vertraute Reiz und die finale Gier, die ihn beim Betreten des Raumes bislang immer erfasst hatte. Zum ersten Mal fühlte er heute so etwas wie Gleichgültigkeit, als er in der Dunkelheit abtauchte und die Tür hinter sich verschloss. Dabei hatte er sich auf eine veränderte Situation einzustellen. Mit kleinen Schritten tastete er sich nach vorn. Er dachte nicht im Traum daran, das Licht einzuschalten, schließlich war der Zeitpunkt dazu noch nicht gekommen. Sein Zwang verlangte von ihm, das Ritual in der gewohnten Form durchzuführen. Dabei war er sich der Lage durchaus bewusst, denn er hätte leicht in Bedrängnis geraten können. Ihm war klar, dass sie auf dem Boden lag, allerdings war er sich nicht zu hundert Prozent sicher, dass sie sich nach wie vor an der Stelle befand, wo er sie zuletzt gesehen hatte.

Am Morgen nach der Gefangennahme hatte er einen Kunststoffbecher mit Mineralwasser vor dem zitternden Leib abgestellt. Das intervallmäßige Schummerlicht des Handys hatte ausgereicht, um ihre Konturen zu erkennen. Sie war nach wie vor in die Decke eingehüllt, die er ihr noch am Abend nach der Eskalation zusammen mit einem leeren und einem mit Wasser gefüllten Eimer gegeben hatte. Zu dem Zeitpunkt kauerte sie an der Wand, ein paar Meter neben dem Schrank. Sie war zwar extrem schwach, trotzdem hatte er nicht darauf verzichtet, sie mit Kabelbindern zu fesseln und ihr gleichzeitig

Panzerband über den Mund zu kleben, um damit, mit Blick auf den gefüllten Wassereimer, den Grad der Folter noch zu erhöhen. Seitdem hatte er den Raum nicht mehr betreten, er hatte die finsteren Wände mit ihr allein gelassen. Sie würden sie bewachen, im Bündnis mit der Dunkelheit wäre es kein Problem, sie in Schach zu halten, dachte er.

Fuß um Fuß tastete er sich voran. Immerhin war es möglich, dass sie ihren ganzen Körper ruckartig bewegte und versuchen würde, ihn mit einem plötzlichen Beinschlag zumindest ins Straucheln zu bringen. Doch nichts dergleichen geschah. Die Finsternis nährte das Schweigen, nicht einmal ein leises Röcheln war zu vernehmen. Stattdessen hatte der geschundene Körper mittlerweile ein Odeur geschaffen, das ihn in immer kürzer werdenden Abständen panikartig zum Husten brachte.

Als er die Urne aus dem Schrank genommen hatte und am Tisch angelangt war, konnte er die Lampe endlich einschalten. Als Erstes fielen ihm die vielen Fingerspuren an den Wänden des Gefäßes auf. Er wusste, sie stammten von ihm, vom vergangenen Mal, als die Sache hier aus dem Ruder gelaufen war. Doch das war keine Entschuldigung dafür, dass er das Wertvollste, das er besaß, in dieser Weise zurückgelassen hatte. Wut keimte in ihm auf, er biss sich auf die Lippen. Er hustete erneut. Ein Krachen, ein Stöhnen. Die Augen röteten sich von der Wucht des Prustens, die Nase lief. Erst als er sich wieder beruhigt und die Spuren auf der Urne mit dem Ärmel des Pullovers beseitigt hatte, öffnete er das Gefäß. Dann schloss er die Augen, und auf einmal kehrte das vertraute Gefühl von Behaglichkeit und Verlangen zurück; dieser Reiz, der ihn nun schon so viele Jahre lang begleitet hatte. Also fasste er in die Urne hinein und griff nach dem Stoff, um ihn durch die Finger gleiten zu lassen. Doch das aufsteigende Gefühl hemmungsloser Begierde zerfiel von der einen Sekunde auf die andere in einem infernalischen Schrei, der wie eine Sirene in die Perversion der Stille schnitt.

»Teufel, elender Teufel.« Ihre Stimme wühlte sich in seine Brust und grub sich in seinen Magen wie ein Spatenblatt in den Sand. »Teufel! Teufel!« Sie wiederholte die markerschütternden Schreie, die ihn nicht nur aus dem Konzept brachten, sondern ihn auch des letzten normalen Gedankens zu berauben drohten, der ihm noch geblieben war. Vermutlich wusste er nicht mehr, was er tat, als er aufstand und realisierte, dass es ihr gelungen war, das Panzerband vom Mund zu entfernen; irgendwie. »Teufel, dreckiger, gottverdammter Teufel.«

Erst als er den Fuß von ihrem Kopf zurückzog, verstummte sie. Das Blut, das aus ihrem Mundwinkel lief, sah er nicht mehr, weil er zu diesem Zeitpunkt bereits wieder auf dem Stuhl saß. Er wartete eine Weile, bis er spürte, dass die vertraute Stille zurückgekehrt war. Dann schaltete er das Licht aus. Er wollte endlich mit dem Raum und dem Geheimnis, das er mit ihm gemein hatte, allein sein. Dann nahm er die Urne, fasste hinein und begann von Neuem. Niemand hinderte ihn. Die Dunkelheit ließ ihn gewähren, im Raum ohne Tag störte ihn diesmal nichts.

Als er fertig war, schaltete er die Lampe an, verschloss die Urne im Schrank und setzte sich zurück an den Tisch. Er schrieb: »4385. Meine Liebe. Die Sache wird immer schwieriger. Unser Zusammensein muss jedes Mal neu erkämpft werden. Man könnte sagen, es ist eine Krise. Aber wir werden sie gemeinsam überstehen. Vertrau mir. Ich möchte mich aber heute auch bei dir bedanken. Für dein Vertrauen, für deine Hingabe. Für deine Liebe.«

Nachdem er die Kladde geschlossen hatte, legte er sie in die Schublade. Dann löschte er das Licht und verließ den Raum.

ZWÖLF

Nach dem zähen Ortstermin in der alten Kurmittelhaus-Ruine am Vormittag und der Vernehmung von Sophie Reiser-Victorbur nach dem dubiosen Einbruch hatten Visser, Neumann, Schröder und Faust am späten Nachmittag konkrete Überlegungen angestellt, wie sie am geschicktesten vorgehen sollten. Dabei war es ihr Ziel, einen minutiösen Plan zu erstellen und noch einmal alle Einzelheiten und die daraus resultierenden Eventualitäten durchzuspielen. Fehler wollten sie unter allen Umständen vermeiden, der Druck der Medien und auch der Polizeidirektion in Osnabrück war mit Händen zu greifen.

Wie gut, dass Inspektionschef Lindemann trotz manch strengen Blickes hinter ihnen stand, sie bei der Presse und bei der Oberstaatsanwältin in Aurich verteidigte und ihnen stets das sichere Gefühl gab, ihnen ohne Wenn und Aber zu vertrauen. Allerdings wunderte es sie nicht, dass Lindemann für den morgigen Dienstagmittag eine weitere Pressekonferenz einberufen hatte. Sie sollte wegen des riesigen öffentlichen Interesses dieses Mal im Weißen Saal des Conversationshauses stattfinden. Lindemann war daran gelegen, großzügige Räumlichkeiten zur Verfügung zu stellen und die Journalisten durch offensive Pressearbeit vor Ort zu beeindrucken. Zudem war die Presseabteilung seit Tagen dazu angehalten, den Stand der Ermittlungen auch über die sozialen Netzwerke so offen wie nur irgend möglich zu transportieren.

Selbstverständlich waren die spektakulären Ereignisse auf Norderney auch Bestandteil von Lindemanns täglichem Polizeiblog zur allgemeinen Sicherheitslage im Landkreis Aurich. Diese Form der zeitgemäßen Kommunikation betrieb Lindemann seit einigen Monaten mit großem Erfolg. In Sachen Öffentlichkeitsarbeit war die Polizeiinspektion Aurich damit wesentlich moderner aufgestellt als so manche vor sich hinschlummernde Parteizentrale in Berlin, wo gerade eine ebenso heftige wie peinliche Debatte über angemessene Kommunikationsmethoden im 21. Jahrhundert ausbrach.

Auf der Norderneyer Polizeiwache ging es zunächst um die Arbeit der beiden Observierer. Relativ übersichtlich gestaltete sich dieser Auftrag bei Dirk Kampmeier. Der verließ morgens um kurz vor acht das Haus und fuhr mit dem Rad zur Kurverwaltung. Die Mittagspause verbrachte er im Extrablatt, und abends war er gegen achtzehn Uhr zu Hause. Es fiel lediglich auf, dass er immer allein war. Auch zu Besuch kam niemand.

Bei Schierkes war mehr los. Dies ergab sich schon aus der Tatsache, dass sie die Tischlerei betrieben und deshalb im Büro Kunden ein und aus gingen. Bent benutzte meist den Eingang seines Privathauses, das sich direkt neben dem Firmengebäude befand. Während der normalen Arbeitszeiten war er dem jungen Polizeibeamten zweimal abhandengekommen, denn es war nicht immer leicht, auf den Baustellen die Übersicht zu behalten. Auffälligkeiten waren aber auch in seinem Fall bislang keine zu vermelden, zudem waren die Observierer sicher, dass Kampmeier und Schierke in den vergangenen rund sechsunddreißig Stunden keinen persönlichen Kontakt hatten. Vermutlich handelte es sich bei dem Einbruch in Reisers Arbeitszimmer um einen besonderen Einbruchsdiebstahl.

»Der Täter hat präzise und gezielt gehandelt. Er muss gewusst haben, dass er dort etwas findet, das er gebrauchen kann«, sagte Visser.

Faust kratzte sich die Glatze. »Geld und Wertsachen.«

Vissers »Ja« kam ungewöhnlich leise und zurückhaltend daher.

Faust schaute ihn an. »Denkst du auch, dass da noch etwas ganz anderes dahinterstecken könnte?«

»Yep. Aber ich habe – ehrlich gesagt – keine Idee, was das sein könnte. Wenn wir aber zunächst davon ausgehen, dass er ungefähr zehn- bis zwölftausend Euro mitgenommen hat, außerdem die Füller-Sammlung, die ja noch deutlich wertvoller zu sein scheint, dann war das auf jeden Fall eine gute Ausbeute.«

»Allerdings. Nehmen wir doch mal an, es handelt sich um zwanzig Edelschreibgeräte, von denen das Stück im Durchschnitt zweitausendfünfhundert Euro kostet, dann summiert sich das mal schnell auf fünfzigtausend Tacken.«

Visser blies in die Backen. »Wenn ich zwei dieser Füller hätte, dann würde ich die auf der Stelle verticken und dann mit Frauke auf die Malediven fliegen.«

Faust lachte. »Böser Junge. Denk an deinen ökologischen Fußabdruck.«

»Im Vergleich zu den Fußabdrücken anderer ist meiner kleiner als der einer handelsüblichen Silbermöwe im Watt.«

»Aber mal im Ernst, Gent. Wenn Reisers Frau recht hat beziehungsweise die Wahrheit sagt, dann ist ja sonst nichts von Bedeutung geklaut worden. Die Frage ist doch: Was macht rund zwölftausend Euro Bargeld und eine fünfzigtausend Euro teure Füller-Sammlung so speziell? Ich meine natürlich über den finanziellen Wert hinaus.«

»Dazu fällt mir auch nichts ein. Wir müssen es herausfinden.«

»Oder die schöne Sophie verschweigt uns etwas.«

»Ich habe keine Lust mehr, mich im Kreis zu drehen. Irgendjemand führt uns gerade am Nasenring durch die Arena«, polterte Visser.

Faust sah, wie Visser in nur wenigen Sekunden in Rage geriet. Erst nach innen, dann nach außen. Sein Kopf wurde rot, die Halsschlagader schwoll an. Wütend riss er sich die Armschlinge von der Schulter und feuerte sie in die Ecke. »Ich habe die Schnauze voll. Wo sind die Kriminaltechniker? Wann kommen die endlich? Die müssten doch schon lange hier sein.«

Da Faust Visser genau kannte, nahm er vorsichtshalber ein wenig Abstand. Er ging zu seinem provisorischen Schreibtisch und setzte sich. Denn er wusste: Das, was er jetzt vorbringen musste, könnte Visser erheblich in Aufruhr versetzen. »Gent, hör zu. Ich habe es dir bisher noch nicht gesagt. Ich hatte noch keine Gelegenheit dazu. Lindemann hat vorhin angerufen.« Visser senkte den Kopf, sodass das Kinn die Brust berührte. Sein Nacken schwoll an und wurde breit wie ein Stück Kantholz. Faust fand, dass Visser wie ein Stier wirkte, der kurz davor war, dem Torero beide Hörner in den Bauch zu rammen. »Was hat er gesagt?«, fragte Visser im Flüsterton.

»Die Kriminaltechniker kommen morgen früh. Mit der ersten Fähre. Vorher geht es nicht. Drei Kollegen sind krank, die anderen haben auf dem Festland zu tun. Doppelmord in Aurich.«

Nun kam, was kommen musste: Visser schnaufte kurz, aber kräftig durch, dann brach es aus ihm heraus: »Was schert mich ein Doppelmord in Aurich? Die sollen auf dem Scheiß-Festland den Kühlschrank aufmachen, die Bude versiegeln und gefälligst erst mal hierherkommen. Die können da auch morgen noch rumpinseln. Wir rödeln hier seit Tagen wie die Verrückten über die Insel, lassen uns halb totschießen, und was ist der Dank?« Visser stand der Schweiß auf der Stirn, er musste eine kurze Pause einlegen, um die Atmung einigermaßen zu regulieren. »Der Dank ist, dass wir hängen gelassen werden. Null Unterstützung. Null.«

In Vissers Dienstzimmer war es danach mucksmäuschenstill. Faust blieb auf dem Stuhl sitzen und schwieg. Er beobachtete nur, wie Visser eine Zigarette aus der Packung nahm und sie sich anzündete. Neumann und Schröder, die Vissers Ausraster beigewohnt hatten, verdrückten sich lautlos. Sie hatten den Auftrag, die morgige Pressekonferenz vorzubereiten. Der Tag war insgesamt gesehen also alles andere als lustig.

Als Faust das Hotel Georgshöhe betrat, war es bereits kurz nach zwanzig Uhr. Spätestens nach diesem Tag brauchte er dringend eine Sporteinheit. Seitdem er als offizieller Chef der Soko »Isabel« auf Norderney unterwegs war, hatte er nicht einen einzigen Strandlauf unternommen, geschweige denn seine Übungen im Kraftraum gemacht. Im großzügig ausgestatteten Fitnessstudio des Wellness-Tempels direkt am Nordstrand würde er sich nun endlich noch einmal tüchtig austoben.

Das Fitnessstudio füllte sich im Fünfminutentakt, als Faust sich locker-lässig auf den Crosstrainer schwang und sein Tempo nach und nach steigerte. Faust trug ein blaues, ärmelloses Funktionsshirt, blaue knielange Shorts und eine orangefarbene, dünne Chillout-Mütze. Er starrte auf den Bildschirm vor ihm und schnaufte. Als zwei Frauen in hautengen, bunt gemusterten Sportleggings auf die beiden Crosstrainer neben ihm stiegen, begrüßte er sie mit einem lässigen Nicken und erhöhte das Tempo. Gleichzeitig zog er sein Shirt ein wenig nach unten, wodurch die Brustbehaarung besser zur Geltung kam.

Nach knapp einer halben Stunde stieg er ab. Laut Digitalanzeige hatte er exakt dreihundertsechsundsiebzig Kalorien verbraucht. Er war zufrieden, aber auch geschafft. Er war vollkommen aus der Puste. Die beiden Frauen strampelten munter weiter. Ob sie ihn überhaupt wahrgenommen hatten, wusste er nicht. Deshalb ging er noch mal zu seinem Crosstrainer zurück, umrundete ihn und tat so, als würde er etwas suchen. Dann nahm er ein feuchtes Tuch aus dem Hygienespender und wischte die Handgriffe ab. So gründlich hatte er das noch nie gemacht. Die Frauen schauten sich kurz an, dann lachten sie.

»Kleiner Putzteufel«, sagte die eine, während sie auf ihn herabschaute.

Faust antwortete nicht. Er drehte sich ab und warf die Tücher in den Korb. Doch er hatte wenig Zeit, um sich über diese Szene zu ärgern. Denn nur wenige Meter entfernt sah er Frank Kornbach. Er lag auf einer Bank und stemmte Hanteln.

Er musste schon eine Weile hier sein, denn er machte auf Faust einen erschöpften Eindruck. Seine Stirnhaare klebten am Kopf, durch den Schweiß sahen sie wesentlich dunkler aus, als sie in Wirklichkeit waren. Auf die Entfernung meinte Faust zudem, Kornbach sei nicht nur unrasiert, sondern er führe auch Selbstgespräche. Doch bei genauem Hinsehen bemerkte Faust, dass ein Mann hinter Kornbach stand und sich mit ihm unterhielt. Er trug schwarze Shorts und ein leuchtend weißes Baumwoll-T-Shirt sowie weiße Sportschuhe. So wie es aussah, benutzte der Mann diese Sachen heute das erste Mal.

Faust ging ein Stück auf die Männer zu, blieb aber auf Abstand und hielt das Handtuch vor Mund und Nase, damit er nicht erkannt werden konnte. Erst jetzt bemerkte er den dunklen Dreitagebart und die buschigen Augenbrauen des Mannes. Es war Bent Schierke, der nun mit Dehnübungen begann, sich ein Gymnastikband nahm und sich vor Kornbach stellte. Der stemmte nach wie vor Gewichte. Faust sah Schierke nur noch von hinten und beobachtete, wie dieser sich mit den Füßen auf das Band stellte, es an den Händen fasste und immer wieder hochzog. Faust ging ein Stück in Richtung der Laufbänder, von dort aus hatte er die Gelegenheit, die Männer im Profil zu beobachten.

Während Bent das Gummiband strapazierte, traten seine kräftigen Bizepse deutlich hervor. Aber auch die stark behaarten Unterarme schwollen deutlich an. Trotz der Anstrengung redete Bent unaufhörlich. Die Musik verhinderte, dass Faust etwas davon aufschnappen konnte, näher heranzugehen wagte er nicht. Er wollte unter allen Umständen unbemerkt bleiben. Abrupt ließ Kornbach die Hantelstange krachend in die Halterung fallen. Er hob den Kopf ein wenig und verschränkte die Arme hinter dem Nacken. Dann schloss er für ein paar Sekunden die Augen. Als er sich dann plötzlich aufrichtete und sich Bent zuwandte, warf der sein Gymnastikband in die Ecke und verließ den Raum. Kornbach nahm sein Handtuch und trocknete damit Gesicht und Arme. Kurze Zeit später verschwand auch er in der Umkleide.

Faust nahm sein Smartphone aus der Oberarmtasche und rief Visser an.

***

Im Conversationshaus war an diesem Vormittag besonders viel Betrieb. Möglicherweise lag dies daran, dass die lokalen Medien die heutige Pressekonferenz angekündigt hatten und einige Urlauber einen neugierigen Blick in den Weißen Saal werfen wollten. In der Tat gab es einiges zu sehen: Mehr als vierzig Medienvertreter waren am Morgen nach Norderney gereist. Auf dem Rasen des Kurplatzes standen fünf Übertragungswagen verschiedener Fernsehsender. Überall Stative, Mikrofone und aufgeregt umherlaufende Fernsehleute. Auf der Insel gab es spätestens jetzt nur noch ein Thema: den Mord an Isabel Schierke und die vermutlich daraus resultierenden Gewalttaten an Tim Reiser und Gent Visser. Vor der Theke der Tourist-Info standen sich zahlreiche Feriengäste um kurz vor elf bereits auf den Füßen, und auch die Bibliothek und das Café verzeichneten regen Zulauf.

Neumann ging mit hochrotem Kopf vor der Tür des Weißen Saales auf und ab und passte auf, dass niemand durchschlüpfte, der dort nichts zu suchen hatte. Wer ihn kannte, der wusste, dass er Pressearbeit hasste wie nichts anderes auf der Welt. Und ausgerechnet er war mal wieder zur Unterstützung der Auricher Presseabteilung eingeteilt worden.

Während er die Medienvertreter auf einer Liste abhakte und ihnen ihre Plätze zeigte, fluchte er leise vor sich hin und fragte sich, wo Visser blieb. Zu seiner Überraschung sah er auch Janko Rass. Wie immer ziemlich blass um die Nase, kauerte er ein wenig verschüchtert auf einem der Polsterstühle und hielt sich an seiner Fotokamera fest. Er musste von der Gartenseite her hineingekommen sein, überlegte Neumann, der wusste, dass Janko nebenher für die Badezeitung als freier Fotograf arbeitete. Sicher hatte Janko ein besonderes Interesse daran, an dieser Pressekonferenz teilzunehmen. Durch seinen Sonntagsausflug ans Wrack war die ganze Sache schließlich erst ins Rollen gekommen.

Im Gegensatz zu Visser war Faust bereits anwesend. Er stand im Saal in einem Pulk zusammen mit Lindemann, dessen Pressesprecher, dem Kurdirektor und einer Journalistin, die ihrem Kameramann Anweisungen gab, wen er wie aufzunehmen hatte. Sie schien an diesem Morgen die wichtigste Person im Saal zu sein, abgesehen von Faust. Er war vor einer guten halben Stunde mit schlechter Laune angekommen, weil er sich in der Kurmittelhaus-Ruine mit einem Mitarbeiter der Kriminaltechnik gestritten hatte. Doch als die Journalistin ihn darum bat, sich für die Aufnahmen ein wenig ins Profil zu stellen, schob er nicht nur den Bund seiner Bomberjacke über den Pistolengriff, sondern ließ unmittelbar danach einen Blick folgen, der dem Humphrey Bogarts in der weltberühmten Kussszene in »Casablanca« in nichts nachstand. Würde Ingrid Bergmann noch leben, spätestens heute wäre sie mit Sicherheit erneut schwach geworden.

Die Pressekonferenz hatte eigentlich pünktlich beginnen sollen. Doch wo war Gent Visser? Alle warteten auf ihn. Dabei war Unpünktlichkeit nicht sein Ding. Im Saal wurde es allmählich unruhig, und Lindemann schaute andauernd auf die Uhr. Faust wusste nur, dass Visser am Morgen noch rasch zum Hausarzt wollte, um sich ein Rezept für neue Medikamente gegen die Schmerzen zu besorgen. Dass Visser aber seit einer guten Stunde gar nicht mehr zu erreichen war, wunderte auch Faust. Der fragte sich mittlerweile, ob Visser nach seinem Wutanfall von gestern gerade irgendetwas auf eigene Kappe unternahm und die Pressekonferenz schlicht und einfach schwänzte. Denn wenn sie beide heute Morgen irgendetwas nicht gebrauchen konnten, dann war es diese Veranstaltung.

Dann endlich, mit einer guten Viertelstunde Verspätung,

kam Visser um die Ecke, blass wie ein Bettlaken und mit einer neuen Armschlinge. »Die warten schon alle auf dich. Wo warst du?«, fragte Neumann.

»Bleib ganz ruhig, mein Junge«, gab Visser zurück. »Ich habe eine extrem unruhige Nacht hinter mir. Diese verdammte Wunde. Ich habe eine Ibu nach der anderen geschluckt.«

»Du warst zu unvorsichtig. Du hättest die Schlinge nicht ablegen dürfen«, flüsterte Neumann und schaute Visser dabei vorwurfsvoll an.

»Lasst mich alle in Ruhe. Ein Anschiss am Tag genügt. Frauke hat mir auch schon einen Vortrag gehalten und mich gezwungen, ins Krankenhaus zu gehen.«

»Und?«

»Sie haben mir eine Infusion gegeben. Jetzt geht's wieder«, sagte Visser und betrat mit großen Schritten und düsterer Miene den Saal.

Lindemann eröffnete die Pressekonferenz und ging noch einmal ausführlich auf die Ereignisse der vergangenen Tage ein. Visser und Faust rahmten ihn auf dem kleinen Podium am Tisch, der sich direkt unter dem riesigen Ölgemälde König Georgs befand, ein. Während die Erklärungen Lindemanns kein Ende nehmen wollten, wurden Visser und Faust immer unruhiger. Sie saßen auf heißen Kohlen, schließlich wussten sie genau, dass zur gleichen Zeit die Kriminaltechnik sowohl im alten Kurmittelhaus arbeitete als auch im Arbeitszimmer Tim Reisers nach Spuren suchte. Sie versprachen sich davon wichtige Erkenntnisse und endlich den Durchbruch in den laufenden Ermittlungen.

Nach Lindemanns gut zwanzigminütigem Monolog galt die erste Frage eines Reporters der heimischen Badezeitung Gent Visser. »Wie sicher sind Sie, dass die Schüsse auf Sie in Zusammenhang mit den Morden an Tim Reiser und Isabel Schierke stehen?«

Visser nahm das Mikrofon in die Hand und stieß zunächst einen kurzen Brummton aus. Im Saal hätte man in diesem

Moment die sprichwörtliche Stecknadel fallen hören können.
»Natürlich bietet es sich an, hier zu glauben, dass die Schüsse auf mich etwas mit den beiden anderen Taten zu tun haben. Genauso gut kann es Zufall gewesen sein. Die Tat eines psychisch Kranken etwa, der ebenso auf der Marienhöhe eine Kellnerin hätte erschießen oder erstechen können. Beispiele für Taten dieser Art gibt es ja reichlich, auch in Deutschland, das muss ich Ihnen nicht näher erklären.«

»Andererseits?«, setzte der Lokalredakteur nach.

»Selbstverständlich denken wir in alle Richtungen. Natürlich kann es auch jemand gewesen sein, der sich an mir rächen wollte, weil ich jemanden aus seinem Dunstkreis oder ihn selbst irgendwann einmal verhaftet habe. Da verlieren sich die Ermittlungen und Nachforschungen allerdings im Reich der Spekulation. Das Problem ist, dass die Spurenlage nach wie vor zu wünschen übrig lässt.«

In dem nun aufkommenden Gemurmel im Saal stach die helle, näselnde Stimme des Badezeitungsredakteurs erneut heraus. »Ich könnte mir vorstellen, dass es für einen gebürtigen Insulaner nicht leicht ist, Ermittlungen im engen Umfeld bekannter, alteingesessener Familien zu führen.« Im Raum wurde es wieder still, die ungeteilte Aufmerksamkeit richtete sich auf den Reporter. Er fuhr fort: »Ich denke da beispielsweise an die Familie Schierke, aber auch an die Familie von Tim Reiser. Kann man, wenn man gemeinsam auf einer vergleichsweise kleinen Insel groß geworden ist und jeder jeden kennt, so intensiv und tiefgründig ermitteln wie jemand, der von außen kommt und dadurch einen ganz anderen Blick auf die Dinge hat?«

Das anfängliche Schweigen im Saal musste auf den Reporter wie rauschender Applaus wirken. Es war tatsächlich die Anerkennung für seine äußerst mutigen Fragen. Nicht nur die anderen, teils von weither angereisten Journalisten nickten zustimmend, einige zückten sogar ihre Kameras und fotografierten den jungen Kollegen der Lokalzeitung, wie er mit großen blauen Augen, blassem Gesicht und blonden Locken vor der versammelten Medienschar stand und mit leicht zitternder Hand das Mikrofon in der Hand hielt.

Visser bewahrte die Ruhe, aber er antwortete nicht selbst. Er gab das Mikro an Faust weiter. Der nahm noch einen Schluck Wasser und sagte dann mit ruhiger Stimme: »Ich kann den Hintergrund Ihrer Frage verstehen, und es ist gut, dass Sie diese Frage stellen. Für einen Urlauber ist die Insel vielleicht groß, für einen Insulaner ist sie klein, zumal dann, wenn man hier lebt und den Alltag hier verbringt. Was sind dann schon vierzehn mal zweieinhalb Kilometer? Aber glauben Sie mir: Die Frage, die Sie gerade dem Kollegen Visser gestellt haben, die stellt er sich jedes Mal selbst; jedes Mal aufs Neue. Ich könnte Ihnen an dieser Stelle irgendeinen unsäglichen Mist erzählen nach dem Motto: ›Herr Visser ist aber ein Polizist durch und durch, und er ermittelt mit Leidenschaft und einem hohen Maß an Selbstdisziplin.‹ Aber nein, diese hohlen Phrasen erspare ich uns und Ihnen allen.«

»Ja, was ist denn jetzt?«, unterbrach ihn eine etwas ältere Journalistin mit extremem Kurzhaarschnitt und einem Blick, als hätte sie am Morgen das Elend der ganzen Welt eingeatmet. »Liegt denn der Verdacht nahe, dass es sich hier um eine rein insulare Angelegenheit handelt? Dass hier Familiendynastien Krieg führen? Neid, Missgunst, Leichen im Keller, offene Rechnungen?«

Und wieder ging ein Raunen durch den Saal. Mehrere Fotografen standen nun auf und näherten sich dem Podium. In der hintersten Reihe zündete sich eine Journalistin eine Zigarette an und klopfte die Asche in die halb leere Streichholzschachtel hinein. Janko nahm seine Kamera, setzte ein Teleobjektiv auf und erhob sich von seinem Platz. Dann nahm er Visser ins Visier.

Im gleichen Moment gab Visser Faust ein Zeichen und griff nach dem Mikro. »Meine Damen und Herren. Ich fasse mal eben zusammen, werde es aber kurz machen, denn wir haben heute noch verdammt viel zu tun. Erstens: Ich bin nicht befangen. Junger Mann, es ehrt Sie, eine solch mutige Frage zu stellen. Aber ich kann Sie beruhigen. Falls es erforderlich ist und die Beweislage dafür ausreichen sollte – und darum geht es ja schließlich immer in unserem Job –, dann packe ich die Person, die gerade relevant ist, am Kragen und stecke sie in unsere schöne kleine Zelle auf der Wache drüben am Fuße der Knyphausenstraße.«

Während er das sagte, zeigte er die rechte Pranke und ballte sie zu einer mächtigen Faust. Janko drückte ab. Das nun folgende Blitzlichtgewitter der anderen Fotografen ließ Visser stoisch über sich ergehen. Dann fuhr er fort: »Zweitens: Weder ich noch irgendeiner meiner Kollegen machen einen Unterschied in Bezug auf insulare Gefühlsduselei. Ob es sich da um einen Feriengast handelt oder um einen seit Jahrhunderten auf Norderney beheimateten Insulaner. Jedem die Strafe, die er verdient. Oder anders formuliert: Vor dem Gesetz, auf hoher See und im Zuge der Ermittlungen von Gent Visser und Carlo Faust sind alle gleich.« Er atmete kurz durch. Dann fügte er hinzu: »Meinetwegen auch vor Gott. Aber den halten wir hier an dieser Stelle lieber mal raus.«

Bevor im Saal größeres Gemurmel und Gelächter aufkam, hob Visser den Arm erneut und zeigte an, dass er noch etwas sagen wollte. Faust schaute an Lindemann vorbei in Richtung Visser und begann zu grinsen, während sich auf Lindemanns Stirn eine kraterartige Faltenlandschaft bildete. Er schien sich um den geordneten Fortgang dieser Veranstaltung erhebliche Sorgen zu machen.

»Meine Damen und Herren. Ich bin mir im Klaren darüber, wie wichtig für uns als Polizei eine gute Presse- und Öffentlichkeitsarbeit ist. Aber ich sage es Ihnen ganz ehrlich. Diese Konferenz läuft gerade zur Unzeit. Während wir hier sitzen oder stehen und uns über Befangenheit und die Enge einer Insel unterhalten, pinseln sich zur gleichen Zeit die Kolleginnen und Kollegen von der Kriminaltechnik nur ein paar Meter von hier entfernt unter Hochdruck die Borsten vom Arbeitsgerät. Und Sie können sich gar nicht vorstellen, wie gern ich bei dieser Spurensicherung dabei wäre, damit wir endlich weiterkommen.« Dann stand Visser auf. »Und noch etwas. Ich liebe meinen Beruf. Ich liebe ihn so sehr, dass ich ihn unbedingt weiter ausüben möchte, und zwar sofort. Ich bitte Sie um Verständnis und wünsche Ihnen noch einen schönen Tag.«

Dann hob er sein läutendes Handy in die Luft, ging ran, meldete sich laut und deutlich im tiefsten ihm zur Verfügung stehenden Bass: »Polizei Norderney, Visser.« Mit raumgreifenden Schritten ging er gleichzeitig Richtung Saaltür, wo Neumann immer noch stand und verdutzt dreinblickte. Plötzlich blieb Visser stehen. Seine mächtige Hand presste das Handy fest ans Ohr. »Was sagen Sie da? Ein Film? Ein Video?«, brummte er im Flüsterton. »Halten Sie mich auf dem Laufenden. Zeitnah bitte.« Dann verließ er den Saal. Neumann schaute ihm fragend nach und zog die Tür zu. Auf dem Podium hatte Lindemann mit glühenden Ohren das Wort wieder übernommen.

DREIZEHN

Als Gent Visser auf den Hof der Tischlerei Schierke einbog, schloss sich gerade das riesige Rolltor, hinter dem sich die Werkstatt verbarg. Weil er sich bei den Schierkes auskannte, betrat er die Halle durch die eiserne Seitentür. Er war froh, dass er nun endlich den in seinen Augen längst überfälligen Besuch machen konnte. Nach dem Eklat, für den er am Morgen bei der Pressekonferenz gesorgt hatte, musste er am Nachmittag allerdings zunächst noch eine Kopfwäsche von Lindemann über sich ergehen lassen. Und die hatte es in sich. Lindemann hatte nach Vissers eigenmächtigem Verlassen der Konferenz größte Probleme, die Veranstaltung wieder unter Kontrolle zu bekommen. Visser wusste, dass er weit übers Ziel hinausgeschossen war, und entschuldigte sich deshalb bei seinem Vorgesetzten in aller Form.

Er und Faust hatten abgesprochen, sich für den Rest des Tages die Arbeit aufzuteilen, zumal sie mit einigen Vernehmungen und Recherchen zeitlich im Rückstand waren. Während Faust die Kollegen der Kriminaltechnik ins Haus von Tim Reiser begleitete, war es Visser ein dringendes Anliegen, mit der Familie Schierke zu reden. Bent stand auf seinem Zettel ohnehin ganz oben. Nach dessen ominösem Kneipenabend mit Dirk Kampmeier war es jetzt endgültig an der Zeit, ihn in die Mangel zu nehmen, obgleich seine Observation bislang vollkommen ergebnislos geblieben war.

Als Visser die Werkstatt betrat, schaute er in drei gleichgültige Gesichter. Nicht nur Bent, sondern auch Vater Knut und Mutter Rieke waren anwesend. Es roch nach Leim und frisch verarbeitetem Holz. Bent war dabei, die Werkbänke aufzuräumen. Er packte Handhobel, Bohrer, Eisenwinkel und einen Zollstock in eine der vielen Montagekisten. Während Visser auf ihn zuging, um ihn zu begrüßen, kehrte er Sägemehl vom Tisch und leerte die Schaufel über einem großen Plastiksack aus.

Als Visser einen Schritt näher trat und »He!« sagte, nickte Bent nur, nahm die Augen gleich wieder von Vissers Gesicht und fuhr mit der Arbeit fort. Er ging ein paar Meter weiter in Richtung eines großen Fensters, wo eine riesige Hobelbank stand. Er bückte sich und hob einen Stechbeitel auf, der zwischen den Holzspänen lag, die den Boden bedeckten. Als er sich aufrichtete, stieß er sich den Kopf an der Hobelbank. Bent verzog das Gesicht, rieb sich die Stirn und fluchte leise in sich hinein. Dann schnippte er mit dem Zollstock den Kronkorken von einer Bierflasche und nahm ein paar tiefe Schlucke. Es schien nicht sein erstes Bier heute zu sein. Visser hatte seine Fahne schon bei der Begrüßung gerochen, obwohl Bent gar nichts gesagt hatte.

Rieke und Knut saßen nebeneinander auf einem Stapel ungehobelter Kanthölzer. Ihre Gesichter waren so leer wie ein Raum ohne Möbel. Ihnen fehlte jeglicher Ausdruck, die Gleichgültigkeit hatte sich im Laufe der vergangenen beiden Wochen sogar noch gesteigert. Aus ihren trüben Augen quoll eine Mischung aus Teilnahmslosigkeit und Abstumpfung, ein wirkliches Lebenszeichen oder auch nur einen Hauch von Hoffnung suchte man in ihren verlorenen Blicken vergeblich.

»Können wir reden, Bent? Gern auch woanders«, sagte Visser. Er stützte sich an der Drechselbank ab. Von dort aus konnte er alle drei Schierkes gut sehen.

»Wenn du meinst, du müsstest mit mir reden, dann tu das hier. Meine Eltern können alles hören. Wir haben hier keine Geheimnisse.«

»Was hast du am Samstagabend mit Dirk Kampmeier gehabt? Worüber habt ihr gesprochen?«, kam Visser gleich zur Sache.

»Wir waren bei Tante Jens und haben gefeiert. Ist das etwa verboten?«

Visser ging auf die Gegenfrage erst gar nicht ein. »Was hattet ihr denn für einen Grund zum Feiern?«

»Darf man jetzt schon nicht mehr einfach so ein paar Bier trinken? Es war Wochenende. Da gehen viele Leute zum Feiern in die Kneipen.«

»Kennt ihr euch schon lange? Ich meine Kampmeier und du?«

»Ich bin zweiunddreißig Jahre alt. Also kenne ich Dirk seit mittlerweile zweiunddreißig Jahren. Wir leben hier auf einer Insel. Das müsstest du doch auch ganz genau wissen. Bist doch auch einer von hier.«

Visser ärgerte die unfreundliche, forsche Art Bents. Er zog die Zügel an. »Hör endlich auf, dich wie ein Arschloch zu benehmen, Bent. Du hast meine Frage durchaus verstanden. Also noch mal: Seid ihr befreundet? Wenn ja, seit wann?«

»Woher weißt du eigentlich, dass Kampmeier und ich am Samstag bei Tante Jens Bier getrunken haben?«

»Bent, ich habe dich gesehen. Ich war auch in der Disco. Zusammen mit meinem Kollegen Carlo Faust.« Visser lachte süffisant. »Und zu deiner Information. Wir haben auch gefeiert. Es war ja Wochenende.« Bent warf Visser einen verächtlichen Blick zu. »So. Und nun sagst du mir, ob ihr befreundet seid und wie lange ihr euch schon kennt.«

»Wir sind nicht befreundet. Wir kennen uns mehr oder weniger vom Sehen.« Bent nahm einen großen Schluck aus der Pulle, wischte sich mit dem Ärmel des staubigen Pullovers den Mund ab und rülpste leise. »Dirk ist regelmäßig im Kingsclub. Meistens ist er allein. Früher habe ich ihn schon mal mit Tim Reiser dort gesehen.«

»Du willst mir damit also sagen, dass ihr am Samstag zufällig zueinandergefunden habt?«

»Richtig. Die Bude war voll. Eigentlich so wie immer. Da muss man als Gast den Platz nehmen, der gerade zur Verfügung steht.«

»Ja, der Laden war tatsächlich rappeldicht. Das kann ich

bestätigen. Dann erkläre mir aber doch mal, wie es sein kann, dass eure Zufallsbekanntschaft so rasant in Vertrautheit umschlug. Immerhin wart ihr zusammen auf dem Klo, und kurz danach seid ihr gemeinsam rausgegangen.«

Bent schüttelte den Kopf und öffnete einen mindestens zwei Meter hohen Metallschrank. Er nahm sich eine neue Flasche Bier aus dem Kasten und öffnete sie diesmal mit der Halterung einer Schraubzwinge. »Weißt du was, Gent? Jetzt wird es mir langsam zu blöd. Was möchtest du mir hier eigentlich unterstellen?«

»Mein lieber Bent Schierke. Dann beantworte mir doch mal bitte die Frage, wieso ihr die Flucht ergriffen habt, als ihr bemerkt hattet, dass Carlo Faust und ich euch folgten? Warum seid ihr weggelaufen? In der Wiedaschstraße haben wir euch verloren.«

Bent überlegte ein paar Sekunden. Er wandte sich seinen Eltern zu, die immer noch auf den Kanthölzern saßen. Visser wartete geduldig auf die Antwort. Doch in dem Moment öffnete sich die Tür, und Faust betrat die Werkstatt. Er sagte nichts, aber sein schelmisches Grinsen verriet, dass er bester Laune war. Er hob zum Gruß vorsichtig die Hand und stellte sich neben Visser.

Bent drehte sich wieder von seinen Eltern ab und ging einen Schritt auf Visser zu. »Wir sind gelaufen. Das ist richtig. Aber es ist nicht so, wie ihr denkt, dass es war.« Und wieder machte er eine Pause. Er legte den Kopf in den Nacken, hob die Flasche, setzte sie fast senkrecht an und stürzte mehr als die Hälfte des Inhalts auf einmal in sich hinein. Dann schrie er Visser ins Gesicht: »Denkst du etwa, ich bin schwul? Wie scheiße ist das denn? Hör zu, Gent Visser. Jetzt sage ich dir was. Dirk hat die ganze Zeit auf mich eingeredet. Er wollte, dass ich mit ihm gehe. Nach Hause. Er fing schon bei Tante Jens an, an mir herumzufummeln. Leute, auf so was habe ich keinen Bock. Also bin ich abgehauen. Er hinterher. Der Junge war scharf wie Nachbars Lumpi. Irgendwann bin ich auf dem

Januskopf angekommen, und von Dirk war nichts mehr zu sehen.«

Rieke stand auf. Vielleicht war es ihr mittlerweile zu viel geworden? Oder vielleicht hielt sie es einfach nicht mehr aus? Visser erschrak, als er sie genauer betrachtete. Sie war spindeldürr geworden. Sie trug eine schmutzige Kittelschürze. Sie senkte den Kopf und ging, ohne ein Wort zu sagen. Sie schlurfte mit ihren schäbigen schwarzen Filzpantoffeln durch die Holzspäne an Visser vorbei und verschwand hinter einer Tür, die ins Wohnhaus führte.

Dann ergriff Faust das Wort: »Und das sollen wir Ihnen glauben, Herr Schierke? Sie sind vor Kampmeier geflohen, weil der was von Ihnen wollte. War es nicht eher so, dass er Ihnen ein Geschäft vorschlug?«

»Wisst ihr was? Es ist mir egal. Hört endlich auf, unschuldige Leute fertigzumachen. Macht euren Job. Heute ist der 27. Mai. Genau heute vor zwölf Jahren ist Isabel verschwunden. Und wie wir inzwischen wissen, ist sie auf bestialische Art und Weise ermordet worden. Und du, Gent, hast damals schon nach ein paar Wochen die Suche abgebrochen. Deine scheinheiligen Gründe dafür kommen mir immer noch aus den Ohren raus. Von wegen: ›Sie wird bestimmt irgendwann auftauchen.‹ Scheiße! Nichts ist sie. Tot. Mausetot. Hättest du damals weitersuchen lassen, dann wäre sie längst gefunden worden, und wir hätten früher Gewissheit gehabt. So haben wir uns zwölf verdammte Jahre lang gequält.« Bent schüttelte sich und schob das Kinn vor. Dann fuhr er fort: »Man könnte doch meinen, dass die Polizei mal zu irgendeinem Ergebnis kommt, oder? Ganz ehrlich: Ihr kotzt mich einfach an.«

In der Werkstatt war es jetzt totenstill. Noch nicht einmal ein leises Atmen war zu hören. Sogar die Vögel draußen auf den Bäumen schienen ihr Zwitschern für diesen denkwürdigen Augenblick eingestellt zu haben. Dann aber riss der infernalische Schrei Bents ein tiefes Loch in die Stille des Augenblicks: »Ihr Flaschen, ihr elenden Flaschen! Nichts könnt ihr. Nichts.« Bent war derart in Rage geraten, dass er heftig husten musste und kurz davor war, sich zu übergeben.

In dem Moment holte Faust sein Smartphone aus der Hosentasche. Ungeachtet des Hustenanfalls von Bent Schierke hielt er Visser das Display zum Lesen hin. Es war eine WhatsApp von Sophie Reiser-Victorbur: »Sie müssen sofort kommen. Es ist dringend! S. R.«

Visser und Faust verließen auf der Stelle die Werkstatt und machten sich auf den Weg in die Oderstraße. Obwohl sie die etwa vierhundert Meter bis dorthin gut hätten zu Fuß zurücklegen können, nahmen sie das Auto. Während Faust losfuhr, kramte Visser ein Messer aus seiner Schlinge.

»Was ist das denn?«

»Eine Hobelbank, Carlo.«

»Mach kein Quatsch. Wo hast du das Messer her?«

»Es lag auf dem Tisch, vor dem ich stand. Ein richtig schönes Taschenmesser. Mit Drehverschluss zum aus- und einklappen. Der Griff ist Buche, schätze ich mal. Als Bent das Bier aus der Kiste genommen hat, habe ich es eingesteckt. Hat keiner gesehen.«

Während sie vor dem Anwesen der Familie Reiser vorfuhren und der schneeweiße Kies unter den Reifen knirschte, klappte Visser das Messer auf. »Schau mal hier. Fällt dir was auf?«

»Ja. Wirklich ein schönes Ding.«

»Du bist nicht bei der Sache, Carlo. Du bist nervös, weil uns die schöne Sophie gerufen hat. Woher hat sie eigentlich deine Handynummer?«

»Die habe ich ihr vorhin gegeben, als ich mit den Kriminaltechnikern da war. Für den Fall der Fälle. Man weiß ja nie. Und wie du siehst, ist ein solcher Fall bereits eingetreten.«

»Papperlapapp«, fuhr Visser dazwischen und hielt Faust das aufgeklappte Messer vor die Nase. »Ich hatte selbst vor ein paar Jahren ein solches Messer. Ich hatte es beim Angeln immer dabei. Deshalb weiß ich, dass die Klingenspitze an einer Seite rund zuläuft. Und wenn ich mich richtig erinnere, ist Reiser mit einem Messer mit einer solchen Klinge um die Ecke gebracht worden. Das steht irgendwo im Obduktionsbericht.«

»Das wär's ja noch.«

»Das Ding geht heute Abend mit reitendem Boten zur KTU nach Aurich.«

»Ach, Gent. Du und dein Humor. Am geilsten ist er, wenn du ihn selbst nicht mitbekommst.« Für diese Bemerkung erhielt Faust einen grimmigen Blick mitten ins Gesicht. »Weißt du, Gent. Ich stelle mir gerade vor, wie dein reitender Bote heute Nacht auf einem Schimmel die vier Kilometer durchs Wattenmeer in Richtung Norddeich galoppiert. Da wollen wir mal hoffen, dass Niedrigwasser ist. Sonst kriegt dein Schimmelreiter unterwegs ein größeres Problem.«

Visser konnte über Fausts Scherz nicht lachen. Irgendein Gefühl sagte ihm, dass sich in den nächsten Stunden etwas Gravierendes ereignen würde. Es war wie vor einem schweren Gewitter, das sich mit gelbgrauem Himmel und fernem Grollen ankündigte und Böses ahnen ließ. Vielleicht würde es ihnen aber auch gelingen, eine noch katastrophalere Entwicklung der Dinge zu verhindern. Sie mussten die Puzzleteile, die ihnen in den vergangenen Stunden vor die Füße gefallen waren, nur richtig zusammenlegen.

Sophie Reiser-Victorbur hatte auf die Männer gewartet. Als sie den überdachten und in Bäderarchitektur mit Säulen umrahmten Eingangsbereich betraten, öffnete sie bereits die Tür. Sie trug einen anthrazitfarbenen, lässig geschnittenen Hausanzug aus Satin. Das Oberteil bestand aus einer Art Blazer mit breitem Revers. Darunter trug sie ein hauchdünnes weißes Top. Die dazu passende Hose war schnurgerade geschnitten und reichte knapp bis zu den Knöcheln. Sie lief barfuß. Rasch hatte auch Faust begriffen, dass es dieses Mal vollkommen unangebracht war, sich mit textilen Nebensächlichkeiten zu beschäftigen und diese Frau auf ihr Äußeres zu reduzieren. Ihm war klar, dass es hier um etwas Wichtiges ging.

Ohne auch nur ein Wort zu sagen, drehte sie sich entschlossen um und ging mit schnellen Schritten in Richtung Wohnzimmer. Sie überließ es den Männern, die Haustür zu schließen. Im Wohnzimmer versanken Visser und Faust in der in dezentem Grau gehaltenen Luxuscouch. Den Boden bedeckten großflächige Fliesen im Reliefstil, auf denen ein riesiger bunter Teppich lag. Auf einem Beistelltisch, der aus einem Baumstumpf gefertigt war, stand eine Porzellanvase. Der Aufdruck zeigte einen Ausschnitt aus Gustav Klimts berühmtem Gemälde »Der Kuss«. Die Vase war leer. In die zum Essbereich hin gemauerte, weiß gestrichene Trennwand waren ein riesiger Fernseher und ein Kamin integriert. Sophie Reiser blieb vor der Couch stehen. Sie hatte einen guten Teil der Souveränität, die sie gewöhnlich ausstrahlte, verloren. Ihre Wangen glühten, die Augen glänzten. Auf dem Tisch stand ein Laptop. Sie zeigte auf das Gerät, dann setzte sie sich auf die Couch. Sie schwieg noch ein paar Sekunden, bevor sie endlich sagte: »Ich glaube, dass dieser Dirk Kampmeier Tim umgebracht hat.«

Faust spitzte den Mund. »Was macht Sie da so sicher? Woher kennen Sie ihn?«

»Ich habe etwas getan, was sich normalerweise nicht gehört. Ich kannte Tims Facebook-Passwort. Das hat sich im Laufe der Zeit einfach so ergeben. Aber ich habe ihm nie nachgeschnüffelt. Ehrlich gesagt hat mich das alles auch irgendwann nicht mehr interessiert. Eben habe ich mich auf meinem Laptop hier in seinen Messenger eingewählt. Ich habe den Chat mit Dirk Kampmeier gelesen. Es hat mich betroffen gemacht, obwohl mir das alles klar war. Diese Gefühle, diese Verletzung. Alles wird noch mal aufgewühlt.«

Jetzt stand Sophie Reiser auf und nahm die Vase vom Beistelltisch. Geräuschlos stellte sie das kostbare Stück auf den Kaminsims. Dann setzte sie sich selbst auf den Baumstumpf. Den hochgefahrenen Laptop ließ sie stehen.

»Ich fange noch mal von vorn an. Ich wusste, dass Tim mit Dirk Kampmeier befreundet war. Sie kannten sich ganz gut vom Seglerverein.« Sie haben gemeinsame Ausflüge unternommen und auch öfter mal miteinander telefoniert.« An dieser Stelle brach sie kurz ab. Sie hielt sich zunächst eine Hand vor den Mund und schloss die Augen. Dann zog sie ein Taschentuch aus dem Ärmel und schnäuzte sich. Faust beobachtete sie schweigend.

»Der Messenger-Chat reicht ungefähr ein halbes Jahr zurück. Er endet genau an dem Tag, an dem Tim ermordet wurde. Sie hatten ein Verhältnis. Das lief schon seit Jahren. Irgendwann war es mir klar.« Ihr Schluchzen füllte den ganzen Raum, die Stimme wurde hell und heller, bald war sie nur noch ein leises Piepsen.

Faust stemmte sich aus der Couch und half ihr vom Beistelltisch auf, weil er fürchtete, sie würde zur Seite kippen. Er führte sie um den Tisch herum und hielt ihre Hand, während sie in den Sessel sank. Faust bückte sich, um weiter Augenkontakt mit ihr zu halten. Dann nahm er ihr Wasserglas vom Tisch und hielt es ihr hin.

Sie schüttelte den Kopf. »Danke«, sagte sie und wischte sich die Tränen aus dem Gesicht.

Visser nutzte die Unterbrechung, um jetzt selbst das Wort zu ergreifen: »Aber woraus schließen Sie, dass Kampmeier Ihren Mann getötet haben könnte?«

»Sie haben sich gestritten. ›Manchmal hasse ich dich‹, hat Kampmeier geschrieben. Und: ›Geh zum Teufel, ich bin auf dich nicht angewiesen.‹«

»Das muss nicht gleich heißen, dass man jemanden töten möchte.«

»Aber ich weiß doch, wie Tim so drauf war. Der konnte einen provozieren, dass man eine abgrundtiefe Wut auf ihn bekam. Wer weiß? Vielleicht hat er es ja übertrieben, und Kampmeier hat sich hinreißen lassen. Sie können es ja selbst lesen.«

»Ist in dem Chat vielleicht auch noch von etwas anderem die Rede?«, wollte Visser wissen.

»Wieso?«

»Es könnte ja sein.«

Sophie Reiser-Victorbur hatte sich wieder gefangen. Sie saß mit durchgedrücktem Rücken und erhobenem Kopf im Sessel. »Das glaube ich nicht. Bei dem, was hier steht, dreht sich alles nur um das gestörte Verhältnis von meinem Mann mit diesem Dirk«, zischte sie.

»Steht da nicht zufällig etwas von einem Film?«, fragte Visser.

»Was für ein Film?«

»Irgendwo muss es einen Film geben«, antwortete Faust. Sophie Reiser-Victorbur schaute zur Seite. Sie schien angewidert zu sein. »Ich will gar nicht wissen, was darauf zu sehen ist.« Dann begann sie wieder zu weinen. »Ich fasse es nicht, ich will wirklich nicht alles wissen«, schluchzte sie und hielt den Arm vors Gesicht.

Faust stand erneut von seinem Platz auf und ging auf sie zu. Er ging leicht in die Hocke, damit er wieder auf Augenhöhe mit ihr war. »Beruhigen Sie sich! Der Film hat eine andere Bedeutung. Wir haben auf dem zweiten Handy ebenfalls einen Chat zwischen Ihrem Mann und Dirk Kampmeier gefunden. Da ist von einem Film beziehungsweise von einem Video die Rede.«

»Davon weiß ich nichts. Ich habe Sie nur gerufen, weil ich das Gefühl habe, das Dirk Kampmeier was mit der Sache zu tun haben könnte. Vielleicht hat er Tim ja tatsächlich umgebracht.«

»Worauf stützt sich Ihre Vermutung?«

Sophie Reiser-Victorbur zeigte auf den Laptop. »Sie haben immer wieder diskutiert. Über Treffpunkte, über Segelziele. Auf der einen Seite lachhaftes Gezicke, unglaublich. Auf der anderen Seite richtig handfester Streit, widerlich und brutal.« Wieder wandte sie sich ab. Sie ging zum Tisch, klappte den

Laptop zu. Mit süßsäuerlicher Miene wandte sie sich an Visser und Faust: »Vielleicht hat es Ihnen ja trotzdem weitergeholfen.«

»Wir sind Ihnen sehr dankbar«, antwortete Faust und hielt ihr zur Verabschiedung die Hand hin, als sich die Wohnzimmertür öffnete und Schneider-Bülow den Raum betrat. Er lächelte und blickte aus klaren Augen Sophie Reiser-Victorbur an, bevor sie sich umarmten wie ein Paar, das mehr als nur eine Freundschaft pflegt. Ohne weitere Abschiedsfloskeln steuerten Visser und Faust auf die Haustür zu.

***

Als er den Raum betrat, schlug ihm ein Geruch entgegen, der ihm den Atem nahm. Er presste beide Hände vor den Mund und hustete so heftig, dass er sich beinahe übergeben musste. Seit mehr als vierundzwanzig Stunden hatte er die Kammer nicht mehr betreten. Er wusste, dass er zumindest einen der beiden Eimer dringend leeren musste.

Sie kauerte in derselben Ecke wie beim letzten Mal. Nach dem Tritt gegen den Kopf war sie offenbar doch noch einmal aufgewacht. Sie sah aus, als hätte sie den Verstand verloren. Die rechte Kopfseite war geschwollen, hier hatte sein Schuh sie vermutlich mit der Sohlenkante getroffen. Das ließ ein langer roter Streifen erahnen, an dem verkrustetes Blut klebte. Sie starrte ihn aus leeren Augen an. Aus der Nase tropfte eine undefinierbare Flüssigkeit, wahrscheinlich eine Mischung aus Blut und irgendeinem Sekret, das aus der Stirnhöhle oder von sonst woher ablief. Ihre Lippen waren an mehreren Stellen aufgeplatzt, die Haare klebten wie in Öl getränkt an Stirn und Schläfen. Die Decke hatte sie bis zum Hals hochgezogen. Sie war ihr einziger Schutz. Er wusste, darunter war sie nackt und übersät mit Hämatomen, die von dem Abend stammten, als er sie in die Kammer gezogen und sich über sie hergemacht hatte – die Strafe dafür, dass sie an der Tür gehorcht hatte.

Sie war ihm vollkommen ausgeliefert. Im Raum ohne Tag herrschte nur einer. Und das war er.

Doch darauf kam es ihm jetzt nicht an. Denn nicht sie war die Hauptperson, im Prinzip spielte sie gar keine Rolle. Wenn es hochkam, dann war sie Ersatz. Material, Gerät, Ware; nichts für den Kopf. Und heute ging es hier sowieso um etwas ganz anderes.

Denn nachdem er die Tür geschlossen und sich einigermaßen an den Geruch gewöhnt hatte, war er direkt zum Tisch gegangen, um die Lampe anzuschalten. Dann lief er zum Schrank und holte die Urne. Als er ein leises Stöhnen hörte, erschrak er. Er trat mit dem Fuß gegen einen der Eimer, dass es schepperte. Der Eimer kippte, Wasser ergoss sich über den Boden. Sie fiel vor Schreck zur Seite und schlug mit dem Kopf auf. Sie schloss die Augen, das leise Röcheln entlud sich in einem explosionsartigen Hustenkrampf. Danach war Ruhe. Die Decke, die an einigen Stellen nass war, bewegte sich leicht auf und ab. Sie schien erneut ohnmächtig geworden zu sein. Aber sie lebte. Tatsächlich. Sie lebte immer noch.

Als er sah, dass sie sich beruhigt hatte, stellte er die Urne auf den Tisch und nahm Kladde und Kugelschreiber zur Hand. »4386. Meine Liebe. Heute ist ein besonderer Tag. Unser Jahrestag. Vor genau 4386 Tagen haben wir es zum ersten Mal getan. Ich werde diesen Tag nie vergessen. Er hat mein Leben verändert. Und ja. Er hat mein Leben reicher gemacht, schöner. Heute bin ich hier, um dich zu überraschen. Wir gehen auf Reisen, ja, ich nehme dich mit. So wie im vergangenen Jahr. Weißt du noch, wie schön es war? Du weißt doch, dass ich ohne dich nicht leben kann. Wir werden unseren Spaß haben. So wie immer. Ich verspreche es dir.«

Er klappte das Tagebuch zu, nahm die Urne und drückte sie fest an sich. Dann öffnete er sie, warf einen vorsichtigen Blick hinein, so, als schaute er zum ersten Mal hinein. Dann lächelte er, als würde er ihr in die Augen sehen. Er war zufrieden, er spürte Herzensruhe und Wohlbehagen. Er war mit sich im Reinen. Nun schaltete er die Lampe aus. Nachdem er die Urne wieder verschlossen hatte, nahm er sie zusammen mit der Kladde in den Arm und verließ den Raum.

***

Die Insel lag im warmen Dämmerlicht. Der Wind war zögerlich. Milde Luft kam aus südwestlicher Richtung, die Fahnen auf der Kaiserwiese hingen träge und schlapp an den Masten. In der Stadt füllten sich Restaurants und Kneipen, an den Stränden tummelten sich gleichzeitig unzählige Spaziergänger, Jogger und Besucher, die mit ihren Hunden umherliefen. Die Menschen nutzten die letzten Sonnenstrahlen des Tages offenbar bewusst, denn die Meteorologen hatten erneut schlechte Nachrichten verbreitet. Für den späten Abend waren Gewitter und Sturm gemeldet, der in Böen durchaus in der Lage sein sollte, eine Stärke von zehn bis elf Beaufort zu erreichen.

Visser und Faust stand die Entschlossenheit ins Gesicht geschrieben. Als sie bei Kampmeiers Haus ankamen, stiegen sie ohne weitere taktische Absprachen aus und gingen auf den winzigen Vorgarten zu. Sie verzichteten sogar darauf, den Riegel der kleinen Holzpforte zu öffnen. Mit einem weiten Schritt nahmen sie das Hindernis, das keines war. Visser drückte den Daumen mit einer derartigen Wucht auf den Klingelknopf, als wollte er ihn in die Wand pressen. Seine Hand bedeckte fast das komplette Türschild, vom Namen war nur noch »eier« zu lesen. Schon nach wenigen Sekunden öffnete Kampmeier die Tür. Vielleicht hatte er die beiden kommen sehen und war direkt zum Eingang gelaufen.

»He!«, brummte Visser und fragte erst gar nicht, ob sie eintreten dürften. Mit breiter Brust schob er sich an Kampmeier vorbei. Faust folgte ihm auf dem Fuße, und Kampmeier musste schwer schlucken. Ihm schien klar zu sein, dass es in dem nun folgenden Gespräch nicht um irgendein Geplänkel gehen würde, sondern dass jetzt nur noch knallharte Fakten gefragt sein würden. Als Kampmeier sein Wohnzimmer betrat, hatten Visser und Faust bereits neben einem deckenhohen Regal mit endlos vielen CDs Aufstellung genommen. Ihre Oberkörper füllten die halbe Stirnwand aus. Hinter ihnen stand auf einem furnierten Buche-Sideboard der Fernseher, es lief gerade Werbung. Jemand spuckte Blut in ein Waschbecken. Offenbar ging es um Zahncreme.

»Wollen Sie sich nicht setzen?«

»Nein«, sagte Visser. »Du kannst den Fernseher aber ausschalten, dann geht's schneller.«

Kampmeier kam der Aufforderung auf der Stelle nach. Er griff nach der Fernbedienung und drückte auf den Knopf. Er wirkte angespannt und trug noch die Kleidung des Tages. Vermutlich hatte er sich nach der Arbeit noch nicht umgezogen. Möglicherweise war er auf dem Sprung und wollte noch irgendwohin gehen, vielleicht in eine Kneipe oder zum Essen in ein Restaurant.

»Pass auf, Dirk.« Visser verzichtete auf jegliche Vorrede. Er hielt ein Handy in die Höhe. »Dieses Smartphone hier gehört Tim Reiser. Wir haben es in der Innentasche einer Jacke gefunden, die in seinem AMG lag. Der Chat beweist, dass ihr beiden ein Verhältnis hattet, ein sehr leidenschaftliches sogar. Auf Einzelheiten möchte ich nicht eingehen. Das ist euer Ding und euer gutes Recht, und das Ganze geht uns einen feuchten Kehricht an.« Visser wischte über das Display. »Aber hier geht es an einer Stelle um einen Film. Damit hat Reiser ganz offensichtlich jemanden erpresst. Und jetzt möchten wir von dir die Einzelheiten wissen.« Visser schaute Kampmeier ins Gesicht.

Kampmeier, der bislang ebenfalls mit den Händen in den Hosentaschen vor dem Ecksofa gestanden hatte, setzte sich. Er kniff die Augen fest zusammen und holte tief Luft. »Tim besaß einen Film. Besser gesagt ein kurzes Video. Zwei Sequenzen. Auf einem Handy-Chip. Auf diesem Video ist Kornbach zu sehen. Wie er irgendetwas macht. Damit hatte er Frank im Griff. Denn für Tim wäre es das Schlimmste gewesen, wenn seine Homosexualität bekannt geworden wäre. Sein Vater hätte ihn, wenn er auch schon über achtzig ist, erschlagen, sagte er immer.«

»Weiter!«, befahl Visser.

»Frank wusste schon seit Jahren, dass Tim schwul ist. Sie waren früher ja mal dicke Freunde.«

»Wo ist der Chip mit dem Video? Und was ist darauf zu sehen?«, fragte Visser.

»Der Chip ist bei Tim. Wahrscheinlich irgendwo in der Wohnung an einer Stelle, wo er gut versteckt ist.«

Visser hob die Stimme. »Sag uns, was auf dem Video drauf ist.«

Kampmeier riss die Augen auf und faltete die Hände zusammen. Er schaute die Ermittler von unten an. Seine Stimme klang flehend, seine Körpersprache verriet absolute Untergebenheit. »Ich schwöre. Ich weiß nicht, was auf dem Video drauf ist. Ich habe Tim nie danach gefragt. Ich wollte ihn nicht damit belasten. Und mich auch nicht.«

»Erzähl uns keine Märchen. Was ist auf dem Film zu sehen, Dirk?«

»Ich weiß es wirklich nicht.« Kampmeier schluckte, dann schloss er wieder die Augen. »Aber ich habe eine Ahnung.«

»Hat das Video etwas mit dem Tod von Isabel zu tun?«, fragte Visser eindringlich.

»Es könnte sein«, hauchte Kampmeier.

»Das Video beweist also, dass Kornbach Isabel ermordet hat?«, wollte Faust wissen.

Kampmeiers Stimme wurde noch leiser. »Ich habe damit nichts zu tun, ehrlich.« Er sank immer mehr in sich zusammen. Seine Augen starrten stur geradeaus, der Blick verlor sich irgendwo an der Wand. Kampmeier schwieg.

VIERZEHN

Die Wetterexperten hatten einmal mehr richtiggelegen. Aus dem lauen Lüftchen von vor gut einer Stunde waren stürmische Böen geworden. Zeitgleich kam die Flut, die im Bereich von Surf-Café und Riffkieker bereits Wellen von gut einem Meter auftürmte. Der Regen hatte dafür gesorgt, dass Straßen und Plätze sich innerhalb weniger Minuten leerten. Nach den milden, sonnigen Stunden verschlang die hereinbrechende Dunkelheit den Rest des schönen Tages.

Bei Kornbach standen Visser und Faust vor verschlossener Tür. Trotz mehrfachen Läutens öffnete niemand. Allerdings war es dunkel im Haus. In keinem Zimmer brannte Licht, auch das Flimmern eines Fernsehers war nicht zu erkennen.

Als Visser es auch nicht schaffte, Kornbach telefonisch zu erreichen, verlor er die Geduld. »Ich rufe die Feuerwehr. Die sollen den Laden hier aufmachen.«

»Und was ist, wenn er wieder bei Tante Jens oder in irgendeiner anderen Kneipe sitzt und sich den Kanal volllaufen lässt?«

»Das ist mir auch egal. Jetzt machen wir Nägel mit Köpfen. Die Aussagen von Kampmeier belasten ihn so krass, dass wir hier sofort das ganze Programm abspulen müssen.«

Als die Jungs von der Feuerwehr mit dem Einsatzleitwagen und dem bulligen Hilfeleistungsfahrzeug eintrafen, waren Visser und Faust längst bis auf die Haut nass. Der Regen kam mittlerweile von allen Seiten und drang auch durch die schmalsten Kleidungsritzen. Sie waren um das Haus herumgelaufen, hatten in die menschenleeren Zimmer geleuchtet und auch in die Gartenhütte, in der niemand war. Die beiden staunten nicht schlecht, als plötzlich zwölf statt der erwarteten zwei Feuerwehrleute vor ihnen standen, ganz vorn Tamme Schweers.

»Gent, was ist los? Was können wir für euch tun? Sollen wir das Grundstück auch ausleuchten?«

»Mach mal langsam, Tamme. Wieso seid ihr denn mit dem kompletten Kreisfeuerwehrverband angerückt? Aber okay. Macht uns die Tür hier auf, und dann kannst du und ein weiterer Kamerad uns gern mit Taschenlampen begleiten.«

»Ist irgendwas mit Frank Kornbach? Oder mit seiner Frau?«, fragte Tamme.

»Das wissen wir hoffentlich in ein paar Minuten. Legt los.«

Es dauerte keine zwei Minuten, da standen die Männer unter dem Geheul der Alarmanlage im Flur. Faust drückte den Lichtschalter, Tamme schaltete den Alarm aus. Gleichzeitig wurde die Insel von einem heftigen Donnergrollen erfasst, dem nur wenige Sekunden später eine ungewöhnliche Serie von Blitzen folgte. Noch bevor der nächste Donner die Insel schüttelte, erlosch im Haus das Licht.

»Verdammt. Schon wieder ein Unwetter. Blitzeinschlag«, sagte Tamme.

»Die ganze Siedlung ist dunkel«, rief ein Feuerwehrmann von hinten.

Gleichzeitig piepte Tammes Feuermelder. »Gent, wir müssen abrücken. Wir werden woanders dringend gebraucht. Das könnte mal wieder 'ne lange Nacht werden.«

Während die Feuerwehrleute mit Blaulicht und Martinshorn das Grundstück der Kornbachs verließen, drangen Visser und Faust weiter in die Wohnung vor. Doch allzu weit mussten sie nicht gehen. Im Schein der Taschenlampen wären sie schon im Flur beinahe über einen von insgesamt sechs Koffern gestolpert.

»Oha. Die feinen Herrschaften scheinen in den Urlaub fahren zu wollen«, entfuhr es Visser.

Faust ging in die Hocke. »Wie recht du mal wieder hast, Gent.« Dann fokussierte er den Lichtkegel seiner Lampe auf einen Koffer mit mehreren Aufklebern. »Sieh dir das mal an. Ich werd verrückt.«

Visser spitzte den Mund und stieß einen leisen Pfeifton aus. Er sagte nichts. Der Aufkleber mit dem Text »Windhoek Airport« wirkte auf beide wie ein Schock. Sie waren zwar fest davon ausgegangen, bei Kornbach einen konkreten Hinweis zu finden und unmittelbar vor der Aufklärung eines fürchterlichen Verbrechens zu stehen. Doch als diese Chance dann auf einmal so klar und deutlich vor ihnen auftauchte, traf es sie wie ein Blitz.

Faust richtete sich wieder auf und stellte sich neben Visser. »Windhoek. Wenn mich nicht alles täuscht, ist Windhoek die Hauptstadt von Namibia, eine frühere deutsche Kolonie. Dorthin soll es immer mal wieder Großwildjäger verschlagen.«

Visser blies in die Backen. »Verdammte Scheiße. In meiner Birne geht es gerade drunter und drüber.« Er wischte sich mit dem Handrücken den Schweiß von der Stirn. Dann flüsterte er zögernd: »Namibia. Großwildjagd. Reiche Leute, die mit sündhaft teuren Waffen auf Elefanten, Giraffen und Büffel schießen.« Visser atmete tief ein, er schnappte regelrecht nach Luft. »Carlo! Der Elefantentöter. Isabel ist mit so einem Ding erschossen worden. Mein Gott. Was ist hier los?«

Ein kurzer Blickkontakt genügte, dann waren sich Visser und Faust über das weitere Vorgehen einig. Sie knieten sich auf den Boden und öffneten einen Koffer nach dem anderen. Zunächst fanden sie nichts, was sie wirklich aus der Ruhe brachte: drei Paar Jagdstiefel, zwei Dutzend Hemden, Kurz- und Langarm, mehrere Cargohosen mit ledernen Verstärkungen im Gesäß- und Kniebereich, etliche Shorts, sowohl als Outdoor-Ausführung als auch in Bunt für den Badeurlaub. Alles in hochwertiger Qualität.

»Was ist das?«, wollte Faust wissen und hielt ein Gerät in die Luft.

»Das müsste ein Entfernungsmesser sein. Funktioniert mit Laser.«

»Was es nicht alles gibt«, sagte Faust und öffnete ein weiteres Futteral. »Boah. Und hier. Nur vom Feinsten. Ein Wärmebildgerät. Damit können die Jungs auch in der Nacht losziehen und fette Beute machen.«

»Genau, so sieht es aus«, gab Visser zurück. Dann kam der nächste Koffer an die Reihe. Er hatte die drei darin befindlichen Lederboxen mit den Schnappverschlüssen noch nicht geöffnet, da hob er schon die Hand und ballte die Faust in der Weise, wie es nur Sieger tun. Dann öffnete er die Klappe der ersten Box wie jemand, der sich gerade in höchster Erwartung befindet und eine besonders feierliche Zeremonie durchzuführen hat. Die Ausbeute war enorm: Zwei großkalibrige Büchsen und eine Pistole Kaliber 45 fielen ihm in die Hände.

Visser beugte sich jetzt noch tiefer über die Waffenboxen. Mit einer Mischung aus Ehrfurcht und Verachtung schaute er hinein. »Damit schießt man nicht auf Rehe oder Karnickel im Norderneyer Blautal. Hier geht es tatsächlich um Büffel und Elefanten.«

Auch Faust war sichtlich beeindruckt. Er rieb sich die Schläfen und wartete einen Moment, bevor er reagierte. »Vor allem interessiert mich, wo er sie versteckt hatte. Er besitzt keinen Waffenschein. Im Gegensatz zu Reiser. Kornbach hat uns an der Nase herumgeführt. Oder sagen wir es mal so: Er hat uns komplett verarscht. Er ist als Tatverdächtiger doch auch überprüft worden.«

»Aber wohl nicht so intensiv wie die Waffenbesitzer beziehungsweise die Leute mit Waffenschein.«

»Vielleicht hat er sich diese Waffen hier erst vor Kurzem besorgt?«

»Ja, könnte sein. Sie sehen aus wie neu, zumindest aber sind sie supergepflegt.«

»Vielleicht kauft er sich immer mal wieder welche, geilt sich daran auf, fährt damit zur Jagd nach Afrika, oder er lässt die Waffen von sonst jemandem über den Zoll bringen. Später stößt er sie wieder ab, um in Deutschland diesbezüglich clean zu sein«, meinte Visser.

»Wer weiß … Die einen sammeln Briefmarken, kostbare Füller oder teure Autos, die andern geben ihre Kohle für Elefantentöter aus.« Faust stieß ein verächtliches Lachen aus. »Jeder, wie er mag. Der Markt ist frei.«

Visser nickte. Er drehte sich und schaute Faust von der Seite an. Dann schwiegen sie. Man sah ihnen an, dass sie angestrengt nachdachten und dass sie das, was sie mittlerweile zu einer kleinen, miesen Geschichte zusammensetzen konnten, eigentlich gar nicht glauben wollten. Die Sache war ihnen schlicht und ergreifend zuwider. Sie waren sprachlos, während sie sich vorstellten, wie ein argloser Dickhäuter vollkommen ohne Grund vom Geschoss eines Elefantentöters zur Strecke gebracht wird. Wie dem Tier die Beine versagten, es kraftlos zusammensackte und es sich dann blutend zum Sterben unter einen Baum legte.

»Ist ein Mensch wirklich dazu in der Lage, mit einer solchen Waffe auf einen anderen Menschen zu zielen?«, fragte Visser leise. »Wie pervers ist das denn?« Er wandte sich ab und blickte in den dunklen Flur.

»Ich kann es dir nicht sagen, Gent. Auch mir bleibt da die Spucke weg. Aber kannst du mir vielleicht verraten, was er hiermit macht?« Faust zeigte auf ein silbern glänzendes Gefäß. Es war in ein Tuch aus Samt eingewickelt und befand sich ebenfalls in dem Koffer, in dem die Waffen lagen. »Sieht aus wie eine Urne. Bewahrt der Junge seine Patronen etwa in einer Urne auf? Wie krank ist das denn schon wieder?«

Visser überprüfte den Sitz seiner Handschuhe. Er nahm das Gefäß und drehte den Deckel ab. »Was um alles in der Welt geht in diesem Hirn vor?«, flüsterte er, als er den Inhalt aus der Urne nahm. »Ein Top. Und das hier, ein Tanga. Damenunterwäsche.«

Faust schlug sich mit der Hand vor die blanke, immer noch schwitzende Stirn. »Wem gehören diese Sachen? Und wieso stecken die in einer Urne drin? Ist die Unterwäsche von seiner Frau?« Faust schloss die Augen. »Krank. Wie krank. Gib mal her!«

Visser reichte ihm das Gefäß. Faust nahm die Urne in die Hand, schüttelte sie und leuchtete hinein. »Sonst ist da nichts drin.« Dann hielt er seine Lampe wieder auf die Kleidungsstücke. »Ich glaube, die Klamotten sind nicht neu. Sie sehen aus, als wären sie schon mal getragen worden.«

Visser hielt die Hand ein Stück weiter vom Körper weg und zog die Augenbrauen hoch. »Meinst du, er hat die getragen?«

»Kornbach selbst?«

»Ja. Wer denn sonst?«

Faust fuchtelte mit der Lampe, als wollte er mit dem Finger auf die Wäsche zeigen. Die lag immer noch in Vissers Pranken, der gar nicht so recht wusste, was er damit machen sollte. »Ich glaube nicht, Gent. Da passt er beim besten Willen nicht rein«, sagte er schließlich. »Vielleicht ist es ein Fetisch für ihn.«

»Den er in einer Urne aufbewahrt? Das ist gerade alles ganz schön viel. Das ist jetzt gar nicht mehr meine Welt«, sagte Visser schwer atmend. Er steckte die Wäsche zurück in die Urne und schloss den Deckel.

Beide schwiegen, standen nebeneinander an die Wand gelehnt und blickten auf die Koffer herab. Die Siedlung war immer noch ohne Strom, von Weitem hörten sie das Jaulen eines Martinshorns. Ob es von der Feuerwehr war oder vom Rettungsdienst oder gar von einem Polizeikollegen kam, war ihnen gleich, vor allem in dem Augenblick, als sie ein Geräusch hörten. Es kam aus dem Untergeschoss des Hauses und klang wie ein Schaben.

»Was ist das?« Visser war die Anspannung im Gesicht abzulesen. Seine Nasenflügel bewegten sich nervös auf und ab. Behutsam ließ er den Lichtkegel der Taschenlampe den Eingangsbereich absuchen. Neben der Garderobe fand er die Treppe, die nach unten führte.

Im Keller angekommen nahmen sie das Geräusch deutlicher wahr. Das Kratzen kam von der Tür schräg gegenüber. Ein Raum, am Ende eines schwarzen, engen Flures.

»Was ist das für ein Gestank?« Faust rümpfte die Nase.

»Keine Ahnung. Einfach nur ekelhaft.«

Faust hielt den Kopf ganz dicht an die Tür, mit dem linken Ohr berührte er das Türblatt, das im selben Moment zu vibrieren begann. Faust empfand das Schaben in dieser Situation als durchdringend und so nah, als hätte es seine Haut gestreift. Er erschauderte und zog den Kopf zurück.

»Vielleicht eine Katze?«, fragte Visser.

»Glaube ich nicht. Katzen kratzen penetranter. Das dauert länger. Die hören nicht gleich nach einer oder zwei Sekunden auf.«

Visser nahm den Arm aus der Schlinge und öffnete sein Holster. Mit der linken Hand tastete er sich gleichzeitig zur Türklinke vor. Faust hatte seine Pistole bereits in Anschlag genommen.

»Jetzt«, sagte Visser. Er drückte die Klinke nach unten und stemmte die Schulter gegen die Tür. Sie war nicht verschlossen, aber sie ließ sich nur wenige Zentimeter weit öffnen. Irgendetwas verhinderte, dass sie bis zum Anschlag aufging. Mit einem dumpfen Knall war das Türblatt gegen etwas gestoßen, das auf dem Boden lag. Visser machte sich so schmal es ging und trat mit einem großen Schritt in den Raum hinein. Faust drückte sich ein Taschentuch vor Mund und Nase und folgte ihm. Visser begann zu husten. Er nestelte nach der Schlinge und hielt sie sich vor den Mund. Ihre Blicke trafen sich für den Bruchteil einer Sekunde. Die Szenerie, die sich ihnen bot, schockierte sie zutiefst und trieb ihnen Gänsehaut auf den ganzen Körper. Vor ihren Füßen traf der Schein ihrer Taschenlampen eine Frau, die auf dem Rücken lag und deren Unterkörper und Beine in eine benässte, übel riechende Decke eingehüllt waren. Unzählige Blutergüsse bedeckten ihren nackten Oberkörper, am Hals befanden sich deutliche Würgemale. Die linke Schläfe war stark geschwollen. Die

Haare klebten in nassen, fettigen Strähnen im Gesicht, die Augen waren geschlossen und hatten sich tief in die Höhlen zurückgezogen. Aus dem Mundwinkel der geschwollenen Gesichtshälfte mäanderte Blut über das Kinn. Lautlos tropfte es auf den Boden.

Nach unendlich scheinenden Sekunden blies Visser Luft ab und nahm die Schlinge vom Mund. »Was ist mit ihr passiert? Lebt sie noch?«

Faust starrte Visser an. Er brachte gerade kein Wort heraus, war lediglich in der Lage, Visser zu beobachten. Er merkte, dass es seinen Kollegen höchste Überwindung kostete, sich vorzubeugen und die Finger an die Halsschlagader der Frau zu führen. Visser schloss die Augen, um sich besser konzentrieren zu können.

Nach ein paar Sekunden nahm Faust sein Handy und rief auf der Wache an. »Nordhelmstraße, die Kornbach-Villa. Schwerstverletzte, vielleicht tote Person. Notarzt. Absperrung, KTU. Das ganze Programm. Macht schnell!«

Faust leuchtete jetzt mit der Taschenlampe in den Rest des Raumes. In der rechten Ecke lagen zwei umgekippte Eimer, der Boden war nass. An der Stirnwand klebte Blut, vor der rechten Seitenwand lag ein zerknülltes Stück Panzerband. Weiter links war ein Wandschrank zu erkennen, ein Flügel der Tür stand offen. Dahinter schien sich nichts zu verbergen. Der Schrank war leer, vermutlich ausgeräumt. Im linken Teil des Raumes stand ein Schreibtisch, dahinter ein Stuhl. Auf der Tischplatte lag eine Bogenlampe aus Messing, davor Scherben von der zerborstenen Glühbirne. Die Schublade stand halb offen. Faust stellte sich auf die Zehenspitzen, damit er besser hineinleuchten konnte. Er sah eine Kladde mit Ledereinband. Daneben einen Kugelschreiber. Als er noch einmal an den Eimern vorbeileuchtete, stieg wieder Übelkeit in ihm auf. Denn auf dem Boden stand nicht nur Wasser in mehreren kleinen Pfützen, an etlichen Stellen klebten Blut, Haare sowie eine undefinierbare dickflüssige Masse. Trotzdem kniete er sich hin und sah Visser aus nächster Nähe dabei zu, wie dieser weiter nach dem Puls der Frau tastete. Ihr Leben schien an einem seidenen Faden zu hängen.

»Sie atmet«, flüsterte Visser dann und zeigte gleichzeitig auf den Bauch der Frau, der sich unter den Rippen – wenn auch kaum sichtbar – zitternd auf und ab bewegte. Plötzlich öffneten sich ihre Lippen, allerdings nur einen winzigen Spalt breit. Vielleicht war es auch nur so etwas wie ein Vibrieren, der verzweifelte Versuch zu zeigen, dass sie noch lebte. »Sie will was sagen, Carlo.«

»Ich verstehe kein Wort. Sie ist am Ende, sie braucht dringend Hilfe, lange hält sie nicht mehr durch.«

Faust steckte die Pistole zurück ins Holster und erhob sich wieder. Visser zupfte die Decke mit spitzen Fingern zurecht und zog sie der Frau über die Brust. Dann stand auch er auf und machte einen großen Schritt über die Frau hinweg. Faust blieb im Zimmer. Angestrengt beobachtete er das dünne Atmen der Geschundenen. Visser hatte den Raum kaum verlassen, da überkam sie der nächste Schock: Ein aus dem Nichts kommendes Klacken durchzog das Geisterhaus, gleichzeitig ging das Licht an. Die Stromversorgung auf der Insel war wohl wiederhergestellt. Visser lehnte sich an die Wand und kniff die Augen zusammen. Er versuchte nach wie vor mit Müh und Not zu verhindern, dass sich sein Mageninhalt auf den Fliesen verteilte.

»Wo ist das Schwein?«, fauchte er, seine Worte klangen wie eine Kampfansage. Als er vor die Villa trat und die frische Nordseeluft in sich hineinsaugte, hörte er bereits den Lärm der Martinshörner.

***

Es war kurz nach dreiundzwanzig Uhr, als Visser an der Tür der Schierkes klingelte. In der Wohnstube brannte noch Licht, deshalb war er ziemlich sicher, dass er hier jemanden antreffen würde. Bis dahin hatten Faust und er erfolglos versucht, Kornbach irgendwo zu finden. Ihnen war jetzt nicht nur endgültig klar, dass er Isabels Mörder sein musste, sondern auch, dass es sich bei ihm um jemanden handelte, der seine eigene Frau auf übelste Weise zugerichtet und wie eine Gefangene gehalten hatte. Die Sache mit der Urne und den darin befindlichen Kleidungsstücken, die vermutlich Isabel gehörten, war ihnen zutiefst suspekt. Sie hatten keinen Zweifel daran, dass es sich bei Kornbach um einen Psychopathen handelte, der zu allem bereit war: Taten, die kaum voraussehbar waren, Handlungen, die sich nur ein krankes Gehirn ausdenken konnte.

Was seinen Aufenthaltsort anbetraf, hatten Visser und Faust zunächst mehrere Varianten in Erwägung gezogen, obwohl sie glaubten, dass Kornbach sich wegen der gepackten Koffer noch auf der Insel befinden musste. Zunächst hatten Neumann und Schröder alle einschlägigen Kneipen abgeklappert. Visser und Faust überlegten, ob Kornbach auch Reiser auf dem Gewissen und die Schüsse auf Visser abgegeben haben könnte. In Bent Schierke sahen sie ebenfalls einen Kandidaten, der in diesem undurchdringlichen Gewirr aus Lügen, Wahrheit und riskanten Hypothesen eine Rolle spielte. Und inwieweit war Kampmeier in die Sache eingebunden?

Es blieb dabei: Aufgrund der bisherigen Erkenntnisse galt alle Konzentration Frank Kornbach. Um ihn zu finden, hatte Visser nicht nur die Hilfe der Freiwilligen Feuerwehr angefordert. Diese konnte und durfte zwar nicht eingreifen, allerdings zeigte sie im kompletten Stadtgebiet Präsenz, auch am Hafen und am Flugplatz. Zudem patrouillierte die »Eugen«, der Rettungskreuzer der Deutschen Gesellschaft zur Rettung Schiffbrüchiger, an den Stränden der Nordseite der Insel. Seit Kornbach offiziell zur Fahndung ausgeschrieben war, waren Polizeistreifen im Dauereinsatz, alle zur Verfügung stehenden Wagen waren unterwegs. Auch die auf dem Festland gelegenen Häfen in Norddeich und Neßmersiel wurden überwacht.

Das Hauptaugenmerk auf Norderney galt einem schwarzen Jeep Grand Cherokee. Es handelte sich dabei um den Zweitwagen Kornbachs, den er normalerweise nur nutzte, wenn er die Pferde seiner Frau zu Turnieren aufs Festland brachte. Seine beiden Porsches standen zu Hause in der Garage, ebenso wie der weiße TT seiner Frau.

Es dauerte mehr als eine Minute, bis Knut Schierke die Tür öffnete. »Was willst du?«, fragte er mit unüberhörbar störrischem Unterton. Er sah verschlafen aus, womöglich war er vor dem Fernseher eingenickt.

»Ich will mit Bent reden. Wo ist er?«

»Wenn er nicht bei sich zu Hause in der Wohnung ist, dann sitzt er garantiert wieder in irgendeiner Kneipe und säuft.« Knut lachte hämisch. »Sonst macht er sowieso nicht mehr viel. Der Betrieb geht den Bach runter, Gent. Alles geht den Bach runter.«

»Wie meinst du das?«

»Ik meijn dat so, as ik dat segg.«

Visser pustete kräftig durch und sah in den sternenklaren Himmel. Immerhin war das Unwetter vorbei. »Das hilft uns jetzt beim bestem Willen nicht weiter, Knut. Lass mich rein, dann können wir in Ruhe reden.«

Widerwillig gab Knut nach. Er führte Visser durch den schmalen Flur in die Küche. Durch die offene Wohnzimmertür sah er, wie Rieke auf dem Sofa lag und schlief. Der Fernseher lief noch. Ohne Ton.

Visser setzte sich an den Küchentisch. Er war alt und wackelte. Ein neuer wäre mit Sicherheit kein Luxus. Hier hat garantiert schon Knuts Großvater gesessen und über das Wohlergehen und die Zukunft der Firma nachgedacht, überlegte Visser.

Knut schloss die Tür und holte die Flasche mit dem Aquavit aus dem Kühlschrank. Er hielt zwei Gläser hoch. »Wullt du ok?«

»Ne, laht man.« Visser wartete, bis Knut den ersten Schnaps

getrunken hatte. Dessen Hände zitterten leicht. Die Fingernägel waren schwarz. Er war unrasiert, aus der Nase und aus den Ohren wuchsen lange Haare. Seine Haut war schuppig. »Knut, sag mir, wo Bent ist.« Knut schwieg. Sein Blick bohrte sich an Visser vorbei in die Tapete. Auch die musste dringend erneuert werden. »Hat er gesagt, was er vorhat? Trifft er sich mit jemandem?«

Stille erfüllte den Raum, nur das klickende Anstoßen von Flaschenhals und Schnapsglas war zu hören. Knut schüttete den nächsten Köm ein. Leise gurgelnd floss der Schnaps ins Glas. Er trank. Sein Oberkörper war kraftlos, während des Ausatmens neigte er sich Richtung Tischkante, sackte regelrecht ab, als würden im Rücken im Sekundentakt Wirbel ineinanderrutschen. Er stützte sich mit den Ellenbogen auf dem Wackeltisch ab und starrte auf das Wachstischtuch mit den blühend bunten Blumen, die längst nur noch hässliche kleine Schatten waren.

»Alles Gute ist weg, es ist verloren. Isabel ist verloren, sie wurde uns genommen. Sie wurde aber vor allem sich selbst genommen. Das tut so weh, so unglaublich weh. Ihr Leben hatte doch noch gar nicht richtig angefangen. Wenn wir es gewusst hätten, Rieke und ich, wir hätten sie erst gar nicht auf diese Welt gelassen. Dieses Scheißleben, es ist so ungerecht. Alles ist sinnlos. Wir treten auf der Stelle. Was sollen wir denn noch denken? Unsere Familie ist längst kaputt, gleich danach kommt die Firma. Jemand hat Isabel erschossen, er hat sie …«

Visser nahm die Schnapsflasche und schenkte ihm noch mal ein. In Knuts trüben, leblosen Augen hatten sich Tränen gebildet. Er griff nach dem Glas und stürzte den Inhalt hinunter. »Jemand hat sie abgeknallt. Eiskalt. Das ist doch wie Krieg. Er hat sie da vergraben, eingebuddelt, tief eingebuddelt. Was hat er ihr noch alles angetan? Ich will es gar nicht wissen. Trotzdem muss ich immer wieder daran denken. Tag und Nacht. Und weißt du was? Niemand hilft uns. Das ist ja das Schlimme.«

Visser sah, dass Knut hochgradig erregt war. Er umschloss die Flasche und goss nicht nur Knut, sondern auch sich selbst einen Schnaps ein. Vorsichtig sagte er mit leiser, sonorer Stimme: »Knut. Ich kann dich verstehen. Mit allem, was du sagst, hast du recht. Es tut mir unendlich leid. Aber du musst uns helfen. Ich bin sicher, du weißt mehr, als du sagst. Es geht doch um Isabel.«

Knut stand abrupt auf. Er stieß dabei mit den Oberschenkeln gegen den Tisch, dass die Flasche umkippte und der Inhalt sich über das Wachstuch ergoss. Knut schnaubte, schnappte nach Luft, riss die Augen auf. Alle ihm verbliebene Energie sammelte sich in diesen Sekunden in seinem Körper, bis er schrie: »Wir stehen doch mit diesem Scheiß ganz allein da. Das ist die Hölle. Da will keiner sein. Und dann kommst du und stellst schon wieder deine dämlichen Fragen. Ihr kotzt mich alle an. Kümmere dich doch um deinen eigenen Kram.«

Zum ersten Mal an diesem Abend trat Leben in Knuts Augen. Sie blitzten auf wie sprühende Lavafunken, sein Blick traf Visser und drückte höchste Verachtung aus. Dann nahm Knut das Glas vom Tisch und schüttete Visser den Inhalt mitten ins Gesicht. »Geh jetzt endlich. Ich will mit dir nichts mehr zu tun haben.«

Visser wischte sich mit dem Ärmel des schwarzen Polizeipullovers den Schnaps von der Haut und verließ das Haus. Er hatte verstanden. Hier sprachen unendliche Enttäuschung, Zorn, unbändige Wut, der Hass auf die ganze Welt. Jedes weitere Wort wäre überflüssig gewesen, es wäre im Schlund der Verbitterung in alle Einzelteile zerlegt und gnadenlos vernichtet worden.

FÜNFZEHN

»Du bist der verrückteste Kollege, der mir je über den Weg gelaufen ist.« Faust konnte es nicht fassen. Was Visser nun vorhatte, nötigte ihm zwar Respekt, aber vor allem heftiges Kopfschütteln ab. So etwas hatte er bislang noch nicht erlebt. Bevor sie an der Weißen Düne eintrafen, hatten sie auf der Polizeiwache einen Döner »mit allem« gegessen und sich danach mit vollen Bäuchen angeschwiegen. Visser war immer noch stinksauer, der Besuch bei Knut Schierke hatte wie ein Nackenschlag gewirkt. Als sie die Insel gefühlt fünfmal umrundet und jeden Straßenzug und jeden einzelnen Parkplatz Norderneys mit den Augen regelrecht seziert hatten, mussten sie eine Pause einlegen. Sie waren einfach platt.

»Noch eine Stunde, dann wird es hell«, sagte Visser, als sie im Pritschenbulli auf dem kleinen Parkplatz direkt vor dem Souvenirladen der Weißen Düne saßen und mit müden Augen aus der Windschutzscheibe starrten. »Wenn die Sonne wieder aufgeht, sehen wir mehr und dann werden wir einen neuen Versuch starten. Irgendwo muss das Schwein ja sein.«

»Und was machen wir solange? Hier an der Weiße Düne?«

»Du kannst ja ein kleines Nickerchen machen, Carlo, ich bringe in der Zeit meinen Kreislauf in Schwung.«

Der hoch über ihnen im feuchten Dünengras thronende weiße Buddha sah zu, wie sie aus dem Wagen stiegen und in Richtung Strand schlenderten. Faust stutzte, als er sah, wie Visser am Ende des Bohlenweges Pullover, Unterhemd, Schuhe, Strümpfe und Hose auszog. Er stand drei Meter hinter ihm und wusste beim besten Willen nicht, was er sagen sollte. Denn er hatte bis zuletzt nicht eine einzige Sekunde lang daran geglaubt, dass Visser seine Ankündigung wirklich in die Tat umsetzen würde.

Visser reckte die Arme in die Luft und klopfte sich mit den

Fäusten auf die nackte Brust. »Mein lieber Carlo. Wir nennen das hier auf der Insel Thalasso. Die Kraft des Meeres. Je näher du an die Wasserkante kommst, desto gesünder ist die Luft, die du einatmest. Aerosol. Salzhaltige Luft. Super für die Atemwege. Und nicht zu vergessen: Glückshormone. Die gibt es stapelweise obendrauf. Auf Norderney gibt es sogar spezielle Therapeuten dafür. Die bringen das den Urlaubern bei. Gegen Bares, versteht sich. Ich habe mir das alles selbst beigebracht. Kommst du mit?«

Faust schob den Kopf vor. Er war unentschlossen, jedoch lächelte er. Der ganze Frust, der in den vergangenen Tagen und Stunden tiefe Furchen in sein Gesicht gezeichnet hatte, war mit einem Mal verschwunden. Er hatte gar nicht mehr gewusst, wie sich ein Lächeln anfühlte, das ihm jetzt gleich mehrfach übers Gesicht huschte. Was Visser da abspulte, hatte seine therapeutische Wirkung nicht verfehlt. Dabei war das erst der Anfang.

Da stand er nun. Gent Visser mit seinen ein Meter zweiundneunzig und Schultern breit wie ein Türsturz. Das war ein Anblick: einhundertzehn Kilogramm Norderneyer Jung in Unterhose. Gediegener Bauchansatz. Leichte O-Beine. Dicht behaart. Die Nordsee vor der massigen Brust. Ein kühler Wind blies ihm aus Nordosten mitten ins Gesicht. Er wartete eine Minute, bis der Krabbenkutter vorbeigeschippert war, dann streifte er die im Wind flatternden Boxershorts ab, als wollte er versuchen, zusätzlich noch so etwas wie eine rhythmische Gymnastikübung auf den Strand zu zaubern. Diese wirkte bei näherer Betrachtung jedoch eher wie die Slapstick-Einlage eines juchzenden Elefantenbabys. Faust traten vor Lachen Tränen in die Augen.

Dann aber machte Visser Ernst. Er nahm die Brille von der Nase, ließ sie neben sich auf den Schlagstock gleiten und lief los. Er rannte und stampfte, dass der Sand neben seinen Füßen nur so aufspritzte, bevor er seinen Körper gegen die polternde Brandung stemmte. Er wühlte sich mit rudernden

Armen weiter hinein in die tosende Nordsee, wandte ihr den Rücken zu und ließ sich für einen Moment von einer wandhohen Welle verschlucken. Endlich stand er bis zur Brust im Wasser. Bis die nächste Woge anlandete, hatte er ein paar Sekunden Zeit. Er holte tief Luft, tauchte prustend unter und reckte, als er wild schnaufend wieder auftauchte, den rechten Arm in die Luft und ballte gleichzeitig die mächtige Faust. »Kornbach, du dreckiger Bastard, wir kriegen dich!«, brüllte er in den frühen Inselmorgen hinein, dann warf er sich zurück in die Wellen und jaulte wie eine in Not geratene Kegelrobbe vor der Sandbank. Nun schälte sich auch Faust aus den Klamotten und rannte los.

Nachdem sie sich in den sprühenden Wellen der Brandung ausgetobt hatten, trockneten sie sich mit ihren Unterhemden ab und zogen ihre Uniformen wieder an. Diese klebten nun zwar auf der noch feuchten, vom kalten Meerwasser prickelnden Haut fest, doch das störte die Männer nicht im Geringsten. Sie ließen diesen Augenblick eines malerischen Sonnenaufgangs an einem der schönsten Strände der Nordsee einfach auf sich wirken. Dazu setzten sie sich für einen Moment vor einen der Badekarren.

»Meine Fresse, Gent. Manchmal hast du wirklich gute Ideen.«

»Das finde ich auch. Mein Kreislauf ist wieder da. So muss das sein. Und jetzt lass uns eine Runde über die Insel drehen.«

Der Weg zurück in die Stadt führte sie über den Karl-Rieger-Weg und die Richthofenstraße. Vor dem Wasserturm bogen sie rechts in die Bürgermeister-Willi-Lührs-Straße ein. Natürlich herrschte bei den Norderneyer Floriansjüngern immer noch Hochbetrieb. Etliche Feuerwehrleute waren in den leeren Hallen zu sehen, offensichtlich standen sie bereit, um ihre Kameraden, die in der Innenstadt und an anderen wichtigen Knotenpunkten der Insel Wache hielten, später abzulösen. Andere hielten sich vor den Hallen auf, rauchten oder kontrollierten die Ausrüstung in den Fahrzeugen, die gerade nicht unterwegs waren. Doch wahrscheinlich war es mehr Intuition als Zufall, dass Visser und Faust sich für ihre Streifenfahrt genau diese Strecke ausgesucht hatten. Denn als sie in die Emsstraße einbogen, hätte Visser Faust fast ins Steuer gegriffen.

»Halt. Stopp. Was ist das?«

Faust bremste. Hinter dem Bulli eines Klempnerbetriebs stand ein schwarzer SUV, und bei näherer Betrachtung stellte sich schnell heraus, dass es sich dabei um Kornbachs Edel-Jeep handelte. Sie ließen ihren Wagen am Straßenrand stehen und gingen zu Fuß weiter am Rand der Siedlung entlang.

»Lass uns mal in diese Richtung abbiegen«, sagte Visser, als sie an der Ecke des Waldwegs angekommen waren. Von hier aus führte ein Weg durch die Dünen in Richtung Nordbadestrand, unterwegs gab es die Thalasso-Aussichtsplattform. Wegen ihres spektakulären Aussehens und weil ihre äußere Form an einen Galgen erinnerte, hatte sie im Norderneyer Volksmund rasch den Namen »Thalasso-Galgen« erhalten. Sie mussten nicht sehr weit gehen, um zu erkennen, dass genau dort etwas nicht in Ordnung war. Visser wusste nur noch nicht genau, was es war. Während sie die sich brechenden Wellen immer lauter vernahmen und die bunt besprühten Bunkerreste im Dünental passierten, sahen sie es. Wie auf Kommando rannten beide los, die letzten zwanzig Meter führten steil bergauf. Fassungslos blieben sie stehen: Besser hätte Kornbach seinen Tod nicht inszenieren können. Er hatte sich am Stahlgeländer des Thalasso-Galgens aufgehängt. Sein lebloser Körper baumelte unter der Plattform, auffälliger ging es nicht. Der Thalasso-Galgen von Norderney hatte Kornbach den perfekten Rahmen geliefert.

Visser und Faust mussten nicht lange reden. Sie wussten, was zu tun war. Sie näherten sich dem Fundort langsam und suchten nach Spuren und verdächtigen Gegenständen. Wie auf Zehenspitzen nahmen sie die Stufen zur Plattform. Oben angekommen atmeten sie zunächst einmal tief durch. Dabei kam die Kulisse auf grausame Weise malerisch daher. Während vor ihnen ein Mann baumelte, Mörder und Psychopath, jemand, der sich vor wenigen Stunden, vielleicht sogar Minuten, vermutlich selbst gerichtet hatte, breitete sich an der Nordseite der Insel das Paradies aus. In kraftvollen Schüben rollten die Wellen auf die Wasserkante des Nordbadestrands zu, wie silbern glänzende Streifen bildeten zahllose kunstvoll aneinandergereihte Wassertröpfchen die spritzige Gischt eines Bilderbuchmorgens. Von der Wattenmeerseite hatte die Sonne schon längst damit begonnen, die Insel zu erwärmen und das fragile Naturkunstwerk aus Dünen, Sand und Meer in ein warmes Licht zu tauchen.

»Da hast du deinen Bastard«, sagte Faust zu Visser, während die nächste Wellenformation unten am Strand mit Wucht anrollte.

»Schneller, als ich dachte. Allerdings gefallen mir die Umstände hier nicht. Ich hätte dem Schweinehund vorher noch gern in die Augen gesehen und ihm gesagt, was er für ein erbärmlicher Versager ist.«

Als Visser zur Seite schaute, stand Neumann plötzlich vor ihnen. Er war vollkommen außer Atem. Auch ihn schienen die letzten zwanzig Meter bergauf angestrengt zu haben. Trotzdem schoss es aus ihm heraus: »Oh Mann, was ist denn hier passiert? Scheiße. Das nimmt ja gar kein Ende.«

»Jetzt wohl schon«, antwortete Visser mit einer Stimme, die beinahe gleichgültig klang. »Sag mir lieber, woher du weißt, dass wir hier sind?«

»Weil ihr eben nach guter alter Väter Sitte per Funk euren Standort durchgegeben habt.« Visser brummte. »Also, Jungs. Wie dem auch sei. Lindemann hat sich bei uns gemeldet, weil er euch nicht erreicht hat. Stinksauer natürlich.«

Faust schüttelte den Kopf. »Ich frage mich, wieso der sich so aufregt. Der war doch früher selbst mal ein richtiger Polizist, bevor er Inspektionsleiter wurde. Der ist doch damals sicher auch nicht bei jedem Mist zum Telefon gerannt. Wahrscheinlich hatte der sogar noch so 'nen Knochen mit Drehwählscheibe.«

Visser war nicht nach Flapsigkeiten zumute. Er kam sofort wieder zum Thema zurück. »Was wollte Lindemann? Hat er das Ergebnis der KTU endlich bekommen?«

»Genau darum ging es. Er hat es noch nicht. Er geht aber davon aus, dass er es in kürzester Zeit beschaffen kann. Angeblich hat er mit jemandem aus dem Innenministerium in Hannover gesprochen.«

Visser hob den Kopf. »Hä? Drehen die jetzt total am Rad?«

»Die Sache hier auf der Insel scheint zum Politikum geworden zu sein. Offenbar muss sich nun auch schon der Minister unangenehme Fragen gefallen lassen.« Neumann machte eine kleine Pause und betrachtete den toten Kornbach von oben. »Ach übrigens, Lindemann ist bereits unterwegs. Er kommt mit der ersten Fähre rüber.«

»Das ist schön«, sagte Faust und verzog das Gesicht. »Wir können Verstärkung vertragen, vor allem wegen der Presse. Die Typen werden immer aufdringlicher.«

Während unten am Strand zwei Jogger leichtfüßig vorüberliefen, kniete Visser sich auf der Plattform noch einmal nieder. Er schob den Kopf so nahe wie möglich ans Geländer und nahm den Strick ins Visier. »Ob Kornbach sich wirklich selbst aufgeknüpft hat?«, murmelte er leise vor sich hin.

»Wie meinst du das?«, fragte Neumann wie aus der Pistole geschossen zurück.

Visser zeigte mit dem Finger auf Kornbachs Gesicht. »Was ist denn mit der aufgeplatzten Lippe und der Platzwunde an der Stirn?« Dabei verdrehte er den Hals, damit er das Gesicht aus dieser Perspektive besser anschauen konnte.

»Vielleicht hat er vorher in einer Kneipe was auf die Nase bekommen«, sagte Faust nachdenklich.

»Das wäre aber ein Zufall. Vielleicht ist es hier passiert.« Visser stand auf. Vom langen Hocken waren seine Beine steif.

Zusammen mit Faust und Neumann ging er die Treppe wieder herunter und stellte sich unter die Plattform, um Kornbach von dort aus noch einmal genau zu anzuschauen.

»Es könnte natürlich sein, dass er sich hier mit jemandem getroffen hat und es zu einem Streit gekommen ist. Möglich wäre das. Das könnte dann bedeuten, dass er nicht freiwillig aus dem Leben geschieden ist.« Visser kratzte sich den Bart, dass es nur so rauschte, und schaute zu Kornbach hinauf.

»Vielleicht hast du mit deiner Theorie wirklich recht«, stimmte Faust ein. »Schaut euch mal den Hals an. Die Druckstellen müssen nicht unbedingt alle nur vom Tau stammen.«

»Hier hat tatsächlich jemand tüchtig nachgeholfen. Da sind Würgemale, das ist eindeutig«, rief Visser in das Tosen der Wellen hinein.

»Und was ist das?« Faust stellte sich auf die Zehenspitzen und fuhr mit gestreckten Fingern in Kornbachs Hosentasche. Ohne ein weiteres Wort zu verlieren, griff er nach dem schwarzen Füllfederhalter mit der vergoldeten Kappenspitze und den Initialen T. R.

Visser und Faust schauten sich an. Eine Mischung aus verhaltener Freude und Optimismus war unverkennbar.

»Hol raus das Ding«, befahl Visser.

Langsam, ganz langsam drehte Faust die Kappe ab und ließ den Chip in seine Hand gleiten. »Sieh an, Kornbach hat das Video. Das hätte ich jetzt nicht vermutet.«

Visser schnaufte durch, stemmte die Hände in die Hüften und schaute erneut zu Kornbachs Leichnam auf. Direkt neben Vissers schwerem Schädel baumelten die Beine des Psychopathen. Gleichzeitig wurde der Himmel grau, eine mächtige Wolke hatte sich vor die Sonne geschoben, dass man das Gefühl bekam, die Nacht zöge bereits wieder auf. Mit jedem stärker werdenden Windstoß bewegte sich der leblose Körper mehr. Zunächst taumelte er nur bedächtig, dann zog er kleine Kreise. Visser wollte erst einen Schritt zur Seite gehen, doch dann schloss er die Augen und blieb stehen. Jetzt drehte er seinen Körper ein wenig zur Seite, hielt die Nase gegen den Wind. Schließlich nahm er das Tau auf ein Neues ins Visier. Dann ging er ein weiteres Mal auf die Plattform, legte sich schnaufend auf den Bauch und rutschte ganz nah zum Geländer hin, genau an die Stelle, an der Kornbachs Hals festgebunden war. Er streckte seine Finger in Richtung der Schlinge aus. Er fühlte daran und drückte sie vorsichtig mit den Fingern. Dann öffnete er die Augen und sah hin.

»Ich wusste es doch. Irgendwas kam mir so vertraut vor. Die ganze Zeit schon. Es ist der Leim. Der Leimgeruch erinnert mich an die Werkstatt von Knut und Bent. Seht hier! Sägemehl.« Visser stand auf, streckte die Brust raus und stopfte das Hemd in die Hose. »Neumann, du bleibst hier. Die Kriminaltechnik wird schon bald eintreffen. Wir sehen uns gleich drüben bei den Schierkes.«

Dann klopfte er Faust auf die Schulter, dass der einen Satz nach vorn machte, und sie rannten durch die Dünen zum Auto, das an der Emsstraße auf sie wartete.

Als sie in die Lippestraße einbogen, sahen sie schon von Weitem, dass ein Firmenbulli der Schierkes vor Bents Privathaus parkte. Das war deshalb ungewöhnlich, weil normalerweise alle Firmenwagen über Nacht in einer Halle untergestellt waren. Als Visser und Faust sich dem Hauseingang näherten, hörten sie Stimmen. Ganz offensichtlich war ein lautstarker Streit ausgebrochen, hinzu kam heftiges Klopfen und Poltern. Die Haustür stand sperrangelweit offen.

Im Flur war Knut gerade dabei, die Tür zu Bents Wohnzimmer aufzutreten. Jeder, der den immer kleiner und schmächtiger werdenden Mann in den vergangenen Wochen und Monaten gesehen hatte, hätte ihm eine solche Aktion niemals zugetraut. Nun stand er bei seinem Sohn im kaputten Türrahmen und wusste nicht, was er als Nächstes tun sollte. Nach ein paar Sekunden machte er einen Schritt ins Zimmer und stellte sich vor die beklagenswert wacklige Stehlampe direkt neben dem zersplitterten Türblatt. Er ließ die knochigen Hände in die Hosentaschen fallen wie zwei klobige Steine und schaute sich um. Seine Miene spiegelte die Gewissheit, dass hier in diesem Zimmer Trostlosigkeit und Niedergang zu Hause waren. Sein Blick blieb an seinem Sohn Bent kleben. Knut sagte nichts, auch Bent schwieg.

Knuts Frau war ihm gefolgt. Rieke schlüpfte mit gesenktem Kopf ebenfalls durch die Tür wie jemand, der nur noch irgendwelchen Instinkten oder nutzlosen Automatismen folgt. Bevor sie im Sessel Platz nehmen konnte, musste sie zwei leere Bierflaschen wegräumen. Sie ließ sie zu den anderen unter das Sofa kullern. Wörter wie Ordnung und Hygiene hatten in dieser Wohnung längst ihre inhaltliche Berechtigung verloren.

Bent saß auf der Couch. Er hatte den hässlichen Fliesentisch nahe an sich herangerückt. Darauf lag ein aufgeklappter Koffer mit sauber gestapelten Geldscheinen, daneben ein Revolver und zwei Pistolen. Als er Visser und Faust erkannte, nahm er den Revolver und hielt ihn sich an den Kopf. Knut blieb reglos vor der Lampe stehen und starrte seinen Sohn an. Mutter Rieke sank noch mehr in sich zusammen. Ihre Lippen zitterten. Sie wollte etwas sagen, aber sie brachte keinen Ton heraus. Bent schien völlig geistesabwesend zu sein. Ob auch Alkohol oder andere Drogen eine Rolle spielten, war schwer zu sagen. Womöglich handelte es sich aber auch um eine schwere Psychose. Die Polizisten wussten, dass hier äußerste Vorsicht geboten war. Die Situation wurde von Sekunde zu Sekunde unerträglicher. Der muffige Geruch abgestandenen Alkohols und kalter Zigarettenkippen lieferte den passenden Rahmen zum Schmutz, der sich in Bents Wohnung türmte. Der nahm einen Schluck aus der Bierflasche und fuchtelte nach wie vor mit dem Lauf des Revolvers an seiner Schläfe herum.

»Nun hängt das Schwein. Ich habe meine Pflicht getan«, stammelte Bent. »Der Schweinehund, zwölf Jahre hat es gedauert, nun hängt er endlich. Das Schwein. Das Monsterschwein.«

Im Raum herrschte jetzt Totenstille, nur das Schaben des Revolverlaufs an Bents Haaren war zu hören. Visser trat vorsichtig einen Schritt auf Bent zu. »Sei vernünftig. Das bringt doch nichts. Hier sind deine Eltern. Die möchten dir helfen. Mach sie nicht noch unglücklicher, als sie ohnehin schon sind.«

»Das sagst du. Du kleiner Inselbulle. Was hast du denn schon geleistet, als es darum ging, Isabel zu finden?« Seine Stimme wurde nun dünner, Tränen schossen ihm in die Augen. »Du hast sie doch aufgegeben. Du hast aufgehört zu suchen«, schluchzte er. »Und als sie dann gefunden wurde, nur noch als Gerippe, da hast du auch nichts auf die Reihe bekommen. Du verdammter Idiot!«

Dann riss Bent die Augen weit auf und steckte sich den Revolverlauf in den Mund. Visser erschrak und wich zurück. Knut hob die Arme. Er wollte etwas sagen. Doch er schaffte es nicht. Umständlich kramte er ein Taschentuch aus der Hose und putzte sich die Nase. Ein paar Sekunden lang starrte er zu Boden, dann hob er den Kopf und schaute seinen Sohn an: »Bent, hör auf damit.« Seine Stimme war dünn wie Papier, sie war kaum zu hören. »Mach es nicht noch schlimmer.«

**

Lindemann war nicht allein angereist. In seinem Tross befanden sich vier junge Kollegen von der Auricher Inspektion sowie ein Polizeipsychologe. Diese waren gemeinsam mit ihm per Hubschrauber auf die Insel gekommen. Entgegen seiner sonstigen Gepflogenheiten hatte Lindemann diesmal nicht auf die erste Fähre gewartet. Während die jungen Einsatzkräfte die Tischlerei umstellten, ließ sich Lindemann gemeinsam mit dem Psychologen von Neumann auf direktem Weg in die Lippestraße zu Visser und Faust bringen. Vorher hatte er noch den Hafen und den Flugplatz sperren lassen; niemand durfte mehr von der Insel reisen oder auf die Insel kommen. Von

Neumann war er minutiös über die Lage informiert worden. Lindemann stufte die Situation in der Lippestraße wie eine Geiselnahme ein. Visser und Faust sollten sich aus der ersten Reihe zurückziehen und dem Psychologen die Verhandlungen überlassen. »Der Minister möchte, dass auf dieser Insel endlich Ruhe einkehrt. Diese Aktion muss zwingend ohne Blutvergießen zu Ende gehen«, stellte er während der Fahrt zum Einsatzort klar.

Neumann nickte und hob zur Beruhigung die Hände. »Wir tun hier alle unser Bestes. Aber Sie kennen Visser ja. Gent ist Insulaner, mehr noch, er ist sogar Norderneyer, genau wie ich. Manchmal sind wir schwer von etwas zu überzeugen. Wir machen dann ganz gern unser eigenes Ding. Deshalb glaube ich nicht, dass Gent sich davon abbringen lässt, die Sache mit den Schierkes persönlich zu regeln. Und, wenn ich das mal so sagen darf: Gent ist auf seine Art selbst ein guter Psychologe. Da muss nicht noch extra jemand vom Festland kommen.«

»Hören Sie auf mit Ihrem sozialgesellschaftlichen Insel-Geschwurbel«, schrie Lindemann, dass ihm von der Wucht des eigenen Lärms Tränen in die Augen schossen.

∗∗

In Bents Wohnzimmer war die Luft mittlerweile zum Schneiden. Visser hatte einige Sekunden gebraucht, um sich zu sammeln. Dann drehte er sich zur Seite. Rechts neben ihm stand Lindemann. Gleich dahinter ein Mann von Mitte fünfzig. Er war in Zivil. Visser hatte ihn erst gar nicht bemerkt. Der Mann war leicht untersetzt und gut einen Kopf kleiner als er. Seine hohe Stirn bedeckten ein paar wenige dünne, fusselige Haare. Auf seiner Oberlippe hatten sich winzige Schweißperlen gebildet. Es dauerte einige Augenblicke, bis Visser realisierte, dass es ein Psychologe war. Er kannte ihn von einer Weiterbildung bei der Polizeidirektion in Osnabrück.

Visser wandte den Kopf Lindemann zu. »Was hat die KTU ergeben?«

Lindemann hielt Visser sein Handy hin. Dem reichte ein flüchtiger Blick aufs Display: Kriminaltechnik und Gerichtsmedizin hatten bestätigt, was er vermutet hatte. Dennoch barg das Ergebnis eine faustdicke Überraschung.

Visser spürte, wie ihm das Blut in den Kopf schoss. Die Anspannung stieg, er drückte die Beine durch und zwinkerte nervös mit den Augen. Die Aufregung war ihm anzusehen. Er war fest entschlossen, die Sache hier zu Ende zu bringen, und zwar so schnell wie möglich. Visser nahm Blickkontakt zu Faust auf. Er trat einen Schritt vor. Ein groteskes Bild, wie Bent dasaß, umgeben von zahllosen Bierflaschen, Dosen und Schnapspullen. Und während er nun wie ein Irrer im Raum hin und her schaute, setzte er sein wahnsinniges Spiel fort. Denn nun nahm er den Lauf wieder aus dem Mund. Allerdings spannte er jetzt den Abzug. Spätestens in diesem Moment war allen klar, dass Bent es todernst meinte. Dies war nun alles andere als schlechtes Theater. Es ging um Leben und Tod, und Bent schien das Finale endgültig einläuten zu wollen.

Er zeigte mit der Waffe auf den Geldkoffer und wandte sich an seine Eltern. »Ich habe Kornbach bestraft. Ich habe es erledigt. Ich habe ihn erledigt. Er hängt da drüben, am Geländer in den Dünen. Ich habe das Video gesehen. Wie er Isabel im Dunkeln in sein Schnellboot geschleppt hat und mit ihr zum Wrack gefahren ist.«

Er nahm einen weiteren Schluck. Er war schweißgebadet, sein Kopf glühte. Er fuhr sich mit der Zunge über die Lippen. Dann fuhr er fort: »An seinem Scheiß-Buckel kann man ihn genau erkennen. Ich habe den Film bei Tim gefunden. Der Hund, der wusste all die Jahre Bescheid. Ich habe den Film bei ihm geklaut und Kornbach heute Nacht das verdammte Video gegeben.« Er zeigte mit der Pistole auf den Koffer. »Und hier. Fünfhunderttausend. Die hat er dafür lockergemacht. Das

Dreckschwein. Auch mich wollte er mundtot machen. Dann habe ich ihn mir gepackt.«

Bent machte eine Pause. Er wurde plötzlich schneeweiß im Gesicht. Es schien ihm schlecht zu gehen. Er griff nach einer der Schnapsflaschen. Er schraubte den Verschluss mit den Zähnen auf. Dann nahm er einen großen Schluck. Er brachte allerdings nicht alles den Hals hinunter, der Rest tropfte ihm aus dem Mund. Den Revolver hielt er sich nun an die Schläfe. Sein Kopf zuckte auf dem kräftigen, sehnigen Hals, den Finger hielt er zitternd am Abzug.

Was folgte, war lange, schmerzhafte Stille. Weder Visser noch Faust griffen ein. Nach einigen Sekunden hob der Psychologe den Kopf. Er wollte gerade etwas sagen, doch dann, nach beinahe zwölf Jahren von Trauer, unsagbarem Schmerz und dem Gefühl tiefer Erniedrigung und allgegenwärtiger Sinnlosigkeit, brach Rieke ihr Schweigen. Mit bangen Augen sah sie zu ihrem Sohn. Wie ein dünnes Heulen klang die Stimme, zerbrechlich wie der Flügel eines Schmetterlings. »Lat dat man, Bent. Ik wull net ok noch min Jong verleern.«

Die Worte seiner Mutter hatten Bent zumindest für den Augenblick wieder ins Leben zurückgerufen. Langsam, ja fast bedacht nahm er die Pistole von der Schläfe und ließ sie auf den Tisch gleiten. Genau in diesem Augenblick machte Visser einen Satz nach vorn und riss Bent zu Boden. Faust kam hinzu, legte ihm Handfesseln an. Bent leistete keinen Widerstand.

Visser sagte mit dunkler, beinahe donnernder Stimme: »Tut mir leid, Rieke. Knut muss auch mit. An seinem Messer haben wir Blut von Tim Reiser gefunden. Und an Reisers Leiche die DNA von Knut. Genauer gesagt an Reisers Hosengürtel.«

Faust nahm Knut am Arm, und Visser sagte zu Bent: »Außerdem gehen wir davon aus, dass du in der Giftbude auf mich geschossen hast. Haare und Blutreste von dir haben wir im alten Kurmittelhaus gefunden, wo du dich versteckt hast. Bent, wieso hast du das getan? Aus Hass? Du kannst doch nicht ernsthaft geglaubt haben, dass mir dieser Fall egal ist.« Noch einmal schaute Visser auf Rieke. Sein Blick transportierte tiefes Bedauern.

Faust brachte Bent nach draußen. Neumann kümmerte sich um Knut, der seinem Sohn mit gesenktem Kopf folgte. Dabei drehte er für einen Moment den Kopf in Riekes Richtung. Ihre leeren Augen trafen sich für einen Wimpernschlag. Visser blieb im Zimmer. Er setzte sich neben Rieke aufs Sofa. Mit dem Ärmel wischte er die Waffe an den Rand des Tisches. Sie faltete die Hände und schaute zur Decke, so als wollte sie beten. Im grellen Licht der Lampe schien ihre Gesichtshaut nahezu durchsichtig zu sein.

Visser legte vorsichtig den Arm um ihre Schultern. »Ik weet all, dat is een Daalschlag. Un ik weet, dat du dat ne vergäten salt. Ik bliev nu noch een bitjit hier bi di, dann do ik di na Huus. Wi up Eiland saln di arl helpen. Lööv mi: Du büst ne alleen hier up Nördernee.«

Visser wusste, dass sein Trost in diesem Moment so gut wie wirkungslos war. Deshalb zog er Rieke noch ein wenig näher an sich. Sie sollte wenigstens das Gefühl haben, nicht allein auf dieser Welt zu sein. Als das Schweigen endlich zu Ende war, half Visser ihr vom Sofa und geleitete sie aus dem Haus.

Die Sonne schien und malte bunte Farben an den Himmel. Die Vögel zwitscherten aufgeregt und sprangen munter von Ast zu Ast. Vorn an der Meierei passierte gerade Janko Rass mit dem Fahrrad die Straßenkreuzung in Richtung Inselosten. Mit seiner großen Kameratasche auf dem Rücken war er sicher wieder unterwegs zum Wrack. Rieke warf Visser noch mal einen festen Blick zu, als zwei Rettungsassistenten auf sie zukamen. Dann kroch sie in den Wagen und fuhr mit ihnen davon.

Epilog

Visser brachte Faust mit dem Pritschenbulli zum Hafen. Dass er für die Rückreise zur Stammdienststelle nach Aurich auf den Helikopter verzichtete, hatte am Abend zuvor unter den Kollegen für Erstaunen gesorgt, aber vor allem auch zu Hänseleien geführt.

»Carlo ist zahm geworden. Er ist jetzt raus aus der Pubertät.« So und so ähnlich hörten sich die bierseligen Albernheiten an. Sie hatten sich am Abend nach den denkwürdigen Ereignissen in der Villa Kornbach, am Thalasso-Galgen und bei den Schierkes noch einmal im Riffkieker getroffen. Tagsüber hatten sie gemeinsam ihren Job gemacht: sachlich, gründlich, unaufgeregt und vor allem ohne den Druck, dem sie in den vergangenen zweieinhalb Wochen permanent ausgesetzt waren.

Gent Visser war in erster Linie froh über die Gewissheit, ein fast vergessenes Verbrechen aufgeklärt zu haben, wenn auch unter extremen Begleitumständen. Gleichzeitig plagte ihn die Klarheit darüber, wie schnell man als Ermittler Gewaltbereitschaft ausgeliefert war, wenn Zorn und Hass den normalen Menschenverstand ausschalteten.

Fassungslosigkeit herrschte über die Psychose von Frank Kornbach. In Auszügen hatten sie am Nachmittag das Tagebuch gelesen, welches wenige Stunden nach der Tat mit dem Eintrag Nummer eins begann und minutiös das beschrieb, was Kornbach in seiner krankhaften Hingabe an Isabel vollkommen verfälscht wahrgenommen hatte und ihn schließlich in den Wahnsinn trieb. Dass er am Ende sogar seine Frau gewaltsam in die Rolle Isabels zwang, sie mehrfach vergewaltigte und schwer misshandelte, ließ die Polizisten ratlos zurück. Es war ein Wunder, dass sie noch lebte.

Tatsächlich war Kornbach Isabel vor zwölf Jahren nach dem Diskothekenbesuch gefolgt. Bevor Bent sie am vereinbarten

Treffpunkt an der Kaiserstraße abholen konnte, hatte Kornbach sie überredet mitzukommen. Sie fuhren zum Seglerhafen. Seine Liebe war längst in krankhafte Gier umgeschlagen. Er wollte sie für sich allein haben. Für immer. Zunächst schüttelte und schlug er sie, bis sie ohnmächtig wurde und er die Kontrolle über sie gewann. Reiser sah und filmte mit dem Handy, wie Kornbach sie auf sein Boot trug und mit ihr davonfuhr. Nachdem sich Kornbach am Wrack über die wehrlose Isabel hergemacht hatte, nahm er die Unterwäsche an sich und erschoss sie mit dem Elefantentöter. Dann vergrub er Isabel im Sand. Die Waffe stieß er einige Tage später genauso problemlos ab, wie er sie sich zuvor illegal besorgt hatte. Im Laufe der Jahre weitete sich Kornbachs Psychose aus. Er führte Tagebuch, schrieb all seine sonderbaren und abartigen Gedanken auf und befriedigte sich, indem er mit Isabels Unterwäsche herumhantierte. Dass Kornbachs Frau ihren Mann eines Abends dabei erwischte, wurde ihr zum Verhängnis. Er zog sie in den dunklen Raum und vergewaltigte sie.

Bent Schierke war mit seinem Leben spätestens ab dem Augenblick überfordert, als bekannt wurde, dass seine Schwester erschossen worden war und ihre Leiche knapp zwölf Jahre am Wrack im Sand gelegen hatte. Zunächst konzentrierte sich alle Wut auf Visser, weil er den Fall seinerzeit nicht hatte klären können. Sicher begünstigte Bents Alkoholsucht, dass er sich nach dem Kneipenbesuch auf Kampmeier einließ, der ihm im Falle eines Liebesdienstes Informationen über den Tod Isabels in Aussicht gestellt hatte. Daraufhin brach Bent in Reisers Wohnung ein, stahl den Film und erpresste Kornbach zunächst. Doch die Geldübergabe an der Thalasso-Plattform eskalierte. Bent und Kornbach gerieten in Streit, in dessen Folge Bent den Mörder seiner Schwester erwürgte und ihn anschließend publikumswirksam am Geländer der Plattform aufhängte. Damit war der Mord an Isabel für ihn endgültig gesühnt.

Und Knut Schierke, der alte, geschrumpfte Mann? Den hatte niemand auf der Rechnung. Ihn verriet das Messer mit dem Drehverschluss, das unbeachtet auf der Drechselbank der Tischlerwerkstatt gelegen hatte. Nicht nur die daran haftenden Spuren überführten ihn, auch die Form und die Länge der Klinge passten exakt zu den tödlichen Verletzungen, die Tim Reiser beigebracht worden waren. Auch hier war die Tat geleitet von zügellosem Zorn. Für Knut war Reiser immer noch ein dringend Tatverdächtiger, nicht nur, weil er einen Waffenschein besaß, sondern auch, weil er einer der Letzten war, die seine Tochter lebend gesehen hatten. Er hatte ihm abends am Blautal aufgelauert. Von seinen Spaziergängen wusste er, dass Reiser hier regelmäßig joggte. Dort passte er ihn ab und rammte ihm das Messer in den Hals. Dann zerrte er den leblosen Körper an den Wegrand, um ihn über den Zaun ins Gras zu werfen. Doch dazu war Knut zu schwach. Reiser blieb mit dem Brustkorb am Stacheldraht hängen. Nur rund zwei Stunden später feuerte Sohn Bent in der Giftbude auf Gent Visser. Auch sein Motiv: grenzenlose Wut auf alles, das in irgendeiner Weise mit dem Tod Isabels zu tun hatte. Und: Beide verübten die Taten vollkommen unabhängig voneinander. Bis zuletzt wussten sie nicht, was der jeweils andere getan hatte.

»So, das war's«, sagte Faust, als er an der Mole aus dem Wagen stieg.

Visser nahm die Mütze vom Kopf und ging auf Faust zu. Die Männer umarmten sich. »Danke, Carlo. Es war eine unglaubliche Zeit, der Wahnsinn.«

»Allerdings. Immer wenn ich hier bin, tobt der Wahnsinn. Diese Insel ist der Wahnsinn.«

»Denk dran. In vier Wochen sehen wir uns wieder!«

»Aber hoffentlich nicht, um erneut ein Skelett auszugraben.«

»Silberne Hochzeit, die Zweite, Carlo.«

Faust lachte. »Oh Mann, Gent. Danke für die Einladung. Grüß Frauke von mir und bitte, tu mir einen großen Gefallen: Denk dabei an kugelsichere Westen.«

Danke

Mein Dank gilt ganz besonders Johannes Lind, dem Chef der Polizeiinspektion Leer/Emden. Er hat als einer der Erstleser das Manuskript geprüft, profihaft nach Fehlern »gefahndet« und mir mit seiner langjährigen Erfahrung wertvolle Tipps gegeben, ohne mich dabei an der einen oder anderen Stelle meiner künstlerischen Freiheiten zu berauben.

Ebenso danke ich Bernd Huismann, langjähriger Ermittler bei der Zollfahndung in Hamburg, für die konstruktive Textanalyse.

Natürlich bedanke ich mich beim gesamten Team des Emons Verlags für das Vertrauen und die Unterstützung. Mit Christine Derrer stand mir zudem eine Lektorin zur Seite, deren Rat für mich unverzichtbar ist und die mit gewohnt sicherem Gespür wertvolle Optimierungen angestoßen hat.

Für die wichtigen Hinweise in Bezug auf die Abgründe menschlichen Daseins und die damit verbundenen psychologischen Hintergründe danke ich Gudrun Hinrichs.

Ohne kritische Erstleser/innen geht nichts: Danke, Kim Weinzettl, Kerstin Samuels, Gudrun und Nils.

Für die korrekte Wiedergabe der plattdeutschen Passagen danke ich Christa Wessels vom Heimatverein Norderney. Leev Christa, ik dank di van Harten, dat du mi so gau hulpen hest!

Für die Geduld mit mir danke ich auch meinem Freund Eilbertus Stürenburg. Lieber Olly, danke, dass ich dich praktisch zu jeder Tages- und Nachtzeit mit WhatsApps nerven durfte.

Lena. Mein größter Dank gilt dir! Für Inspiration und Sorgfalt.

MANFRED REUTER

Norderney-Flucht

INSEL KRIMI

emons:

Manfred Reuter
NORDERNEY-FLUCHT
Broschur, 240 Seiten
ISBN 978-3-95451-183-9

»Der Autor nimmt den Leser mit auf eine ebenso mörderische
wie unheimliche Reise auf die sonst so idyllische Nordseeinsel.
Stark gezeichnete Charaktere machen diesen stimmungsvollen,
emotionalen Insel-Krimi so lesenswert.« Land & Meer

»Bis zum Schluss schafft es Manfred Reuter, den Spannungsbogen
aufrechtzuerhalten. Besondere Leckerbissen für Insulaner und
Norderney-Liebhaber sind natürlich die inseltypischen Schau-
plätze, die den Leser wie auf einem Inselspaziergang führen.«
Ostfriesischer Kurier

www.emons-verlag.de

Manfred Reuter
NORDERNEY-RACHE
Broschur, 224 Seiten
ISBN 978-3-7408-0000-0

»Wer Spannung mit einer Prise frischer Meerluft und viel Lokalkolorit in einem Buch vereint sucht, wird von ›Norderney-Rache‹ nicht enttäuscht sein.« Trierischer Volksfreund

www.emons-verlag.de

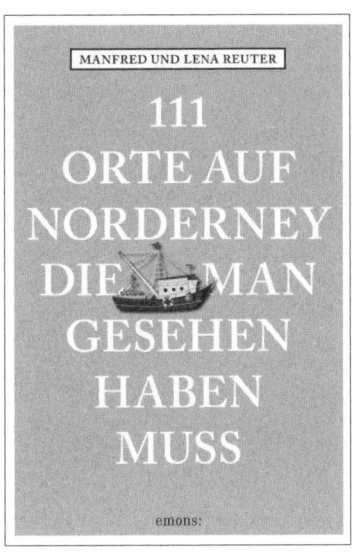

Manfred und Lena Reuter
111 ORTE AUF NORDERNEY,
DIE MAN GESEHEN HABEN MUSS
Broschur, 240 Seiten
ISBN 978-3-7408-0130-4

www.emons-verlag.de

Manfred und Lena Reuter
111 ORTE IN AURICH,
DIE MAN GESEHEN HABEN MUSS
Broschur, 240 Seiten
ISBN 978-3-7408-0842-6

www.emons-verlag.de